# 100年の
# レシピ

ONE HUNDRED YEARS
OF RECIPES

友井 羊
Hitsuji Tomoi

双葉社

目次

装幀　bookwall
装画　日下明

# 100年のレシピ

# 2020年のポテトサラダ

# 1

二〇一九年十一月、恋人に別れを告げられた。

大学から駅までの道すがら、隆史《たかし》くんが「理央《りお》の手料理が食べたい」と言い出した。やんわりと拒否したけれど、口が達者な隆史くんに押し切られてしまう。

二人で私のアパートの最寄り駅で下り、途中にあるスーパーマーケットに立ち寄る。献立はすでに決まっていたらしく、買い物カゴに入れる食材は隆史くんが選んだ。

隆史くんをリビングに待たせ、私はキッチンに立つ。

リクエストされたのはオムライスとロールキャベツだ。オムライスは小学校時代、母と一緒に作ったことがある。ロールキャベツは中学校時代に調理実習で習った覚えがある。記憶を掘り起こし、料理に取りかかった。

結果は散々だった。米は柔らかく炊きすぎてべちゃべちゃになり、ケチャップも多すぎて赤いお粥《かゆ》になった。卵は火を通しすぎたのか乾いたスクランブルエッグになり、さらに一部を焦がしてしまう。しかも卵の殻《から》が混ざり、ジャリジャリとした歯応えを奏《かな》でた。

ロールキャベツも酷《ひど》かった。キャベツの下茹でを知らず、無理やり巻こうとしたせいで芯からバキバキに折れた。玉ねぎのみじん切りでは涙が止まらず、視界が塞《ふさ》がれたことで指を怪我してしまう。タネの挽肉《ひきにく》は捏《こ》ね具合が足らず、コンソメスープのなかで崩れた。結果的に挽肉とキャベツのスープが出来上がった。さらにスープ自体もコンソメキューブの数を間違えたせいで塩辛くなった。焦った私はなぜか砂糖での中和を試み、最終的に甘辛い味つけになった。

唯一まともなのはレタスサラダだけだ。ただし手で千切って市販のドレッシングをかけただけなので失敗のしようがない。

隆史くんは複雑そうな顔で手をつけたけど、半分ほど残した。そして気まずそうに帰っていき、私は惨《みじ》めな気持ちで後片付けをした。

その日の晩、別れのLINEが届いた。

理央はもっと家事が上手いと思ってた、というのが言い分だった。

隆史くんが家庭的な子が好き、というのは付き合う前から知っていた。男はしっかり稼いで、女が家庭を守る。そんな家庭像が憧れだと飲み会で話し、昭和かよと周囲から驚かれていた。私はその場にいたけれど、今でもそういう考えの人がいるんだなあと軽く聞き流していた。

隆史くんは大学の同じ文学部に通っている。頭の回転が速くてリーダーシップがあり、ラグビーサークルの次期主将候補らしい。少しだけ気が短くて声が大きいところを、たまにおっかないと感じるときもある。だけどすぐに反省もしてくれる。

以前、私は飲み会でのお喋《しゃべ》りについていけず、料理を取り分けることに専念していたことがあった。その様子が隆史くんに気に入られたみたいで、何度かデートを重ねたあとに付き合おうと言われた。実は内心、人気者の隆史くんに憧れを抱いていた。えくぼが可愛いなんて褒《ほ》められたときは心の底から浮かれたけれど、私たちの関係は二ヶ月で終わりを告げた。

料理ができないことは、ずっと気にしていた。

埼玉の実家にいるときは料理上手の母に任せきりだった。料理を覚えないまま東京で一人暮らしをはじめ、最初はネットでレシピを検索して挑戦してみた。だけど私は生まれつき不器用で、一つの作業をこなすだけで時間がかかってしまう。

庖丁捌《ほうちょうさば》きは下手だし、火の加減もよくわからない。他のことに気を取られて食材を焦《こ》がし、調味料の分量もピンとこない。その結果、単純に不味《まず》い物が生まれてしまう。多少成功したとしても、基本的にそれなりの味にしかならない。

食べることは大好きだ。美味《おい》しい物を食べると幸せな気持ちになれる。だから食事を作るたびに妥協し、この程度だと我慢して口に運んできた。

でも、そんな生活にはすぐに嫌気がさしてしまう。

今の時代、料理しなくても生活はできる。

市販の合わせ調味料はクオリティが高いし、スーパーのお総菜も種類が豊富だ。レトルト食品や冷凍食品はお店と較べても遜色ない。チェーン店の外食は安くて美味しいし、学食だってある。割高だけど配達も便利だ。

美味しいものが好きだからこそ、自分で作る微妙な料理に耐えられない。そんな食生活を続けていたら、いつの間にか料理を作ることを避けるようになった。

隆史くんとの別れを友達に報告した。すると何人かから、女だから料理ができて当然なんて価値観は時代遅れだ、そんな古臭い考えの男なんてやめたほうがいいと諭《さと》された。

友達の言い分はわかる。だけど私はまだ、隆史くんのことが好きだった。

美味しいごはんを作れるようになれば、気持ちは戻ってくるだろうか。藁《わら》にも縋《すが》る気持ちで、料理を覚えることに決めた。

これまで何度も失敗してきた。インターネットでは料理の指南動画が無数に閲覧できる。だけど向いていないのか、視聴しても頭に入ってこないのだ。

そこでふと、大河《たいが》料理学校の看板を思い出した。

オフィスビルとマンションが入り交じる一画に、大河料理学校と書かれた五階建てのビルが佇んでいる。大学に向かう電車の窓から、青地に白抜きの看板はよく目立っていた。

大河弘子《ひろこ》は高名な料理研究家だ。

実家には大河弘子のレシピ本が何冊も置いてあった。料理上手の母は『気軽においしく――大河弘子の料理指南』に付箋《ふせん》を貼り、家族のイベントには『洋風おもてなし料理』のページを開いた。『アイデアたっぷり子供のよろこぶお弁当』に出てきた料理を、私は高校時代にほぼ毎日食べてきた。私は大河弘子の料理で成長したのだ。

そんな母自身、幼い頃から大河弘子の味で育ってきた。福岡に住む母方の祖母も大河さんのレシピを参考にしてきたらしいのだ。

大河さんの影響を受けたのは、父も同じだった。父の家庭でも大河さんの料理が食卓によく出ていたそうで、家の本棚には『大河弘子の料理大全決定版』という分厚い本が飾ってあった。

夫婦で味覚が似ているため、我が家では料理の味で喧嘩する姿を見たことがない。そもそも両親は社会人時代、大河さんの話題をきっかけに親しくなったという。

大げさに言えば私は、大河さんがいなければ生まれてこなかったのだ。

大河料理学校のホームページを開くと、創業者についての解説があった。

「えっ、すごい。まだご存命なんだ」

大河さんは戦前の一九二〇年生まれで、二〇一九年現在は九十九歳になるらしい。十九歳の私とは八十もの年齢差がある。故人だと勝手に信じ込んでいた。ふと気になって検索したところ、高名な料理研究家はご長寿の方が多いようだ。やはり食事に気を遣うからなのだろうか。

大河さんは料理研究家として雑誌にレシピを寄稿し、書籍を何冊も出版してきた。著作は現在までに百冊以上もあるらしい。一九九〇年に発売した代表作『大河弘子のかんたん料理』は百万部を越え、現在も版を重ねているという。

料理学校は都内に自社ビルを持ち、生徒数も一時期は五千人を超えたそうだ。今はないけれど、大阪や名古屋に分校を設置していたこともあったらしい。

一九六〇年代から『すてきなクッキング』などの民放テレビの料理番組に出演し、一九八〇年代の終わり頃にＮＨＫ『きょうの料理』の裏番組『奥さまクッキング』への出演がきっかけで、お茶の間で人気を博したという。現在は半ば引退し、鎌倉にある自邸で悠々と暮らしながら、たまに生活・文化系の雑誌にエッセイを寄稿しているようだ。

大河さんの写真も掲載されていた。撮影場所は自宅のキッチンのようで、しわくちゃのおばあさんだけど背筋がすっと伸びている。機能的で使い勝手な良さそうなキッチンには、手入れが行き届いた調理器具が並んでいる。

ホームページで授業について調べる。通年で通う本格的なカリキュラムが基本のようだけど、初心者向けのコースも用意されていた。お手軽な一回だけのお試しならアルバイトで貯めていたお金でまかなえそうだ。

合わなければ一度でやめればいいし、楽しければ続ければいい。私は軽い気持ちで応募フォームに個人情報を入力した。


五階建てのビルは全てが大河料理学校だった。一九八五年というバブル期に定礎した建物は、最近改装したようで清潔感があった。

正面玄関を入ってすぐは広々としたロビーで、各階に大小様々な調理場が設けられているようだ。大人数から個別指導までニーズに合わせて様々な授業形態があるという。

案内のメールに従い、二階の教室に入る。私は小中高時代の家庭科室を思い出す。調理台は六つ設置されていて、教卓の位置に広いキッチンとホワイトボードがあった。

開始時刻が近づき、生徒たちが続々と集まる。今日の参加者は二十人くらいのようだ。三十歳前後くらいの女性が多いけれど、定年を迎えたくらいの男性の姿もあった。

西洋料理のコックコート姿の男性が正面のキッチンに立った。

「講師を務める加賀田《かがた》と申します。本日はよろしくお願いします」

予約の際、講師のプロフィールは確認してあった。加賀田は洋食出身の料理人で、長年講師を務めているらしい。年齢は六十過ぎくらいで、白色の口髭《くちひげ》が印象的だった。

本日習う献立は和風ハンバーグ、もやし炒め、ポテトサラダ、味噌汁、ごはんだ。

授業がはじまる前は、専門的な技術を習うのかと身構えていた。鉄製のフライパンを使ったり、野菜の皮剥《む》きも庖丁以外は禁止かと心配していた。だけどフライパンはテフロン加工だし、ピーラーも用意されている。その点について質問した生徒がいて、加賀田が笑顔で答えた。

「調理器具は使いやすさ重視です。初心者ほど凝《こ》った道具に手を出して、結局使わなくなります。最初はシンプルなものを選んでくださいね」

私は肩の力が抜け、リラックスして臨むことができた。

調理も想像よりずっと簡単だった。ハンバーグはボウルに挽肉や刻んだ野菜、塩やパン粉を入れて麺棒で潰《つぶ》すようにして捏ねる。手が汚れるのは成形するときだけなので、気が楽だ。さらにタネの加熱方法も、冷たいフライパンに乗せてから蓋《ふた》をせずに弱火にかけるだけだった。これなら焦げる心配は少ないし、タイマーをセットすればつきっきりになる必要もない。

もやし炒めもごま油と塩胡椒でサッと炒めるだけだ。あまりに簡単なので、こちらでも生徒の質問があった。野菜炒めは火力が強いとシャキッとなるが、自宅のコンロでは火力不足で水気が出てしまう。その際の対処方法を聞かれた加賀田は首を捻ってから、「水気が出たらザルで切りましょう」と答えた。そんな簡単な方法でいいのか、と目から鱗《うろこ》が落ちる思いだった。

ポテトサラダも、知っているものと違っていた。ポテサラを自宅で作るのは面倒だ。最大の理由はじゃがいも潰すからで、母もよくスーパーで買っていた。

だけどこの日のポテサラは潰す工程を省いていた。皮を剥《む》いてザク切りにしたじゃがいもを茹《ゆ》でてから粗熱を取り、塩や酢、マヨネーズ、スライスしたキュウリと和えるだけなのだ。品種はほくほく食感で人気の男爵ではなく、でんぷんの少ないメークインがおすすめらしい。

どの料理も自宅で気軽に再現できそうだ。大河料理学校の授業は、私のなかにあった料理への高いハードルを一気に下げてくれた。

ただし、教わったのはお手軽料理だけではなかった。

加賀田は米を土鍋で炊いた。土鍋ごはんなんてこだわりの居酒屋みたい、と最初は尻込みした。だけど加賀田の見せた見本はとても簡単だった。

二合くらいの分量なら最初に中火にかけて沸騰させ、それから弱火にして十五分、水分がなくなったら火を止めて十分蒸らせば完成というのだ。

炊飯器だとスイッチを押してから五十分前後必要だ。だけど土鍋なら米に吸水させる時間を除けば、三十分かからずに炊き上がることになる。

土鍋で炊いたごはんはふっくら艶《つや》やかで、お米の甘みが際立っていた。米の値段を聞くと、普段買っているのと大差なかった。

そしてお味噌汁でも、加賀田は昆布と鰹《かつお》節で出汁《だし》を取った。

「面倒に思えるかもしれませんが、素材からきちんと引いた出汁は格別です。和食の基本なので、覚えておいて損はありませんよ。もちろん市販の顆粒《かりゅう》出汁を使っても問題ありません」

具材は豆腐と油揚げとシンプルだ。そのため合わせ出汁の風味が存分に感じられた。出汁の匂いを嗅ぐだけで、心が幸せに包まれる。

実家の母はインスタントの顆粒出汁を使っていて、私も上京してから同じ商品を愛用していた。だけど次第に味噌汁自体を作らなくなり、顆粒出汁は戸棚の奥で眠っている。

インスタントも充分に美味しいし、何よりも手間が要らない。だけど素材から取った出汁の味わいは別物だと思い知る。ほんの一手間で味は大きく変わる。私はその事実を主菜や副菜の試食でも実感することになる。

冷たいフライパンから焼いたハンバーグは、噛むと肉汁がたっぷりと溢《あふ》れた。自宅で作ると表面が焦げて生焼けになるか、火を通しすぎてパサパサになる。そのどちらとも違う上質な味が、ほぼ放置しただけで生まれることが感動的だった。

もやし炒めはごま油の香りが芳ばしく、シンプルな味つけだけど物足りなさがない。余計な味を加えないことによる潔さがあった。水気を切ってみたことでベチャッとした食感も減った。

ザク切りじゃがいものサラダもさくっとした歯応えが新鮮で、素朴な味わいは懐かしささえ感じられる。どの料理も調理法は単純なのに、素材の持ち味が活きていた。ポテンシャルを引き出す調理法を見極めることで、手間をかけなくても美味しくなるのだ。

料理って、楽しいかもしれない。

人生で初めてそう思えた気がした。

大河料理学校での授業は大満足だった。ここで料理を習えば、きっと隆史くんの気持ちを取り戻せるはずだ。

加賀田講師が試食の最中、「食べながら聞いてください」と告げた。

私はごはんを噛みしめる。土鍋で炊いたごはんは手軽ながら別格の味で、私はすっかり帰りに土鍋を買うつもりになっていた。

「これは大河先生のお言葉なのですが、家庭では毎日手の込んだ料理を作る必要はありません。そんなの疲れてしまいますよね。手間を省いた上で満足できる料理ができれば、それに越したことはありません。今日の講義が参考になったなら、ぜひ本講座にもお通いください」

拍手が起きる。授業を受ける前は大河弘子を、伝統を重んじる古風な人だと勝手に思い込んでいた。だけど百歳目前ながら柔軟な考えの持ち主らしい。どんな人なのだろう。九十九歳の料理研究家のことが、すっかり気になりはじめていた。

## 2

私は週に一度、大河料理学校に通いはじめた。授業で習った料理は、鯖《さば》の味噌煮やミネストローネ、ロールパンなど多岐に及んだ。手順に従って計量して作れば、充分に美味しい味に仕上がる。一度基本を覚えれば応用が利く。レシピ通り続けてもいいし、アレンジを加えてもいいのだ。どの経験も料理の上達、そして楽しさに繋がっていた。

四度目の授業のあと、ビル四階の奥にある図書室に向かった。薄暗い廊下の奥に木製のドアがあり、開けると古い紙特有の甘い香りがした。

スチール棚に料理に関する資料が並んでいる。ネット発のレシピ本もあれば、江戸の食文化を記した書籍、フランス語と思しき百科事典のような本も揃《そろ》えてあった。

昔から古い本が好きだった。ずっと前に生まれた資料を読むと、昔の空気に触れたような感覚を味わえる。そしてふとした文章から、現在との繋《つな》がりが読み取れる。そんな瞬間に気持ちが浮き立つのだ。

そのため私は大学の史学科へ進学し、今は日本の近現代史を専攻している。もうじき二年次も終わりだ。そろそろメインの研究テーマを決めたいけれど、目処《めど》は全く立っていない。

図書室では雑誌を扱った棚が広く取られていた。料理雑誌の代名詞とも言える誌名の他に、健康やスローライフ、男の料理、グルメ情報誌、プロ向けなどジャンルが細分化されている。何となく、古い主婦向け雑誌『主婦倶楽部』の一冊を引き抜く。かつては有名だったらしいけど、昭和の時代に廃刊になったはずだ。

紙を破かないよう慎重にページをめくる。昭和四十二年発行なので西暦なら一九六七年、今から五十二年前だ。両親は生まれていないし、祖父母でさえ十代だった頃になる。

季節のおかず二百選、美容のための栄養指導、収納術、最新のファッションや型紙付きの子供服の紹介など、紙面から当時の生活が垣間見えた。配偶者の少ない稼ぎに嘆き、やりくりを指南する記事など、家計を預かる者の悩みは今も変わらないらしい。

「あっ、これって」

レシピ紹介の項目でポテトサラダが紹介されていた。じゃがいもを千切りにしてから水に晒《さら》し、さっと茹でる。熱を取ったらみじん切りの玉ねぎとゆで卵と一緒に、マヨネーズと絡《から》めている。千切りとザク切りの違いはあるけれど、先日作ったレシピに似ていた。

案の定、記事の末尾に小さく大河弘子と記名してあった。五十年以上から潰さないポテトサラダを作ってきたことになる。

「……あれ？」

記事を目にした瞬間、唐突に味の記憶が蘇った。

授業でぶつ切りのじゃがいもサラダを食べたとき、なぜか懐かしい気持ちになった。てっきり素朴さが理由かと思っていたけれど、私は多分、過去に潰していないじゃがいものサラダを食べたことがある。

　ただ、いつのことかわからない。我が家の食卓ではないはずだ。でも外食とも違うはずだ。資料をコピーしようと思い、案内図を頼りに部屋の奥に進む。窓は縦型ブラインドで遮《さえぎ》られ、隙間から陽光がわずかに漏れていた。

「ひゃっ」

　本棚の陰からスニーカーが飛び出していた。誰かが倒れている。慌《あわ》てて覗き込むと、若い男性が横たわっていた。

「あ、あの」

「ん……」

　男性が眠そうに起き上がる。枕代わりらしい本が床に置かれていた。青年は白シャツにカーディガン、ジーンズという服装で、ひょろっとした痩《や》せ形だ。

　青年が茶色い髪を掻きむしり、大きくあくびをしながら私に目を向けた。

「あんた、新入生？」

　青年は意志の強そうな瞳をしている。

　初対面のはずなのに、なぜか見覚えがある気がした。

「えっと、ここの受講生です」

　職員証を首から提げている。私と同世代に見えるけれど、学校関係者らしい。

「あっ」

　思わず声が漏れる。青年の足元に置かれた紙袋に、話題の洋菓子店のロゴマークが印刷されていたのだ。

その直後、背後から怒声が響いた。

「翔吾《しょうご》、どこでサボっている。お前、お客さんに出すお菓子を勝手に食べただろう！」

「やべっ、親父だ」

青年が焦った様子でコピー機の陰に隠れる。

振り向くと、中年の男性が肩を怒らせて近づいてきた。

「おや、生徒さんですね。これは失礼しました」

私に気づいた途端、男性の表情が和《やわ》らいだ。五十歳前後で背が高く、艶やかな黒髪を後ろに撫でつけている。顔立ちが、コピー機の陰に隠れている青年とそっくりだった。

「大声を出して申し訳ありません。この図書室は普段、利用者が少ないもので」

職員証に『校長　大河健吾』と記されている。大河弘子の親族なのだろうか。大河校長が周囲を見回してから首を傾げた。

「この周辺で息子……、二十歳前後の男性職員を見かけませんでしたか」

背後から衣擦《きぬず》れの音が聞こえたが、大河校長は気づいていないようだ。

「えっと、誰も見ていません」

「そうでしたか。お騒がせしました。この図書室は貴重な蔵書を多数揃えています。ぜひともゆっくりご覧になってください」

大河校長は丁寧にお辞儀をして、図書室の出入口に向かっていった。ドアが閉まる音と同時に背後から声をかけられた。

「ありがとう。マジで助かったよ。でもなんで助けてくれたんだ?」

職員証を見直すと、大河翔吾と記してあった。青年の顔はやはり、大河弘子に似ている。

「それが自分でもよくわからないんです」

助ける義理なんて一切ない。校長に感謝されたほうがメリットは大きい気がする。だけどなぜか、とっさに助けていた。

すると翔吾さんが洋菓子店の紙袋を差し出してきた。

「お礼にやるよ」

「えっ、いいんですか?」

「さっきから気にしていただろ」

視線に気づかれていたらしい。お客さんに出すものを勝手に持ち去ったみたいだから、食べたら完全に共犯だ。だけど貴重なスイーツの魅力に抗《あらが》えそうにない。

翔吾さんが袋から丸っこいチーズケーキを取り出す。表面に焼き目がつけられ、中央が凹んでいる。最近の洋菓子界隈で話題を集めているバスクチーズケーキだ。

「いただきます」

バスクチーズケーキをかじる。

「美味しい!」

食感はずっしり詰まっていて、チーズの味は濃厚なのに後味はふわりと軽い。むらのある焦げ目の香ばしさも絶妙だ。様々なメーカーが出している後発商品も美味しかったが、さすがに火付け役は別格の味だった。

幸せな気分で一口目を飲み込むと、翔吾さんが口元に手を当てて笑った。

「ものすごく幸せそうな顔で食べるんだな」

「うう……」

自覚はないけれど、私は美味しいものを食べて笑顔になると目が糸のように細くなるらしい。食べる姿を見られるのは恥ずかしいが、口に運ぶ手は止められない。

「俺は大河翔吾だ」

「磐鹿《いわか》理央、大学二年生です」

「現役生なら同い年だな。なあ、理央。今から暇《ひま》か。ほとんど知られていないけど、最高のナポリタンを出す喫茶店が近くにあるんだ」

初対面の男性に、突然名前を呼び捨てにされた。それなのに不思議と嫌ではない。それにナポリタンにも興味があった。お客さまに出すケーキを勝手に食べるような人のお気に入りなのだから、きっと美味しいに違いない。

「行ってみたい」

「わかった」

コピーは後日にして、私たちは図書室から廊下に出る。翔吾は父親の目を避けるためか、裏階段に続く非常ドアを開けた。建物を出ると青色の秋空が広がり、涼やかな風が頬を撫でる。見下ろす景色はなぜか、初めて来る街みたいに新鮮に思えた。

翔吾はやっぱり大河弘子の曾孫《ひまご》だった。

高校卒業後は進学も就職もせず、アルバイト先もすぐに辞めてしまったらしい。そこで大河さんの孫、つまり翔吾の父親である大河健吾校長に学校の仕事を手伝うよう命令された。今は雑用係だけど、よくサボっては叱《しか》られているのだそうだ。

翔吾が案内してくれた喫茶店は昭和レトロな佇まいで、ナポリタンはオススメしてくれた通り絶品だった。ケチャップの旨《うま》みと玉ねぎやピーマンの火の通り加減は絶妙で、適度に焦げたケチャップの香りが堪《たま》らない。なにより麺の食感が独特で、他にない味だった。翔吾曰《いわ》く茹でた後に一度冷水で締めるのがコツらしい。

うどんや蕎麦《そば》のように、パスタを水で締めるなんて聞いたことがない。だけど一九八〇年代以前の日本はイタリア料理が普及しておらず、市販のパスタもデュラムセモリナ粉の割合が低かった。つまりうどんに近かったため、コシを出すためには冷水で締める必要があったらしい。この店では当時の名残で今でもパスタを締めるのだそうだ。

博識ぶりに驚いていると、翔吾は「ひいばあちゃんの受け売りだよ」と謙遜した。

翔吾とのお喋りは盛り上がり、気がつくと夕方になっていた。そして次は私の薦める店に行くことになり、その後も互いの好きな店に交互に訪問するようになった。こうして私と翔吾は、食べ友というべき間柄になった。

二〇二〇年一月十四日、朝は冷え込んだけれど、日中になると陽射しのおかげで過ごしやすくなった。電車とバスを乗り継ぎ、実家と同じ市にある病院を訪れる。祖母は大部屋のベッドに横たわりながら、笑顔で私を迎えてくれた。

「あらあら、理央ちゃん。遠いのにわざわざありがとう」

「ううん、心配だったから。でも元気そうで何よりだよ」

三日前、実家の母から電話があった。父方の祖母が脳梗塞《のうこうそく》で倒れ、スーパーマーケットから病院に緊急搬送されたのだ。幸い処置が早かったため命に別状はなかったが、右半身に軽度の麻痺《まひ》が残るらしい。ひさしぶりに会った祖母は喋ることが大変そうで、微笑む表情は左右のバランスが崩れていた。得意だった裁縫も、今後は難しいらしい。

祖母は市内にある小さな団地で一人暮らしをしている。以前から同居話はあった。だけど亡き祖父が偏屈《へんくつ》で怒りっぽく、父と折り合いが悪かった。そのため長らく絶縁状態だったらしい。

父と母は、祖父と縁を切っていた時期に結婚した。母は一人っ子で、磐鹿という珍しい苗字に思い入れがあった。そして父は自分の姓を変えたいと考えていた。その結果、父が苗字を変えて磐鹿になった。そのことも祖父と父の確執の理由になったようだ。

そんな祖父も六年前に亡くなった。だけど祖母は現在の土地に愛着があるようで、なし崩しのまま独居が続いていたのだ。

ベッド脇の棚にケア施設のパンフレットが置いてある。祖母は退院後、施設への入居を望んでいる。費用も貯金でまかなえるという話だ。

「はい、差し入れだよ」

袋から小さなタッパーを取り出す。中身はブラマンジェだ。祖母は甘いものが好きなので、病院食ばかりだと寂しい思いをしていると思ったのだ。

「あら、もしかして理央ちゃんの手作り？」

「実はそうなんだ」

レシピは簡単だった。市販の無糖アーモンドミルクとグラニュー糖、生クリームをゼラチンで固めただけだ。健康志向の高まりを受け、ここ数年でアーモンドミルクを含む植物性ミルクがスーパーに並ぶようになった。私は持参したスプーンですくい、祖母の口に運ぶ。祖母は私の心配よりスムーズに飲み込んだ。

「美味しいわ。正之輔《しょうのすけ》は理央ちゃんが料理一つできないなんて笑っていたけど、とっても上手じゃないの」

正之輔は私の父の名前だ。

「お父さんの言うことも合ってるよ。実家では料理を作ったことなんて全然ないから」

「そうなの？　でもとっても良い出来じゃないの」

「実は最近、大河料理学校に通って料理の勉強しているんだ。実はこれも大河先生のレシピ本を読んで作ったんだよ」

私がそう言うと、突然祖母が目を丸くした。

「えっ、弘子さんのところに？」

祖母の言い方が気になった。大河先生や大河さん、フルネームの大河弘子でもない。弘子さんという呼び方に距離の近さが感じられた。

「知り合いなの？」

祖母が私から目線を逸《そ》らす。

「いえ、全く関係ないわ。あんな有名人と知り合いなわけないでしょう」

祖母は多分、嘘をついている。だけど入院中の病人を追及するわけにもいかず、私は話題を引っ込めた。そして世間話をしたあと、祖母に別れを告げて病院を後にした。


天気はみぞれ模様で、地面に落ちた雪がすぐに洗い流される。私は自宅アパートから徒歩四分にある洋菓子店で、翔吾とケーキを待っていた。

テーブルには水の入ったコップが二つ置いてある。店内に設けられたイートインスペースではありがたいことに、電気ヒーターが赤い光で私たちの足元を温めていた。

私は昨日のお見舞いについて、翔吾に話をしていた。

「あの反応は不自然だった。おばあちゃんは大河弘子さんの関係者だと思うんだ」

「でも、どうして隠す必要があるんだ?」

翔吾が首を傾《かし》げたとき、ケーキが運ばれてきた。紅茶やコーヒーは金欠なので我慢した。

「それが謎なんだよね」

私の印象に過ぎないけど、祖母の口調から親しみを感じた。だけど誤魔化したのだから、過去に軋轢《あつれき》があったとも可能性も考えられる。

翔吾がフォークを手に取り、ショートケーキの先端を切り分けた。そして口に運ぶのを、私は息を呑んで見守る。自分のお気に入りの味を、他人が食べる瞬間は毎回緊張する。

翔吾が何度か咀嚼《そしゃく》してから目を見開いた。

「美味いな。こんな店があったのか」

「ネットでもあまり知られてないんだよね」

幸いなことに、翔吾の口に合ったようだ。店の外観は親しみやすい街のケーキ屋さんだ。だけど店主は都内屈指の人気店で修業しており、本格フランス菓子と食べやすさを両立した逸品を作り続けていた。パンの品揃えも豊富で、地元住民に親しまれている。

「生クリームは乳脂肪が低く、糖分も控えめだ。酸味と食感が楽しめる苺《いちご》は女峰《にょほう》かな。それらを焼き菓子のように甘みが強く、バターの効いたスポンジ生地が支えている。ショートケーキは全体が甘いせいで散漫になりがちだが、ここのは味のメリハリが秀逸だな」

流暢な語りに私は感心する。

「さすがだなあ」

翔吾の舌は鋭敏で、味の分析と言語化が的確だ。私が感じていた美味しいという曖昧《あいまい》な気持ちを、翔吾は完璧に表現していた。

翔吾が照れくさそうに頭を掻《か》いた。

「普段は黙って食べる。理央の前でしかやらないよ」

大河料理学校の授業の合間に、翔吾に関する噂を聞いたことがあった。翔吾は味覚だけでなく、料理の腕前も一級品だという。料理研究家・大河弘子の資質を誰よりも受け継いでいると、学校関係者のなかで評判なのだそうだ。

「料理の仕事には就かないの？」

私が訊ねると、翔吾がため息をついた。

「親父も周囲もそれを望んでいる。知り合いの料理研究家の下で修業しろとか、有名レストランで働いてこいとか毎日のように言われるよ。正直に言うと俺も料理の道に進むのは嫌じゃない。だけど本当にしたいことなのか迷っているんだ」

飄々《ひょうひょう》としている翔吾も悩みを抱えているのだ。

「ところで、料理研究家さんって何をする人なの？」

「そんなことも知らないのか」

翔吾が目を剝く。料理人はお客さんに料理を提供する。だけど料理研究家という職業は、私のなかで漠然としていた。

「料理研究家の仕事は大きく分けてふたつある。ひとつは伝統的な家庭料理を研究し、後世に伝える仕事だ。もうひとつは時代や環境に合わせた家庭料理を提案し、世に広めることだ」

「どちらの仕事も、家庭料理に関係するね」

「家庭の台所こそ料理研究家の領分なんだ」

ネットなら閲覧者に、テレビなら視聴者、ラジオなら聴取者、雑誌や著作なら読者、そして料理学校なら生徒に直接、それぞれの時代に合わせた方法で、時代に即した家庭料理の情報を届ける。それが料理研究家の役割だというのだ。

「単に思いついたレシピを提供するだけじゃない。たとえば時代ごとに入手できる素材は異なるし、求められる栄養も違う。その時代に合った料理を料理研究家は発信してきたんだ」

共働きで忙しい時代には、短い時間でもできる美味しい料理が必要とされた。センスのあるライフスタイルごと提案することで、単調な日常に張り合いを与えた人もいた。戦後の外国への憧れが強かった時代、家庭で作れる西洋料理は大きな喜びになった。新しい味が望まれたバブル期では、エスニック料理が流行したこともある。また、情報過多の時代だからこそ、廃《すた》れゆく伝統的な和食を伝えようとする人たちもいた。

「求められるのは味だけじゃない。健康のため栄養バランスを考えなくちゃいけないし、家計との兼ね合いもある。多くの料理研究家によって日本の食卓は形作られてきた。ひいばあちゃんもその一角を担っているんだ」

熱い口調から、料理研究家という職業への誇りが伝わる。将来に迷いながらも、身内の仕事への敬意は人一倍強いようだ。

私は和栗のモンブランを食べ終える。栗ペーストの濃厚さとクリームの軽やかさ、メレンゲのサクサク感のバランスが絶品だった。

「あ、そうだ。実は来月、友達の家でやるホームパーティーに隆史くんが来るんだ」

隆史くんとは振られて以降、すっかり疎遠になっていた。だけど私が未練たらしく引きずっているのを友人が見かね、声をかけたら来ることになったのだ。

「ああ、前に話していた元カレね」

翔吾が興味なさそうな態度で水を飲んだ。

「講義で習った料理を全力で振るまう予定だよ。手際の良さを目の当たりにすれば、きっと隆史くんは私を見直すと思うんだ」

「そうか。せいぜいがんばってくれ」

「うん！」

隆史くんの話をすると、翔吾はいつも適当に励ましてくれる。率先して応援することも、あきらめさせようともしない。その無関心さが心地良かった。

窓の外はみぞれから雪に変わり、植え込みの葉がうっすらと白色に覆《おお》われていた。

上達した腕前を披露すれば、隆史くんの心もきっと戻ってくるはずだ。だけど期待していたパーティーは残念なことに中止になってしまう。

二〇二〇年二月、世界中を新型コロナウイルスの脅威が襲ったのだ。

3

二〇二〇年五月十日、実家に戻っていた私は自分の部屋で洗濯物を畳んでいた。

ゴールデンウィークの最終日、本来なら連休の終わりを惜しんでいたに違いない。だけど緊急事態宣言が発令している最中に旅行やレジャーは論外だ。

時計は午後十一時半を差している。家族は全員眠ったはずだ。タオルを洗面所の籠《かご》に置き、リビングに向かう。父が晩酌を終えたコップと皿がテーブルに放置されていた。照明は点いたままだ。コップにビールの泡、小皿には味つけ卵の汁がそれぞれ残っていた。

リビングと繋がるキッチンに食器を運ぶ。コンロの上に手鍋があり、ティーバッグでお茶が煮出してあった。お茶をマグカップに注ぐ。お茶は冷えていて、私は一気に飲み干した。

「うわ、にが」

苦味が舌を刺激し、青臭さが鼻に抜けた。明らかに嗜好品ではない。母が以前購入したダイエット茶だろうか。確か戸棚の奥で眠っていたはずだ。

誰が淹《い》れたのだろう。祖母には難しいし、父が淹れる姿は想像できない。弟は痩せ形なのでダイエットの必要がない。購入者である母は現在、遠く離れた地で暮らしている。

翔吾とケーキを食べた日の翌日、国内初の新型コロナ感染者が確認された。二月五日には豪華客船ダイヤモンド・プリンセス号が横浜沖で隔離された。二月十三日には国内初の死者が確認され、恐怖は見えないウィルスと一緒に日本中に広まった。当然ながら隆史くんとのホームパーティーは中止になった。

二月二十七日には全国の学校へ臨時休校が要請され、外出への自粛ムードは高まっていった。マスクは徐々に入手困難になり、街から人の姿が減っていった。

新型コロナの蔓延《まんえん》に伴い、磐鹿家の環境も大きく変わった。

祖母は三月に退院し、施設に入居する予定だった。しかしコロナの拡大によって無期延期になった。そしてコロナ禍で一人暮らしは不安だと、家族全員の了解を得た上で実家に引き取ることになった。祖母の介護は、専業主婦の母が担うことになった。

だが不幸は重なるらしい。三月の下旬、福岡に住む母方の祖父母が交通事故に遭《あ》ったのだ。完全な貰い事故で、祖父母に非はなかったらしい。

幸いにも大事には至らなかったけど、心配した母は見舞いに行くと言い出した。だが父は長距離での移動に反対した。

政府は越県移動を控えるよう注意喚起を促している。父の言い分も理解できるが、その後に続けた「俺の親を置いていく気か」という言葉に母が反発した。怒るのも当然だ。母にとって福岡の祖父母も大切な親なのだ。

険悪な空気のなか、母は福岡に向かった。

母方の祖父母は無事に退院した。しかし足腰を痛め、日常生活が不便になっていた。母は一人っ子なので他に世話をする人がいない。その間にも新型コロナの感染者は増加し、四月には世界での感染者が百万人を突破した。

実家が大変な時期、私は東京で怯える日々を送っていた。両親とは頻繁《ひんぱん》に連絡を交わし、状況は把握していた。そのため母が福岡へ行ったときは、実家のことが心配で堪らなかった。

祖母は身体が不自由で、家事を一切しない父に介護ができるとは思えない。弟の正晴《まさはる》は中学三年への進級を控えている。県内屈指の進学校を目指していて、受験勉強に専念する必要があった。

家族の緊急事態に、私は実家に戻る決意を固めた。

東京から埼玉へ越県移動するのは不安だった。だけど母が戻るまでと割り切り、四月頭に電車を乗り継ぎ一時間半かけて実家に戻った。

その直後の四月七日、政府は七都道府県に緊急事態宣言を発出した。

アパートのある東京と、実家のある埼玉、さらに母方の祖父母が暮らす福岡も全て含まれていた。母は新型コロナを警戒し、宣言が明けるまで故郷を離れないことになった。

それから一ヶ月、緊急事態宣言は続いている。母はまだこの家に戻っていない。

お茶の件は気になるけど、私にはやることがある。手早く洗い物を終え、自分の部屋に戻る。ノートパソコンを開いてＷｏｒｄファイルをクリックする。近現代史のレポートの提出期限は三日後なのに、まだ完成していないのだ。

明治から現代にかけての市民生活に興味があった。そこで物価の変遷についてレポートをまとめていたのだが、時間がなくて資料の読み込みが遅れていた。

キーボートを打ち続けていると、翔吾からＬＩＮＥにメッセージが届いた。

『今話せるか？』

夜中の十二時半になっていた。イヤホンで聴いていたＹＯＡＳＯＢＩの『夜に駆ける』を停止する。昨年十二月の発表以来のお気に入りで、サブスクサービスで繰り返し聴いていた。翔吾に『ＯＫ』と返事を送る。ヘッドセットを準備し、ノートパソコンでＺｏｏｍを繋げた。画面に翔吾の顔が映し出される。

「よお、レポートは終わったか？」

「まだ途中。でも気分転換したくて」

画面上で翔吾が顔をしかめた。

「オーバーワークじゃないか。顔色がやばいぞ」

「きっと画面設定のせいだよ」

とぼけてみるけど、図星ではあった。料理や買い出し、洗濯にゴミ出しなど家事全般に加え、祖母の介助も私が担っている。

ベテラン主婦ならきっと、要領よくこなせるはずだ。だけど不慣れな私だと時間は一瞬で消えていく。その結果、大学の課題のために睡眠時間を削ることになる。それでも世間には家事に加え、育児や仕事まで背負う人が大勢いる。私の負担なんて微々たる量のはずなのだ。

翔吾との会話は、適度な気分転換になった。大河料理学校も授業が行えなくなり、職員たちは対応に追われているようだ。三十分ほどすると、翔吾があくびをした。

「それじゃもう寝るよ。コロナが一段落したら、また飯に行くぞ」

「うん、楽しみにしているね」

コロナ禍が終わったあとの約束を、私たちはいくつ交わしただろう。

時刻は夜中の一時半だ。あと一時間はレポートに取り組みたいのに、気持ちが乗ってこない。私は大きく伸びをして部屋を出た。

実家に戻る直前、翔吾と一緒に訪れた洋菓子店に立ち寄った。幸いにも営業を続けていて、日持ちしそうな焼き菓子を大量に買い込んだ。私は家族にわがままを言い、そのお菓子を独り占めさせてもらっている。そして少しずつ大切に食べていた。

物音を立てないよう階段を下りる。自分の部屋に置くと全部食べてしまうので、キッチンの戸棚の奥に押し込んであった。キッチンで踏み台を用意し、シンクの上の戸棚を開く。紙の箱を取り出し、蓋《ふた》をそっと持ち上げた。

「……ない！」

思わず声が大きくなる。一昨日の時点で、個包装の焼き菓子が九個残っていたはずだ。だけど綺麗に全部なくなっている。

父は甘い食べ物が苦手だし、祖母は踏み台に立つのは難しい。残るは正晴しかいない。叩き起こしたかったが、夜中に騒ぐのは迷惑だ。

楽しみが消えたと判明し、気力は完全に萎《しぼ》んでしまった。だがレポートの提出期限は待ってくれない。炭水化物とカフェインを摂取するため、コーヒーに砂糖を入れて飲むことに決めた。ヤカンに火をかけ、インスタントコーヒーを準備する。そして砂糖の容器に手を伸ばしたところで私は固まった。

シンクの上の棚に、砂糖と塩の容器が並んでいるはずだった。だけど砂糖の容器が消えている。不審に思い、キッチンを探る。すると戸棚から来客用のお菓子がなくなっていた。スティックシュガーとハチミツ、いちごジャムも見当たらない。

キッチンから、甘い食べ物が消えている。夜中なのも相まって、悪い夢を見ている気分だ。理由を考えるけれど、頭痛が激しくなってきた。連日の寝不足が原因なのか、近頃は慢性的に頭が重かった。

ヤカンのお湯が沸騰し、蒸気が注ぎ口から勢いよく立ち上る。私はコンロの火を止める。だけどコーヒーはあきらめ、今日は寝ることに決めた。

リビングで頭痛薬を飲み下す。自室に戻ってスマホのアラームを確認し、ベッドに横たわり目を閉じる。キッチンでの不思議な出来事が気になったが、意識が急速に沈み込んだ。


朝六時にアラームが鳴り、スマホの画面を操作して止める。大あくびをしながらキッチンに行くと、炊飯器から蒸気が噴き出していた。土鍋は確かに美味しいけれど、予約機能の便利さには代えがたい。

「あれ？」

砂糖の容器が元の位置に戻っている。不思議に思ってキッチンを見て回ると、お菓子やハチミツなどもあった。まさかと思って戸棚を探ると、秘蔵の焼き菓子が置いてあった。しかも数も九個で、種類も同じだ。念のため製造年月日を確認すると、実家に戻る前に作られている。洋菓子店は緊急事態宣言以降、臨時休業を続けている。新たに入手した品ではないはずだ。

昨夜の出来事は、何だったのだろうか。

大きな足音がして振り向くと、パジャマ姿の父がリビングに入ってきた。

「お父さん、おはよう」

学生時代にラグビー選手だった名残か、体格が立派で足音が大きい。父が乱暴にソファに腰を下ろしたところで、私は新聞を取りに行くのを忘れていたことに気づく。慌てて玄関に向かい、郵便受けから新聞紙を引き抜いた。

「ごめん、忘れてた」

「ん」

父が受け取り、新聞を開いた。父は現在、週四日でリモートワークをしている。三月末に父の会社で感染者が出たため、出社に対して厳しい措置がとられているのだ。

出勤時間分は長く眠れるはずだけど、習慣を崩したくないらしく、父はコロナ禍前と同じ朝七時半に朝ごはんを食べる。

今日の献立は焼き鮭と豆腐とワカメのお味噌汁、キュウリの浅漬け、そして昨晩作っておいたポテトサラダだ。家族の分を用意してから、祖母の分を細かく刻む。まだ箸《はし》が使えないためスプーンでしか食べられないのだ。きりの良いところで二階の弟にドア越しに声をかける。それから洗面所でぬるま湯とタオルを準備し、客間に向かった。

「おばあちゃん、おはよう。朝ごはんだよ」

「おはよう、理央ちゃん」

カーテンを開けると、朝の光が注ぎ込んだ。空中を舞う微細な埃《ほこり》が白く輝いている。

客間は現在、祖母の部屋になっている。祖母が身体を起こすのを支え、ぬるま湯で顔を拭いてもらう。祖母の髪の毛は癖が強いので、寝起きはいつも跳ねてしまう。髪型を整えてから、ベッドから下りるのを手伝った。

祖母は極力、自力で歩くことを望んでいる。室内用の歩行器を使い、片足をひきずりながらゆっくり進む。我が家に来てすぐはトイレに一人で行けなかった。だけど医師も驚くようなペースで動けるようになっている。これも祖母の努力の賜物《たまもの》だ。

祖母が慎重に椅子に腰を下ろす。私は首元に食事用の介護エプロンを巻く。そこで正晴が頭を掻きながらキッチンに入ってきた。父が新聞を折りたたみ、リビングのソファから立ち上がる。

実家に戻ってきて以降、毎朝目にする光景だった。

「いただきます」

家族の朝ごはんがはじまる。箸が食器に当たり、味噌汁をすする音が聞こえる。祖母はスプーンを手にして、緩《ゆる》やか口に運ぶ。私は食事をしながら、祖母をさりげなく見守る。

父がポテトサラダを口に入れた。

「今日は大丈夫そうだな」

「それなら良かった」

私は安堵する。実家で料理をするとき、大河弘子のレシピを忠実に守ってきた。幸いなことに私の未熟な腕でも不満は出なかったが、数日前に冷蔵庫の奥にアンチョビを発見した。

そこで私は、調理途中のポテトサラダに加えてみた。さらにじゃがいもをペーストになるまで潰し、黒胡椒をたっぷりと効かせた。塩辛さと旨みがマッチして、個人的には成功だと思った。だけど父からは生臭いと不評だった。

「お前は生まれつき不器用なんだ。アレンジなど加えず、レシピに従うべきだ」

父の苦言に、祖母が顔をしかめる。

「ちょっと、正之輔。そんな言い方はないでしょう。理央ちゃんは慣れない家事を全てやってくれているのよ」

「俺はアドバイスをしただけだ」

リモートワークが肌に合わないのか、父はずっと不機嫌だ。父の地声は大きく、低音のため迫力がある。私は小さな頃から要領が悪く、特に家庭科の成績が酷《ひど》かった。父は今でも小学校時代の通知表を覚えている。

「ごちそうさま」

正晴が茶碗に箸を置くと、甲高い音が鳴った。中学三年の男子らしく普段から食べるのが早い。父親譲りの体型で、身長はすでに百七十五センチを超えている。ただ運動には興味がないため、中学ではラグビーをしてほしいという父の要望を拒否して美術部に入部した。

「今日もコーヒーを淹れるかな」

正晴がキッチンに立つ。私が普段座るダイニングテーブルの位置からは、キッチン台が正面に見えた。正晴がコーヒーミルに豆を入れ、ハンドルを回しはじめる。ガリガリと豆を挽《ひ》く音が響く。コーヒーミルは母のもので、朝食の後によく豆を挽いていた。そして母が福岡に行って以降、正晴がコーヒーミルを使いはじめた。

最初は豆の挽き具合がわからず、濃すぎたり薄すぎたりしていた。戸棚の奥に眠っていた古い豆を使ったせいで、妙な雑味やえぐみが出たこともあった。だけど最近は上達し、母にも負けない味を淹れられるようになった。私は正晴に呼びかける。

「私も飲みたいな。ブラックでお願いしてもいい？」

正晴がうなずいた。私は甘いものは好きだけど、コーヒーや紅茶は砂糖を入れない。

「わかった。他にはいる？」

「俺はいらん」

「わたしはゼリーをいただけるかしら」

正晴が祖母に微笑みかける。

「ああ、冷やしてあるよ」

正晴が濃く淹れすぎたコーヒーを嫌そうに飲んでいたとき、祖母が「ゼリーにしたら美味しくなるかしら」と提案したことがあった。祖母はクリームたっぷり注いだコーヒーゼリーが好物らしく、正晴が作ったゼリーを嬉しそうに食べるようになった。

それ以降、正晴は祖母のためにコーヒーゼリーを作っている。私も買い物をする際はゼラチンを欠かさないようにしていた。

正晴が私のマグカップと、コーヒーゼリーをテーブルに運ぶ。それから自分のコーヒーを持ってキッチンを出ていった。父も食事を済ませ、仕事場である書斎に向かう。ダイニングに私と祖母だけが残される。

「理央ちゃん、正之輔がごめんなさいね」

「気にしてないよ。お父さん、昔からあんな感じだし」

祖母が申し訳なさそうにしているけれど、父の態度には幼少時から慣れっこだ。

コーヒーに口をつけると、苦味とほのかな酸味が感じられた。祖母の食事を見守る時間は、私の数少ない休憩時間になっている。

祖母の服薬を確認したら、次はスーパーへの買い物と昼食の準備が待っている。洗濯機を回したら掃除機をかけ、お風呂掃除をしてアイロンがけもある。大学の課題は全く終わっていないし、リモート授業にも出席しなくてはならない。

山積みの資料を思い出し、背筋に寒気を覚える。だけど今は全てを忘れ、コーヒーの風味だけを感じていたかった。


卒業論文のテーマが未だに決まらない。

前々から明治時代以降の市民生活に興味があった。そこで戦前から戦後の市場にかけて資料を読んでいたら、戦後闇市の食糧事情が気になりはじめた。

流通の崩壊や米の不作、大量の復員兵、韓国や台湾、満州で収穫していた作物の途絶など様々な要因によって、国内の食糧事情は最悪だった。多くの餓死者が記録され、都市部から地方に食べ物を求めて人々は移動した。買い出し客を乗せた電車が脱線し、日本史上最悪の列車事故が起きたのもこの時期だ。私は資料を読むまで、この悲劇のことを一切知らなかった。

だけど、なぜか決め手に欠ける気がした。興味を惹《ひ》かれる題材は無数にある。ただ、芯がないので散漫になる。肝心なテーマを見つけるためには多分、知識が足りない。でも情報量が多すぎて、どこから手をつければいいのかわからない。

私は読んでいた本を閉じた。今日も頭痛が治まらない。洗濯がそろそろ終わるはずだ。今は早めに買い物を終え、午前十時から三十分だけ課題に取り組んでいる最中だった。

洗面所に向かうと、正晴が洗濯機の蓋を開けていた。

「何をしているの？」

正晴が小さく舌打ちをした。

「終わったから干すんだよ」

私は洗濯機に近づき、洗い終えた衣類に手を伸ばす。

「正晴は受験勉強に専念しなさい」

「姉ちゃんはもうアパートに帰れよ。家事なんて俺がやるから」

要領の悪い姉を気遣っているのだろう。気持ちは嬉しかったけれど、正晴には優先すべきことがある。私は心を鬼にする。

「半月前に洗濯機を回したときなんて、ティッシュをポケットから出し忘れて大惨事になったでしょう。私がやったほうが早いから、正晴は手を出さないで」

「……わかったよ」

正晴が表情を歪め、大きな足音を立てて自分の部屋がある二階に上っていく。意地悪を言うのは心が痛んだけれど、正晴のためを思えば仕方ない。目指す高校は県内一の進学校なので、勉強時間はいくらあっても足りないのだ。

ベランダに出ると空は曇っていた。この次は昼食の準備だ。淡い日の光に軽い眩暈《めまい》を覚える。

夕方までに乾くか不安に思いつつ、絡まったタオルをほどいた。

焦げ臭さで目が覚めた瞬間、自分がどこにいるのかわからなかった。鍋から黒煙が立ち上り、換気扇に吸い込まれている。肉じゃがの入った鍋を火にかけたまま椅子に腰かけた瞬間までは覚えている。慌てて立ち上がり、コンロの火を止めた。

鍋の中身は真っ黒に焦げていた。大きく息を吐く。火を扱っている最中に居眠りなど危険極まりない。揚げ物の最中なら火災の可能性もあったのだ。

「理央ちゃん、大丈夫?」

祖母が壁に手をつき、キッチンを覗き込んできた。

「ああ、おばあちゃん。ごめん、臭かったかな。ちょっと焦がしただけだよ」

臭いが客間まで届いたのだろう。大変なのにキッチンまで様子を見に来てくれたのだ。

「最近疲れているでしょう。お願いだから、無理はしないでね」

「ありがとう。でも平気だよ」

祖母は心配そうにしながらも、覚束《おぼつか》ない足取りで戻っていった。

鍋に重曹を入れ、火にかける。確か焦げが浮いて取れやすくなるはずだ。肉じゃがが駄目になったので、代わりのおかずを考えなければならない。

父の言う通り、私は不器用だ。家事は人一倍努力して、ようやく他人と同じ水準にたどり着ける。掃除やゴミ出し、洗濯でさえ毎回手間取っている。

私は家事労働に向いていない。だけど今は非常事態だ。父は仕事で大変だし、弟は受験勉強に挑んでいる。祖母は不自由な身体に立ち向かっている。母も福岡で祖父母の世話を担っている。その母が戻らない以上、他にやる人がいない。手が空くのは私だけなのだ。

キッチンの水道で顔を洗い、眠気を吹き飛ばす。私はもっと、がんばれる。水滴が首筋を伝い、鎖骨を通って服の裏に流れた。

## 4

五月二十五日、緊急事態宣言が解除された。だけど新規感染者は毎日発表されている。街を往来する人々はマスクを着け、外を歩くときの緊張感は続いていた。

母は福岡から戻っていない。母方の祖父が外出した際、会話をした相手に感染者が出たのだ。祖父は濃厚接触者に認定された。検査結果は陰性だったけど、福岡の家で暮らす面々は二週間の待機を余儀なくされた。

そんな大変な状況で、私は電車で都内のアパートに一旦帰宅することになった。大学に提出する大事な書類を置いてきてしまったのだ。

都内の友人と会うのは断念した。だけど家族に了承を得た上で、お気に入りの洋菓子店にだけ立ち寄ることにした。宣言解除に合わせて営業を再開するとSNSに書いてあったのだ。

買い溜めしていた焼き菓子はすでに尽きている。好きな洋菓子をまた味わえることに、私の心はひさしぶりに浮き立った。

出発の日は早起きして、段ボールをゴミ捨て場に運んだ。収集場所は家の目の前だけど、もちろんマスクは欠かさない。早朝の街はしんと静かで、どこかの道路を走る車の音が届いた。

父が出社する予定なので、お弁当を用意する。ごはんと焼き魚、前日に作っておいた煮物を詰める。ブロッコリーも昨晩レンジで加熱し、胡麻ドレッシングで和えて冷やしてある。このブロッコリーは両親の好物で、昔から食卓に並んでいた。これも大河弘子の料理本に書いてあったレシピである。

本日の朝ごはんはトーストとベーコンエッグ、ツナサラダにミネストローネだ。料理をテーブルに運び、ダイニングテーブルまで歩く祖母に寄り添う。そして全員で朝ごはんをいただく。卵の半熟加減もばっちりだし、ミネストローネは満足できる味に仕上がった。

「ごちそうさま」

今日も正晴が最初に食べ終える。それからキッチンでやかんを火にかけ、手際よくコーヒーを淹れていく。淹れ立てのコーヒーの香りが立ち上ったとき、正晴が言った。

「作りすぎた。三杯分はあるから、姉貴と親父も飲んでくれないか」

「うん、お願い」

「仕方ないな。俺もブラックで頼む」

「了解」

私と父の返事を受け、正晴がマグカップを三つ並べた。

「ばあちゃんは今日もゼリーでいいか？」

「ええ、お願いするわ」

正晴が冷蔵庫からゼリーを取り出し、コーヒーを注いだカップと一緒にトレイに載せた。

「あっ」

祖母が小さく声を上げる。ミネストローネをスプーンからこぼしたことで、介護エプロンに赤色の染みが生まれる。

「ごめんね、理央ちゃん」

「いいんだよ」

ウェットティッシュで口元とエプロンを拭く。幸いパジャマは汚れていないようだ。

「はい、姉ちゃんの分な」

正晴がカップを私の前に置くと、かたんと音がした。正晴は父の前にカップ、祖母の前にコーヒーゼリーを運ぶ。運ぶ際に揺らしたのか、私のカップの縁に焦げ茶色の跡があった。トレイにもコーヒーがこぼれている。

父がカップに口をつけ、眉根を寄せる。

「かなり濃いな」

私も飲むと、舌に強い苦味を感じた。香りが強く、渋みが出ている。さらに味わい慣れない青臭い風味もあった。

「ごめん、豆を細かく挽きすぎた」

粉末状になるまで細かく挽いた豆からは、えぐ味や苦味まで抽出される。最近は上達していたけれど、失敗する日もあるのだろう。

「いや、好みの味だ」

父が渋い顔でカップを傾ける。父もブラック派で、なおかつ濃い味が好きなことを私は今まで知らなかった。

父がコーヒーを飲み干し、着替えのため席を立つ。そこで祖母のコーヒーゼリーに、すくった跡があることに気づく。祖母はまだミネストローネを味わっているけれど、いつの間にかゼリーの味見をしたらしい。

祖母が私に微笑みかけた。

「アパートへは日帰りなんでしょう。今日はわたしの世話はもういいわよ」

祖母のほっぺたにえくぼができる。私のえくぼは祖母譲りなのだ。

「ありがとう、おばあちゃん」

「いいえ、いつも感謝しているわ」

家事があるから、東京で一泊するのは避けたかった。着替えや資料の整理など、アパートでやることはたくさんある。そこで朝に出発し、夜遅くに戻る予定になっていた。

部屋で着替えを済ませる。出発の準備は昨夜のうちに整えてあった。バッグを抱えて一階に下りると、芳ばしい香りがした。キッチンに祖母の姿はなく、正晴が水筒にコーヒーを注いでいる。

祖母の食器はすでに洗ってあった。

「あ、正晴。洗い物ありがとう。申し訳ないけど今日だけは他の家事もお願いね」

「わかってるよ。それとこれ、あっちで飲んでくれ。さっき失敗したから作り直したけど、今回も濃くなっちまった」

「ありがとう。嬉しいよ」

今朝のような味でも、お湯か牛乳で割れば問題ないだろう。私は水筒をバッグに入れる。

「おい、もう出るぞ」

スーツに着替えた父に声をかけられ、マスクを箱から抜き取る。駅までは父の車に同乗することになっていた。祖母は壁に手をつき、玄関まで見送りに来てくれた。

「いってらっしゃい。気をつけてね」

「いってきます」

玄関を出るだけで、かすかな後ろめたさを感じる。この状況はいつまで続くのだろう。風は温かく、夏の気配を漂わせている。私は父の車の助手席に乗り込む。向かいの家の庭先の紫陽花《あじさい》が今にも咲きそうだった。


実家からアパートまで、電車を乗り継いで一時間半ほどかかる。電車内は誰もがマスク姿で、互いに監視し合っているように感じられた。ホームはどこも空いていて、アパートの最寄り駅前も人通りが少なかった。

他人との適切な距離を取りながら商店街を進む。歩道にくすんだマスクが落ちている。緊急事態宣言は終わったけれど、シャッターを下ろしたままの店も多かった。

目当てのケーキ屋の店先に、明かりが灯っている。パンも扱っているためか、朝九時から営業しているのだ。その光景だけはパンデミック以前が戻ったみたいだった。

ドアを開けるとアルコール除菌用のスプレーが置いてあり、フェイスガードをした店員さんが近づいてきた。

「いらっしゃいませ。申し訳ありませんが体温測定をお願いします」

「えっと、はい」

消毒してから手首を差し出すと、店員さんが非接触型の体温計を近づけた。電子音が鳴り、三十五度四分と表示される。冷え性の私はいつも体温が低めに出てしまう。このやりとりはいつまで続くのだろう。

冷蔵ケースに洋菓子、棚に焼き菓子が並んでいる。だけど両方とも品数を絞っているようだ。緊急事態宣言明けの客足なんて誰にも予測できない。私は定番のショートケーキとガトーショコラ、そして焼き菓子の詰め合わせを購入した。

本音では店員さんと会話をしたかった。コロナ禍の苦労を分かち合い、今後の営業予定も確認したい。だけど私はマスクの裏で口をぴったりと閉じる。

アパートに到着し、電灯のスイッチを点ける。二ヶ月ぶりの部屋は空気が冷たく、湿気が溜まっていた。丹念に手を洗い、窓を開け放つ。そして最大の目的である書類の確認や着替えを後回しにして、洋菓子の入った箱を開けた。

「わあ」

ショートケーキの生クリームは艶《つや》やかな純白で、苺は大ぶりで瑞々《みずみず》しい。断面に見えるスポンジ生地もきめ細やかだ。ガトーショコラはチョコの色が濃く、重量感がある。濃厚さに期待が高まる見た目だった。

ショートケーキのフィルムを剝ぎ、行儀悪くクリームを舌で舐め取る。

「あれ?」

記憶よりも味が薄い気がした。営業再開に合わせて味を変えたのだろうか。

「いただきます」

付属のスプーンのビニールを破り、ケーキをすくい取って口に運ぶ。今回も口いっぱいに幸せが広がる。そのはずだった。

「嘘」

スプーンを持つ手を止め、ケーキをまじまじと凝視する。以前と見た目は変わらない。今度は大きめに切り分けて頰張り、ゆっくり咀嚼《そしやく》する。

「……味がおかしい」

甘さは感じるけど、明らかに薄かった。食器洗いのスポンジとハンドクリームを同時に食べたら、こんな感覚だろうか。口腔内に不快さが満ちる。苺の香りは感じるけれど、酸味だけが際立っている。ガトーショコラはもっと酷く、粘土を食べているようだった。

「どうしよう」

味覚の異常は新型コロナの代表的な症状だ。窓からの涼やかな風がカーテンを揺らす。自分のするべきことを考える。だけど頭が働かず、スプーンを手にしながら食べかけのケーキを見つめ続けた。


私は気持ちを落ち着け、保健所に電話をかけた。熱や咳《せき》の症状がないと伝えると、自宅待機を指示された。次は実家だ。私が感染者だった場合、濃厚接触者に該当する。

幸いなことに家族は当日中に検査でき、全員が陰性だと判明した。自治体によって対応は大きく変わるらしい。保健所から体調伺いの電話が何度かあったが、検査せずに待機を続けることになった。

不思議なことに味覚は昼食の時点で回復した。食べかけのケーキも堪能《たんのう》することができた。熱や咳など体調の変化はない。だけど一時的とはいえ味覚に異常があったのは事実なのだ。書類提出は待機明けで何とか間に合う。スマホと充電ケーブルがあるため、大学の授業も受講できた。こうして私は二週間、自宅で過ごすことになった。


三日後、私は暇を持て余していた。

書きかけのレポートのデータはクラウドに保存してあった。スマホでアクセスし、フリック入力で書くと意外に進み、期限内に提出することができた。卒論のテーマは決まっていないが、資料がないので八方塞がりだ。

睡眠時間を確保できた結果、頭痛も綺麗に消えた。問題は食料だ。自治体からはまだ届かず、実家からは明日の到着予定になる。買い置きのレトルトカレーやパスタソースは食べ終えた。お米はあるので飢えはしないけれど、冷蔵庫には調味料しかない。

読みたい漫画も今のところない。大ブームを起こしている『鬼滅の刃』は先週、雑誌連載が完結したらしい。でも私は単行本で読みたいので、発売を待たなくてはならない。

やることがなくなり、掃除することにした。といっても見えるところは片付いている。そこでサッシの隙間に綿棒を差し込み、テレビの裏の埃を拭《ふ》き取った。

シンクの下を覗いたところ、芽の生えたじゃがいもが転がっていた。実家に戻る前に食べ忘れていたのだ。品種はメークインで、しわしわだけど腐っていないようだ。

「これで昼ごはんでも作るか」

じゃがいもを丹念に荒って皮を剝き、芽の生えていた箇所を深めに削り取る。千切りにして水に晒し、さっと茹でてから水で冷やす。水気を切って酢と塩胡椒を振り、マヨネーズで和える。大河弘子の千切りポテトサラダを、記憶を元に再現したものだ。

「いただきます」

潰す手間がないから簡単だ。箸でつまんで口に入れる。かじった途端、歯触りに驚く。シャキシャキ感が新鮮な野菜のようだ。だけど芋の甘さも感じられる。シンプルな味つけが、じゃがいもの未知の美味しさを引き立ててくれていた。

ふいに、記憶が鮮明になる。

幼稚園のとき、福岡にある母の実家を訪れた。私はそこで千切りじゃがいものサラダを食べている。そのとき幼い私はなぜか、じゃがいもを生だと勘違いした。そして生の芋はお腹を壊すという知識があったため、食べるのを泣いて嫌がったのだ。

そんな私の頭を、しわくちゃの手が優しく撫でた。

祖母だろうか。いや、違う。愛おしそうに細めた右目の下にほくろがある。これは私が五歳のときに亡くなった曾祖母の記憶だ。

幼い私はすぐに泣き止み、サラダを口に運んだ。するとあまりの美味しさに笑顔になった。それから曾祖母が微笑み、自分の分をくれたのだ。

曾祖母との思い出はほとんどないと思っていた。だけど心の奥底に眠っていたらしい。

「ごちそうさまでした」

思い出に浸りながら手を合わせると、翔吾から電話があった。

「よう、体調はどうだ」

「心配ありがとう。元気だよ」

翔吾には理央に食料を渡そうと思って、近くまで来てるんだ」

「実は理央に食料を渡そうと思って、近くまで来てるんだ」

「本当に？　すごく助かる！」

ケーキを食べたとき近くを通ったので、アパートの場所は教えてあった。私は部屋番号を伝える。しばらく会話を続けていると、チャイムの音が鳴った。

「ドアの脇に置いておくよ」

「ありがとう」

本当なら直接感謝を伝えたい。だけど自宅待機中なのだ。玄関を開けるとエコバッグが置いてあった。二階の廊下から道路を見下ろすと、マスク姿の翔吾が立っていた。

「油断はするなよ。それじゃな」

翔吾が通話を切る。大きく手を振ると、翔吾が軽く腕を挙げた。マスクをした下校中の小学生が通り過ぎる。私は翔吾が角を曲がるまで見送り続けた。

エコバッグにはピーマン、アスパラガス、茄子《なす》が入っていた。どれも旬の野菜だ。豚ロース肉と鮭、ブルーベリーなどの冷凍食品、お菓子やのど飴《あめ》も嬉しかった。

「え、これはまさか」

エコバッグの底にプラスチック容器が入っている。中身は潰すタイプのポテトサラダだった。

ＬＩＮＥで確認すると翔吾は、『俺が作った』とそっけなく返信してきた。

私のために誰かが作った料理はひさしぶりだ。念願の手料理を早速味見をしてみる。

「うっわ。何これ美味しい」

粗《あら》めに潰されたじゃがいもは適度なほくほく感があり、コクがあるけど軽やかなマヨネーズと合わさって互いの味を引き立てている。太陽を思わせる青々とした爽やかな風味も感じられるが、その正体がわからなかった。

他の野菜はシンプルなきゅうりとにんじんで、水っぽさがなくシャキシャキしている。カリカリに焼かれたベーコンは燻製《くんせい》の香りが強く、懐かしさを感じるポテトサラダに贅沢感を与えてくれている。

料理の腕は評判以上だった。感動のまま翔吾に電話をかける。

「ポテサラ、最高に美味しいよ！　これ、どうやって作ったの？」

「普通に作っただけだ。強いていえば好みの味に仕上げるために、マヨネーズを自作したことくらいだな」

「マヨネーズなんて作れるの？」

「卵黄と酢、油があれば簡単だ。ああ、今回はひとつだけ、親父秘蔵のギリシャ産オリーブオイルを、マヨネーズの風味付けのため隠し味程度に使わせてもらった。退屈な隔離生活で、少しでも贅沢な気分を味わってほしいと思ったんだ。でも他の素材は普通のスーパーで買えるものしか使っていないぞ」

マヨネーズの奥に感じた爽やかな香りは、高級オリーブオイルだったのだ。翔吾のことだから無断使用だろう。私は心のなかで大河健吾氏に頭を下げた。

「ありがとう。めちゃめちゃ泣けてくる」

誇張表現ではなく、本当にじんわりと胸が温かくなっていた。すると翔吾は照れ隠しなのか、わざとらしく話を変えた。

「そういえば例のキッチンの件に、知り合いが興味を抱いたんだ。不思議な出来事を相談すると、毎回綺麗に解決してくれるんだ。今度オンラインでその人と話してみないか？」

キッチンから甘いものが一晩だけ消えた事件のことだろう。翔吾にもオンラインでの雑談の際に伝えてあった。あのときは悪い夢かと思い、忙しさもあってやり過ごしていた。だけど暇になって冷静に考えると、明らかにおかしな出来事だった。

「理由が判明するなら嬉しいけど、初対面の相手だと緊張しちゃうな」

「気さくな人だから問題ないよ」

翔吾は部屋を出られない私を気遣ってくれているのだろう。そのために疑問を解消しようとしてくれたのだ。優しさに心がほわりと温かくなる。

電話を切ってから、ポテトサラダを口に入れる。不思議なことに先ほどよりも、柔らかな味に感じられた。

その日の夜、翔吾からメッセージが届いた。そしてお知り合いの方とのオンラインでの対面が早速、明くる日の午後三時に行われることが決まった。

スマホの時計が午後二時五十八分を表示している。約束の時間が迫っていた。インターネットの通信速度は充分そうだ。アプリを操作し、パスワードを入力して接続を待つ。

翔吾の顔が表示される。さらに別の人物も映し出された。

その優しげな老女の顔を、私は知っていた。

「ええっ」

スマホの画面に、料理研究家の大河弘子がいた。小さな文字で氏名も表示されている。

「ちょっ、え。翔吾、どういうこと？」

「理央を驚かせようと思ってな」

翔吾が悪戯《いたずら》めいた笑みを浮かべる。私が遭遇したキッチンでの不思議な出来事に興味を抱いた人物は、あの大河弘子だったのだろうか。茫然としていると、大河さんが微笑んだ。

「はじめまして。あなたが翔ちゃんのお友達のりおちゃんね。あらあら、可愛らしいお嬢さんじゃないの。翔ちゃんも隅に置けないわ」

写真だと力強く感じられた瞳は、画面越しだとずっと穏やかな印象だった。

「えっと、よろしくお願いします」

慌てて頭を下げる。穏やかで明瞭な語り口は、ネットで視聴した若い頃の動画と変わらない。

「りおちゃん、素敵なお名前ね。どういった漢字で、どんな由来があるのかしら」

画面には氏名が表示されているはずだ。文字は小さいだろうから、老齢の大河さんには読み取りにくいのかもしれない。初対面で名前の由来を聞かれることに驚いたが、年を経ると名前に込められた意味が気になってくるのだろうか。

「えっと、理科の理に、中央の央で理央です。理の文字は賢く育つように、央の文字は母方の曾祖母からいただきました。今でいうシングルマザーとして祖父を育て上げたという、とても尊敬されている人なんです」

母方の一族は皆、曾祖母を心から敬っていた。そのため女の子に曾祖母の名前から取った字を入れることを強く望み、私の母の名前も菜央《なお》になった。弟の正晴に、父である正之輔の一字が入ったのはその影響だと聞いている。

「そうなのね。綺麗なお名前だわ。教えてくれてありがとう」

大河さんがにっこりと笑う。会話していること自体、不思議な気分だった。一九二〇年生まれといえば政治家の田中角栄の二歳下で、『サザエさん』の長谷川町子と同い年なのだ。私にとって歴史上の偉人に近かった。

「よくその年でオンライン通話なんてできるよな」

翔吾が感心した様子で言うと、大河さんは困ったような顔になった。

「設定は全て他人任せよ。私は教わった通りに操作するだけ」

大河さんは料理研究家としてはほぼ引退していたが、エッセイの仕事はたまに引き受けていた。しかしコロナ禍で編集者との打ち合わせができなくなったらしい。そこで近所に住むお弟子さんやヘルパーさんが協力し、オンライン通話の環境を整えたのだそうだ。以前からパソコンに慣れ親しんでいた大河さんはあっさり順応したという。

大河さんの背後には本棚が置かれ、書籍が隙間なく埋まっている。壁には矢絣《やがすり》柄の布地が額装されて飾ってあった。ハンカチくらいの大きさで、生地の褪せた色合いが年季を感じさせた。

私は背筋を伸ばし、大河弘子に頭を下げた。

「子どもの頃から先生のお料理を食べて育ってきたので、本日はお話できて光栄です。今も先生のレシピ本を参考にさせていただいています」

「嬉しいわ。理央ちゃんの親御さんも私の料理を作ってくれていたのね」

「両親だけじゃありません。父方の祖母や母方の祖父も、子どもの頃から大河先生の料理を食べてきたそうです。私の両親なんて、先生のお料理が縁で親しくなったんですよ」

「あら、光栄ね。何かお好みの料理はあったかしら」

大河さんが目を輝かせると、翔吾が肩を竦めた。

「ひいばあちゃんは若い人と喋ると、いつも同じ質問をするんだ。この年になっても研究熱心なのは本当に恐れ入るよ」

曾祖母について語るときの翔吾は、普段より浮かれ気味に感じられた。

「実は昨日、千切りじゃがいものサラダを作りました。潰す手間がなくて楽ですし、食感も心地よくてとても美味しかったです」

「そうなのね。あのサラダには思い入れがあるの。喜んでいただけて幸いだわ」

大河さんの明るい表情は、女子学生みたいに屈託がない。

「実は幼稚園の頃、母の実家で同じ料理を食べたことがあるんです。今思うと大河先生のレシピが元だったのですね。とても美味しくいただいたのですが、最初はなぜか生だと勘違いして口に入れるのを拒否したんですよ」

画面のなかで翔吾が首を傾げる。

「食感がシャキシャキだから勘違いしたのかな」

「それはおかしいわ」

大河さんの声が鋭くなる。

「食感は確かに生野菜みたいよ。けど理央ちゃんは美味しくいただいたのよね。つまり食べる前に何らかの理由で、生だと勘違いしたのではないかしら」

「えっと、そのはずです」

そういえば今回の通話は、大河さんが私の身に起きた奇妙な出来事について話を聞く場だった。まだ本題には入っていないけど、謎解きが好きなのかもしれない。

「きっとサラダと言われて出されたんだ。サラダは全部、生だと思い込んでいたんだよ」

「ああ、そうかも」

私は翔吾の指摘に納得したけど、すぐに疑問を抱く。我が家では昔から、レンジで加熱したブロッコリーをサラダとして食べている。物心ついた時点ですでに、熱を通した野菜サラダがあることを知っていた気もするのだ。

大河さんが、胸の前で小さくぽんと手を合わせた。

「そうそう。理央ちゃんは不思議な出来事に遭遇したみたいね。何が起きたのかご本人からも教えてもらえるかしら」

「えっと、大したことではないのですが」

私の身に起きた些細な事柄で、大河さんの時間を奪うのは申し訳なかった。だけど本人から直接頼まれたのだから断る理由はない。

ただしキッチンから甘い物が消え、翌日に戻ってきたこと以外に説明することはない。大河さんは微笑みを浮かべ、私の説明に耳を傾けていた。

「甘いものは人の心を穏やかにしてくれる。それは今も昔も変わらないわよね」

勉強の気分転換に焼き菓子を食べていたことを説明すると、大河さんは懐かしそうにつぶやいた。

全て話し終えると、大河さんが首を傾げた。その仕草は翔吾にそっくりだった。

「もしかして甘い物が消える前に、変な味のお茶を飲まなかった？」

「どうしてわかったのですか？」

私はお茶について一切説明していない。

「やっぱりそうだったのね。私の予想通りだったわ。お嫌でなければ、理央ちゃんの最近の状況を詳しく教えてもらえるかしら」

「えっと、構いませんが」

家族について話すことに躊躇《ためら》いはあった。だけど大河さんなら信頼できるはずだ。私はコロナ禍前後に起きた出来事について順を追って説明する。

祖母の病状や母の帰省、父のリモートワークや弟の受験、実家に戻って家事を担ったこと、一日だけアパートに戻った際に味覚に異常を感じ、現在は自宅待機中であることなど、私は近況について大河弘子に伝えた。

話を終えると、大河さんが小さなため息をついた。

「なるほど……。相変わらず私は、異物の混入に縁があるわね。これで何度めかしら。まさかこの年でも関わるとは思わなかった」

「あの、それは？」

訊ねると、大河さんがにっこりと誤魔化《ごまか》すように微笑んだ。

「ごめんなさい、気にしないで。それよりキッチンから甘いものが消えた件について、ある可能性に思い当たったわ。だけど推測が正しければ、理央ちゃんは不快な思いをするかもしれない。それでも真相を知りたいかしら」

大河さんに問われ、私は戸惑う。不快な思いは怖いけれど、迷った末に好奇心が勝った。

「お願いしてもいいでしょうか」

大河さんが大きくうなずく。

「わかったわ。ところで理央ちゃんは、弟さんからコーヒーを渡されたのよね。それはまだ残っているのかしら」

「え？　あっ、すっかり忘れていました」

実家を離れる間際、正晴から水筒を受け取った。だが味覚異常に衝撃を受け、記憶から消えていた。慌ててバッグから取り出す。口はつけていないけど、常温で三日も放置したことになる。

「ありました」

「お手数だけど、中身を口に含んでからお菓子を食べてもらえるかしら。古くなって不安なら、舌の上で転がしてから吐き出して構わないわ」

「えっと、わかりました」

指示の意図はわからないけど、素直に従うことにする。蓋を開けて臭いを嗅いだけど、傷んではいないようだ。口に入れると正晴が言っていた通り、苦味が強烈だ。それに奇妙な青臭さも感じる。自宅を出る前の朝に飲んだコーヒーと同じ味だった。

口をゆすぐようにしてから、キッチンのシンクに吐き出す。それから実家から届いた市販のバタークッキーの封を開ける。軽い歯触りとバターの香りが人気の定番商品だ。

一口かじり、私は目を見開く。

「味がしない」

クッキーは無味で、固めた砂を食べたような感触だった。だけど香料はふわりと香る。味覚障害が再発したのかと背筋が寒くなる。

戸惑う私の耳に、大河さんのよく通る声が飛び込んでくる。

「心配しないで。新型コロナではないはずよ。やっぱり理央ちゃんの飲んだコーヒーには、ギムネマ茶が混ぜられていたみたいね」

5

ギムネマ茶という名前は聞いたことがあった。母は一時期、ダイエット食品を集めていた。ティーバッグで煮出し、苦いと顔を歪めていた気がする。続けないまま戸棚の奥に押し込められ、父が嫌味を言ったことで喧嘩になったこともあった。

「ギムネマ茶はダイエット効果で知られ、血糖値の上昇や脂肪の吸収を抑える効果も期待できるみたいね。昔試したことがあるのだけど、摂取すると舌が甘みを感じなくなるの」

大河さんは以前、ギムネマ茶で実験をしたらしい。家庭料理とは無関係に思えるけれど、ダイエット食品まで研究しているとは驚きだった。

お菓子は甘さが消えると、他の繊細な風味まで感じ取るのが難しくなるそうだ。チョコは粘土に、クッキーは固めた砂に、ケーキの生地は文字通りスポンジのようになるという。

「他にもナツメの葉にも似たような効果があるわ。酸味を甘さに勘違いさせるミラクルフルーツが流行したけど、二人は覚えていないかしら」

私と翔吾が同時に首を横にする。すると大河さんが首を傾げ、頬を朱に染めた。

「ごめんなさい。よくよく思い出したら、あなたたちが生まれる前だったわ。この年になると二十年以上前が最近に思えてしまうの」

私が朝食後に飲んだコーヒーにも、ギムネマ茶が混ぜられていた可能性が高いという。つまり今回の騒動は正晴の仕業ということになる。

大河さんは、推理に至る道筋を教えてくれた。

台所から甘い物が消えたと聞き、私に糖分を取らせないよう誰かが企んだと考えた。さらに現在の私が自宅待機中だと思い出し、味覚異常からギムネマ茶に思い至った。そこで私に、甘い物が消える前に変わったお茶を飲んだか聞いたのだ。

そして私の話を聞いた後、コーヒーの味に疑問を抱いた。正晴はコーヒーを淹れるのに慣れたのに、私がアパートへ帰る日の朝は、一度だけならまだしも二度も失敗した。その理由はギムネマ茶特有の青臭さや苦味を誤魔化すためだというのだ。

そこで私は疑問を挟んだ。

「父もコーヒーを飲んでいます。それに、淹れるときに不審な様子はありませんでした」

父の味覚には異変はない様子だった。加えて、私の座る位置からキッチンはよく見える。絶えず視線を外さなかったわけではないけれど、おかしなことをしていたらすぐに気づいたはずだ。

大河さんはすぐに答えを返してくれた。

「きっと、ゼリーにギムネマ茶を仕込んだのよ」

「ゼリーに？」

「事前にとびきり濃厚なギムネマ茶ゼリーを作っていたのね。それにコーヒーを混ぜて色を誤魔化して、冷蔵庫で冷やし固めておいたの。そしてみんなの目を盗んで、理央ちゃんのコーヒーカップにひと匙《さじ》すくって入れたのよ」

ゼラチンの融点は五十度くらいだ。淹れ立てのコーヒーならすぐに溶けるだろう。

正晴は食卓に運ぶ途中でコーヒーをこぼしていた。あれはスプーンですくい、カップにゼリーを入れたせいなのだろうか。それに父は苦いと言いつつ、青臭い風味に言及していなかった。私と父のコーヒーの味は違っていたのかもしれない。

そして正晴がコーヒーを運ぶ際、祖母がミネストローネをこぼした。私はそれを拭くために目を逸らしたから、細工をする瞬間はあったはずだ。

「でもあのゼリーは祖母のものです」

家を出る準備をしていたため、私は祖母がゼリーを食べる姿を見ていない。だけどギムネマ茶が大量に入っていれば不審に思うはずだ。すると大河弘子は困ったような表情になった。

「きっとおばあさまも、今回の件に協力したのだと思うわ。ゼリーは口をつけずに捨てたか、もしくは苦いのを我慢して食べたのでしょうね」

つまり、祖母がミネストローネをこぼしたのは故意ということになる。

ギムネマ茶の効果は二時間ほどだという。私は家族にケーキ屋へ寄ると伝えていた。実家からアパートまでは一時間半だから効果はぎりぎり続いたはずだ。

そこで翔吾が大きくうなずいた。

「コロナ禍だから、寄り道せずに帰宅すると踏んだんだな。理央の食い意地なら、帰宅直後に脇目も振らずケーキを食べることも予想できたはずだ」

翔吾に反論したかったけど、事実なので否定できない。

キッチンから甘いものが消えたのも、ギムネマ茶が原因だと大河さんは説明した。

あの日、私は夜中に謎のお茶を飲んだ。あれがギムネマ茶で、正晴はその場面を目撃していたのだ。あの時点ですでに計画を立てていて、実験をしていたのだと思われた。おそらく検証途中に正晴が席を外したタイミングで、私がキッチンに来てしまったのだろう。

正晴は私が夜中にお菓子を食べるのを知っていた。ギムネマ茶を摂取した状態で口に入れれば、コロナに感染したと騒ぎになる可能性がある。その場合、ギムネマ茶の正体も明かす必要が出てくる。そこで計画を隠すため、私が勉強をしている間にキッチンから甘い食べ物を全て移動させたのだろう。そして効果の切れる朝までに戻したのだ。

「弟さんが水筒を渡したのは、電車の遅延など不測の事態を危惧したのね。効果が切れるのを心配したせいで証拠を残してしまったのよ」

「どうして、そんなことを」

「ご家族は心から、理央ちゃんの体調が心配だったのね」

大河さんがふっと表情を和らげた。

「自宅待機になれば二週間、アパートから出られなくなる。そうすれば理央ちゃんを強制的に休ませることができるわ。きっとそれが目的だったのよ」

私が忙しかったのは事実だ。寝不足が続き、頭痛にも苦しめられていた。だけどまさか無理やり休ませるためだったとは思わず、私は言葉を失う。

「冗談じゃない」

翔吾の声には怒りが込められていた。

「理央はここ数日、感染の恐怖に怯えていた。自分だけでなく他人に移したという不安も抱いていた。それに世の中には苦しんでいる人が大勢いる。そんな病気を利用するなんて間違ってる」

翔吾の言う通りだ。感染を疑った瞬間を思い出すと、今でも背筋が寒くなる。

そこでふいに翔吾が目を伏せた。

「だけど本音を言うと、体調を心配する気持ちもわかる。最近の理央は疲れ切っていて、端から見ていて本当に辛そうだったから」

「そんなに酷かった？」

「かなりやばかったぞ」

翔吾が眉間《みけん》に皺《しわ》を寄せる。

「でも、こんな回りくどいことせずに、直接言ってくれればよかったのに」

「少なくとも俺は言っていたぞ。家族も忠告していたんじゃないか」

翔吾に不満げに言われ、私は反論できない。正晴は家事を手伝おうとしてくれたし、祖母も休むよう勧めてくれた。その全てを拒絶し、全部を抱え込んだのは私自身だ。コロナ禍では誰もが気を張っている。自覚しないうちに心が硬直し、みんなの助言が耳を入らなくなっていたのかもしれない。

大河さんがほがらかに笑う。

「忙しいときはどうしてもある。だからこそ生きることに必要な家事は、必要に応じて楽をしても構わないと思うわ」

世の中にはもっと忙しいのに、悠々とこなせる人もいるはずだ。だから私もできると思っていた。だけど一人でこなせる仕事量は個人差があって、私にとっては限界だったのかもしれない。

そこで翔吾が肩を竦《すく》める。

「これで謎は解明されたな。あとは家族で話し合ってくれ。そろそろ通話を終わらせようと思うが、理央はひいばあちゃんに質問はあるか？」

翔吾に言われ、大事なことを思い出した。

「実は祖母が大河先生と面識があるみたいなんです。なぜかはぐらかされたのですが、個人的に気になっています」

スマホを操作し、祖母の写真を探す。画面に画像を表示する機能があったはずだ。

「どなたかしら。この年になると、知り合いばかり増えてしまうから」

「さっき話していた千切りじゃがいものサラダを作った人か？」

祖母の画像がなかなか見つからない。

「それは磐鹿の家――、福岡にある母方の曾祖母だよ。右目の下にほくろがあるのを思い出したからわかったんだ。知り合いかもしれないのは、父方のおばあちゃんだよ」

　写真が見つかり、三人で画像を共有する。大河さんや翔吾のディスプレイに祖母の顔写真が表示されているはずだ。

「それで祖母の名前なんですが…、えっ」

　思わず声を上げる。大河さんがなぜか身体を後ろに傾け、顔がパソコンから遠ざかっていたのだ。さらに前後に身体を揺らしている。

　困惑していると、大河さんが最初の位置に戻ってきた。

「あら、ごめんなさい。ところでおばあさまのお名前を教えていただけるかしら」

「あ、はい」

　祖母の氏名と、ついでに旧姓も伝える。大河さんは目を細め、愉快そうに口元に手を当てた。

「ふふふ、こんなこともあるのね」

「やはりお知り合いなのですか？」

「ええ、そうね。ただ、私は言っても構わないけれど、おばあさまが内緒にするつもりなら、こちらが勝手に話すわけにはいかないわ」

　やはり祖母と大河さんは特別な間柄らしい。孫としては無性に気になる。真実を知るには祖母に聞く以外になさそうだ。

「そろそろお暇《いとま》するわ。理央ちゃんとお話できて、とても楽しかった。ああ、そうだ。ひとつだけおばあさまに伝えてもらえるかしら。あなたにはとても感謝をしていると」

「承知しました。私もお話しできて光栄でした」

私が答えると、大河さんが深く息を吐いた。

「ああ。こんなにも素敵なことが起きるなんて、長生きするものね」

大河さんが顔を上げて、目を細めて微笑んだ。なぜか私は、自分が真っ直ぐに見つめられている気がしてならなかった。翔吾も曾祖母の言動に困惑した表情を浮かべている。

「理央ちゃん。あなたに逢えて、本当に良かった」

私は身の上話をして、奇妙な出来事を解決してもらっただけだ。それなのに、こんなにも特別な微笑を向けられている。祖母が関係するのだろうか。理由がわからないまま、大河弘子は画面上から消えた。


大河さんの推理を聞いたあと、私は正晴に電話をかけた。

問い質すと正晴は真実を打ち明けてくれた。やはり味覚異常の原因はギムネマ茶だったのだ。動機も推理通りだった。私を新型コロナだと勘違いさせ、無理やりアパートで休ませようとしたのだ。すると電話の向こうで祖母の声が聞こえ、電話がスピーカーモードになった。

「怖がらせてしまって、ごめんなさい。本当に申し訳なく思っている。わたしも事前に相談を受けていたの。正晴を止めなかったわたしに責任があるわ」

「説明してもらえるかな」

祖母が電話の向こうでうなずくのがわかった。

発端は正晴が、私の体調について祖母に相談したことだった。

祖母も私を心配しており、私に何度も休むよう働きかけ、正晴も家事を手伝おうとした。だけど私は聞く耳を持たなかった。その点に関しては私に問題があったのは間違いない。

「本来なら家長である正之輔が、率先して問題を解決するべきだった。ずっと自宅にいるのに家事を分担しようとせず、理央ちゃんだけに全て押しつけた。あんな子に育ててしまって、本当に面目ないわ」

祖母は何度か父に、全員で家事を共有するべきだと訴えていた。だけど父は耳を貸さず、仕事が忙しいと逃げてばかりだったそうだ。都合の悪い話に耳を塞ぐ私の性格は、父に似たのかもしれない。

「本来ならもっと強引に、理央ちゃんを休ませなくちゃいけなかった。だけどわたしだってお世話になっている身でしょう。正之輔は頼りにならない状況で、わたしの介助だけやらせておいて、家事はしなくていいなんて、とても言えなかったの」

正晴と祖母は解決方法について話し合った。そこで正晴は新型コロナの症状である味覚異常からギムネマ茶を思い出し、計画を考えついたのだそうだ。

姉はきっと一度くらい、アパートに戻るはずだ。その機会のために正晴はギムネマ茶の効果を実験し、準備を整えていたというのだ。

そこで正晴が喋りはじめた。

「ばあちゃんは姉ちゃんを怖がらせたくないって、計画を中止しようとしたんだよ。でも俺が無理やり実行したんだ。だからばあちゃんは責めないでやってくれ」

祖母は正晴がトレイでコーヒーを運ぶ際、スプーンを手に取るのを目撃した。そこで計画を実行すると悟り、とっさにわざとミネストローネをこぼしたらしい。そのため、ギムネマ茶ゼリーは口にしなかったという。

　そこで正晴が深く息を吐いた。

「姉ちゃんには本当に悪いと思っている。だけど計画を思いついたら、実行せずにはいられなかったんだ。だって、腹が立っていたから」

「どういうこと？」

　正晴が歯を食いしばったのが、なぜか気配でわかった。

「新型コロナのせいで、俺たちは何もかも台無しにされただろ。だから一度くらいは、この最悪のウィルスを利用してやりたかったんだ」

　新型コロナによって、私たちは色々なものを失った。

　学校に通うこと、友達と笑いあうこと。好きな店を訊ねること、新しい人に出会うこと。カラオケで熱唱して、マスクなしで気兼ねなく遠出して、イベントを目いっぱい楽しんで、たくさんの思い出を作ることを、私たちは不条理に奪われた。

　世の中には新型コロナに関する制度を悪用する大人もいるらしい。そんな連中は論外だとして、私たちは損をし続けている。天災なのだから受け入れるしかないのは理解している。だけど納得なんてできるはずがない。

　正晴と祖母のしたことを、私は許すことにした。我ながら甘いかもしれない。だけど心配をさせた私にも責任がある。すると祖母が口を開いた。

「待機が必要ないとしても、戻らなくていいからね。わたしの身体も前より動くようになってきた。理央ちゃんがいなくても、今のところ何とかなっている。家のことは心配しないで。正之輔もわたしが責任を持って躾《しつけ》し直すわ」

「うん、わかった」

祖母の言葉は力強かった。母もすぐに戻ってくるはずだ。あの父が変わるか不安だったけど、きっと大丈夫だと思えた。

正晴や祖母と話し合えたことで、良い方向に向かったように思う。それも大河さんのおかげだ。いつか直接お会いして、お礼を伝えたいと思った。

だけどその機会が訪れることは永遠になかった。オンラインで通話した翌週、大河さんが老衰で亡くなったのだ。それは百歳の誕生日を迎えた翌朝の出来事だった。

6

私は洗面所で前髪を直していた。部屋にはエアコンを効かせている。残暑はまだ厳しいけれど、窓から入る陽光は着実に和らいでいた。

二〇二〇年九月、新型コロナウイルスの感染は落ち着きはじめていた。だけど新規感染者は毎日発表されているし、海外では被害が拡大している。

約束の時間まであと十分ある。部屋は充分に掃除したつもりだけど、床の抜け毛が視界に入った。フローリングの床に粘着クリーナーを転がしていると、アパートのチャイムが鳴った。私は掃除用具を棚に入れ、玄関ドアを開けた。

「いらっしゃい、翔吾」

「おう」

翔吾はなぜか廊下で立ち止まり、周囲を気にしている。

「上がらないの？」

「今さらだが、俺なんかを招いていいのか。隆史って奴に知られたくないだろう」

「隆史くん？」

一瞬誰のことかわからず、すぐに元カレだと思い出す。

実家で家事に明け暮れていた頃から、思い出すことが減っていった。そしてアパートに戻った時期から、姿を思い出しても胸がときめかなくなった。隆史くんは多分、何があっても父みたいに家事を手伝わないだろうな、なんて考えた途端に恋心はすっかり消えていた。今ではなぜあんなに好きだったのかわからないくらいだ。

「心配して損したよ」

翔吾が苦笑し、玄関で靴を脱ぐ。そして綺麗に並べ、上がり込んでから手洗いとうがいを済ませた。細やかな仕草や息遣い、洗剤の匂いや体温、会話のときのテンポなど、私たちは意識せずにたくさんの情報を分かち合っている。オンライン通話も楽しいけれど、直接顔を合わせることの大切さは何物にも代えがたい。

翔吾は首元に汗をかいていた。冷たい麦茶を出すと、遠慮がちにマスクを外した。

「実家は問題ないか？」

「うん、大丈夫そうだよ」

相談に乗ってもらって以来、翔吾は私の実家を気にかけてくれている。

私の自宅待機中、母が福岡から戻った。その晩、取り乱した様子で電話がかかってきた。

「理央、大変。お父さんが食器をシンクに運んだのよ。私がいない間に何が起きたの？」

亡くなったおじいさんにそっくりよ。祖母が告げたその一言で、祖父と不仲だった父は愕然とした表情になったらしい。祖母としてはできれば使いたくなかった最終手段だったという。父はしばらく仕事部屋に籠もり、それ以降は率先して家事に協力するようになったそうだ。

正晴も受験勉強の合間に、息抜きの範囲で家事を手伝っているらしい。本人は気分転換になると楽しんでいるようだ。最近は料理にも興味を抱き、受験が終わったら実家にある大河さんの本を読破する予定らしかった。

「私が大河先生と会話したと教えると、弟は本気で羨ましがっていたよ。もう一度くらいお話したかったたな」

満百歳の誕生日の翌日、弟子が自宅を訪問した。するとロッキングチェアに身体を横たえ、眠るようにして亡くなっている大河さんを発見した。警察によると明け方に息を引き取ったようで、死に顔は安らかだったそうだ。

感染状況を考慮し、葬儀は近親者のみで行われた。弔問を望む人は多いが、全て断っているという。故人との別れの場が設けられないのはとても悲しいことだ。

全国からは感謝の手紙が多数届いているらしい。老若男女問わずあらゆる世代からで、送り先は海外も含まれているのだそうだ。

「ひいばあちゃんのことを調べようと思うんだ」

翔吾の眼差しは真剣だった。

「全国から届く手紙を読んで、いかに愛されていたかと実感したんだ。でも俺は曾孫のくせに、ひいばあちゃんのことを何も知らない。だから色々な人に話を聞いて、大河弘子という料理研究家についてもっと詳しくなりたいんだ」

翔吾は図書館に通い、大河さんに関する資料を漁《あさ》ったらしい。レシピ本やエッセイはたくさん出版されている。だけど本人の生い立ちに関する情報はほぼ記載されていなかった。

大河さんは自伝も出版していない。つまりレシピは無数に残していったのに、生い立ちについてはほとんどわからないというのだ。

「うちのおばあちゃんにも聞いてみる？」

「できればお願いしたい」

ギムネマ茶について問い質したあと、私は祖母に大河さんとの関係について質問した。「とても感謝をしている」という伝言を教えると、祖母は困惑した様子だった。

「感謝される心当たりなんてないわ。それにわたしは今回、許されないことをした。だから顔向けできない。きっと弘子さんも内心では怒っているはずよ」

祖母はそう答え、電話は終わった。翌週には大河さんの訃報が流れ、祖母はひどく落ち込んだ様子だったと正晴が教えてくれた。

祖母は介護施設に入居し、快適に過ごしているらしい。ただし面会は同一市内に住む肉親に限られるため会うことができない。直接話を聞くには、施設側の規制が緩むまで待つしかなかった。

大河さんは私に、「あなたに逢えて、本当に良かった」と言った。あのときの優しげな瞳の意味は、未だにわからないままでいる。

「私も一緒に調べたい」

大河さんは戦前に生まれ、戦後の日本を家庭料理と共に駆け抜けてきた。生い立ちを調べることは、日本の家庭の歴史を知ることに繫がるはずだ。

ようやく真剣に取り組めるテーマが見つかった気がした。大河弘子を通じて、戦後日本の家庭料理の歴史を、卒業論文としてまとめるのだ。

「一緒なら心強いな。最初は親父に会いに行くぞ」

最初の聞き取り相手は翔吾の父親で、大河さんの孫である大河健吾校長のようだ。

私は大河弘子について何を知るのだろう。その上で、何を得るのだろう。胸には未知への不安と、未来への大きな期待が入り交じっていた。

# 2004年の料理教室

1

息子の翔吾から私の祖母である大河弘子の話を聞きたいと頼まれたとき、ようやく料理の道に進む気になったのかと期待した。

翔吾は味覚が鋭敏で、調理技術の覚えも早い。だが一番の長所は想像力だ。気まぐれに料理を作るときも、意外性に満ちた発想をする。それでいて浮ついた味にはならず、作り方もシンプルだ。先日など知り合いから送られてきた鯖《さば》をコンフィにしたと思ったら、突然ミントを加えはじめた。我が目を疑ったが、完成した料理を味わったところ、青魚特有の臭みをミントが打ち消したことで上質な味に仕上がっていた。

翔吾になぜミントを入れたのか質問したところ、シソ科の植物だからいけると思ったという答えだった。たしかに鯖と紫蘇であれば違和感がないが、私は息子の発想に舌を巻いた。

翔吾の料理は祖母を彷彿とさせる。少なくとも私よりは遥かに才能に満ちている。それなのに料理修業もせず、毎日を無為《むい》に過ごしていた。

二〇二〇年九月、翔吾は大河料理学校の応接室に同世代の女の子を連れてきた。ソファは柔らかく、女の子は慣れないのか座りにくそうにしていた。

「えっと、ごぶさたしています。磐鹿理央と申します」

「申し訳ない。どこかでお会いしたかな」

「実は図書室で一度だけお話ししました」

「ああ、あのときの」

およそ一年前、翔吾を探しているとき、図書室で若い女性に会ったことを思い出す。顔を覚えるのは比較的得意だが、磐鹿さんはマスクをつけている。大半の人の顔の下半分が隠れている現在、人の判別は難しくなった。翔吾が真剣な表情で言った。

「突然で意外に思うだろうけど、ひいばあちゃんの人生に興味があるんだ。俺は料理研究家・大河弘子のことを全然知らないから」

翔吾が横に視線を向けると、磐鹿さんが緊張した様子で言った。

「えっと、私は大学で日本の近現代を研究しています。私も著名な料理研究家である大河弘子さんを通じて、日本の家庭料理の歴史を知りたいと思っています」

若者二人の真っ直ぐな視線を眩《まぶ》しく思うのは、おそらく年を取ったせいだろう。私も来年には五十歳になるのだ。

「わかった。私の知る限りのことは話そう」

子が本気で望むなら、可能な限り手助けするのが親の務めだ。大学の研究のためという磐鹿さんについても、教育者の端くれとして支援をしてあげたかった。

翔吾は先日、学校に届いた祖母宛の手紙を読み、「料理研究家ってこんなに多くの人に影響を与えるんだな」と感慨深そうにつぶやいていた。偉大なる曾祖母の死が、翔吾の内面に変化をもたらしたのかもしれない。

質問は磐鹿さんのインタビュー形式で行うことになった。

「まずはプロフィールの確認からお願いします。大河健吾さんは現在五十歳で、大河料理学校の校長をお務めですね。講師としても料理を教え、テレビや雑誌、書籍などでもレシピを発表するなどご活躍されています。『大河健吾の素材を活かす絶品おかず』は、二十万部を超えるベストセラーになっています」

「事前によく調べているね」

磐鹿さんが顔を赤らめる。

「恐縮です。間違いがあったらご指摘ください。本日は料理研究家の大河弘子さんについて、後継者というお立場にいる大河健吾さんからお話を伺えればと思っております」

「私は祖母の後継者ではないよ」

「えっ」

磐鹿さんは動揺するが、私にとって譲れない部分だ。翔吾が意外そうに目を見開いている。

「どうして後継者じゃないんだ？」

「せっかくだから昔話をしようか。料理研究家としても一人の人間としても、大河弘子について知るにはちょうどいいエピソードだと思う」

お茶をすすり、湯飲みをテーブルに置く。私が料理研究家になって二年目の話で、今から十六年も昔の出来事になる。

思えば私は料理の仕事に二十年足らずしか従事していないのだ。祖母の料理研究家人生に較べたら、なんと短いことだろう。

## 2

二〇〇四年四月、三十三歳の私は祖母と一緒に取材を受けていた。場所は大河料理学校の会長室だ。記者がノートにペンを走らせる。ベテラン料理研究家の大河弘子と、その孫で新進気鋭の料理研究家である大河健吾を二人同時にインタビューするという企画だった。

祖母への質問のあと、私の番が回ってくる。

「以前勤めた会社では、営業部でご活躍されていたのですよね。なぜ異なる業種から料理研究家という職業に転身されたのですか？」

私は初の著書『仕事終わりの簡単おとこ飯』を出版したばかりだった。祖母との共著だが、ようやく料理研究家としての一歩を踏み出せたと考えていた。

「以前から興味はありました。ですが祖母があまりにも偉大なため、自分には無理だと勝手にあきらめていたんです。そんな折に祖母の助手を長年務められた方がお辞めになり、人手が足りないと小耳に挟んだのです」

「ずっと私の右腕として、ワガママを聞いてくれたのよ。だけどそろそろ孫と一緒にのんびり余生を送りたかったようで。本当にお世話になったわ」

祖母は八十三歳と高齢で、以前ほど活発には料理研究家としての活動はしていない。だが上質な暮らし方を提案する婦人向け雑誌『コッペ』に連載を持っているし、四年前には祖母の日常を追ったドキュメンタリー番組も放映されて評判を呼んだ。昨年には長い付き合いのある編集者とレシピ付きのエッセイ集『口果報日記《くちがほう》』を出版し、順調に版を重ねている。

「祖母に仕事を手伝えないかと相談したところ大歓迎してくれました。妻も応援してくれています。三十歳を過ぎた今が最後のチャンスだと決心し、思い切って飛び込んだのです」

料理の経験はそれなりにあった。大学時代は居酒屋でアルバイトし、オーナーから厨房を任せるから店をやってみないかと誘われた。結婚後もよくキッチンに立っている。記者はそれらのエピソードをノートに素早く書き留めた。

「大河先生から見て、健吾さんの腕前はいかがでしょう」

記者の質問に、私は身を固くする。祖母はどう評価しているのだろう。ひそやかな緊張をよそに、祖母は朗らかに答えた。

「健吾はとっても勘が良いの。調理中も私のテンポに要領良く合わせてくれるし、何より素材を見る目がとっても鋭いのよ。これからどんどん経験を積んだ先に、どんな料理を生み出すか今から楽しみだわ」

記者へのリップサービスを差し引いても、高評価は素直に嬉しい。記事に必要な情報が出揃ったのか、記者がまとめのような質問を口にした。

「健吾さんはどういった料理研究家を目指していますか？」

言葉に迷うが、深呼吸をして気持ちを整える。

「まだ勉強中ですが、尊敬する大河先生を目標に精進を重ねたいと思います」

記者が満足そうに言葉を書き込む。

本音をいえば、料理研究家への憧れはなかった。

前の会社はノルマが厳しく、上司のパワハラに苦しめられた。逃げるように辞めたが、三歳の翔吾と妻を養わなくてはならない。そこで思いついたのが有名人である祖母の存在と、祖母が創立者となった大河料理学校だった。働き口はないかと探りを入れると、学校側から予想以上に大歓迎をされた。

料理学校は、跡継ぎを求めていた。

祖母はすでに高齢で、子ども二人、つまり私の父と叔母は料理の道に進まなかった。現在校長を務めているのは、ずっと経理畑を歩んできた人物だ。

五年前、七十八歳になった祖母に乳がんの診断が下った。幸いなことに初期で、手術は無事に成功した。祖母は医師の勧めもあって、退院を機に教壇に立つ機会を大幅に減らした。すると大河料理学校の生徒数が目に見えて減少することになった。

現在ふた月に一度開催している祖母の授業には、毎回予約が殺到する。大河弘子というカリスマの知名度は絶大だ。多くの学校関係者は祖母がいなくなった後、経営が続けられるのか不安なのだろう。そのため孫である私は後継者として、多大なる期待を寄せてられている。

料理研究家はなぜか、子供が同じ職種に就くことが珍しくない。理由はわからないが、幼少時から舌や素材を見る目が鍛えられるせいかもしれない。

といっても何もせずに仕事を受け継げるわけではない。有名人の子供だからこそ厳しい目にさらされる。親が培《つちか》った人脈も、本人の実力が不足すればすぐに途絶えてしまう。スタートが有利なのは事実だが、努力しなければ生き残れない。

会長室の壁に墨と筆で描かれた和牛の絵が飾られている。祖母は全国の生産者と交流があり、食べ物に限らず様々な贈り物が今でも届く。

祖母の下で修業を重ね、料理研究家を名乗るようになってから二年が経過した。私は何とか業界で生き残り、学校の講師の仕事以外にも雑誌や書籍の仕事も増えてきた。だがまだまだ自分の成果とはいえず、偉大なる祖母のおかげだとも理解していた。

四月二十四日の夕方、五歳の女の子がピーラーでニンジンを剝いていた。手つきは覚束ないが、眼差しは真剣だ。

女の子は中川愛歌《なかがわあいか》で、母親の中川清美《きよみ》が優しく見守っている。大河料理学校の小教室は少人数の実習用で、室内には私と中川母娘の三人だけだ。愛歌には牛乳アレルギーがあった。そのため今日のテーマは、代替ミルクを使ったアレルゲン除去メニューになる。

私は前日から水に浸けたアーモンドをざるにあけた。ふっくらと膨《ふく》らんだアーモンドと新しい水をミキサーに入れ、一気に砕く。それを濾《こ》し布で絞ると、茶色がかったアーモンドミルクが完成した。

「アーモンドをたっぷり使うのですね。豆乳以外にも選択肢があるのは嬉しいです。あ、コクがあって飲みやすいですね」

味見をした清美が笑みを見せ、愛歌にも一口だけ飲ませる。

「美味しい！」

甘みを加えていないので子供の舌に合わないかと思ったが、愛歌には好評のようだ。

「カロリーが牛乳より低く、ビタミンとミネラル、食物繊維が豊富です。今日はこれでカスタードクリームを作り、バター不使用のタルト生地に合わせます」

アーモンドミルクは濃厚なコクが楽しめるが、市場に出回っていないので自作するしかない。いつかはスーパーマーケットなどで気軽に買える日が来るだろうか。

「バターを使わなくてもタルト生地は出来るのですね」

「油脂は欲しいので、今回はオリーブオイルで代用します」

卵と砂糖、オリーブオイルを混ぜ、薄力粉を加える。先ほどのアーモンドミルクも入れて生地をまとめ、型にオリーブオイルを引いて生地を薄く伸ばしていく。

「それじゃ愛歌ちゃん、フォークを使ってピケしてもらえるかな」

「ピケ?」

愛歌が不思議そうに首を傾げる。

「フォークで生地の底に穴を開けるんだ。そうすると焼いたときに膨らまないんだよ」

私は生地の底にフォークを刺して見本を見せる。愛歌にフォークを渡すと、ざくざくと楽しそうに穴を開けはじめた。

「ピケって可愛いお名前だね」

「刺すときの音らしいよ」

「へえ、音なんだ」

愛歌がぴけぴけ言いながら、リズミカルに刺していく。

本来は仔牛肉などの赤身肉に、専用の針を使って豚の背脂などを刺し込む技法をピケと呼ぶ。

あっさりした肉に脂肪の旨みを加えるのが目的で、それが転じて生地に穴を開けることもピケと呼ぶようになったらしい。

アーモンドミルクは卵や砂糖、小麦粉などと混ぜて火にかけ、とろりと仕上げる。アーモンドの粉を使ったクレームダマンドもタルトのフィリング――詰め物の定番だが、今回は代替ミルクを使ったクリームを味わってほしかった。

今日のメインはタイ風ココナッツカレーだ。ココナッツミルクは手軽に購入できるし、辛みを抑えることで子どもに甘さが喜ばれるはずだと期待している。

ここ数年、小洒落たカフェで東南アジア料理をアレンジした創作料理をワンプレートで出すことが流行している。三十歳の清美にとっても馴染《なじ》み深いはずだ。

鍋にニンニクと生姜《しようが》を加え、ココナッツオイルで熱して香りを引き出す。茄子とパプリカ、タケノコ、手羽元を炒め、コリアンダーを中心にスパイスを加える。

決め手はたっぷりのレモングラスだ。爽快感のある香りが東南アジアの雰囲気を出し、一気にエスニック料理にしてくれる。そして仕上げにココナッツミルク缶を加える。本来ならナンプラーで味を調えるが、念のため愛歌に嗅がせてみることにした。

「どうかな」

「うーん、ちょっと臭い」

ナンプラーなど魚醤《ぎよしよう》が苦手な人は多い。今回は入れずに塩で味を調整することにした。

それから愛歌の手で豆乳ににがりを加えてもらい、手作り豆腐を作った。豆乳が固まる様子に愛歌は目を輝かせる。豆腐をレタスと大根のサラダに載せ、オリーブオイルと塩で仕上げた。淡泊な豆腐は洋風の味にも合う。フライドオニオンでザクザクとした食感も加える。

「完成です。早速いただきましょうか」

料理を並べ、私も一緒に食卓につく。まずはタイ風カレーをスプーンで口に運ぶ。

「うん、よくできた」

ココナッツカレーは鶏肉の骨や野菜から旨みが出て、ココナッツミルクのコクと相まって満足感のある仕上がりになった。レモングラスとスパイスの香りがエスニックらしさを出している。

独特の香りを持つコブミカンの葉も、入手が難しいため今回は省いた。愛歌はにおいに敏感なようなので香菜も控える。レモンと同じシトラールを含有するレモングラスの香りも、事前に嗅がせて大丈夫なことを確認しておいた。本場の味に近づけつつ、一般家庭でも作りやすいようアレンジするも料理研究家の仕事のひとつだ。

「美味しい！」

愛歌がタイ風ココナッツカレーを笑顔で頬張る。

「あのね、今日は愛歌の誕生日なんだ」

愛歌が満面の笑みを浮かべると、清美がくすくすと笑った。

「実はこの料理教室はプレゼントの一つなんです。お誕生日に何がほしいって聞いたら、たくさん御馳走がいいって言い出したので」

「食いしん坊として将来有望ですね。それじゃ愛歌ちゃんは、今日は他に何を食べたの？」

「ステーキ丼とチョコケーキだよ」

「それは豪華だね」

「どっちも美味しかったよ！」

清美がサラダを頬張り、娘を見ながら愛おしそうに目を細めた。サラダは野菜が瑞々しく、豆腐の風味をオリーブオイルと塩が引き立てる。醤油に合う食材はだいたいオリーブオイルと塩が合うことを、私は祖母から教わった。個人的にも入れ込んでいて、海外産の高級品を揃えるのが趣味になっている。

「ランチは『レストラン・トゥレーム』のステーキ丼で、チョコケーキは洋菓子『えがお家』です。どちらもアレルギー表記があるので安心して食べさせられました」

「ああ、トゥレームのランチのステーキ丼は有名ですよね。稀少な濱崎《はまざき》和牛を使っているのに、値段は千二百円ですからね。私も去年食べましたが、霜降りの旨みが堪能できました」

レストラン・トゥレームはここ数年人気の洋食レストランだ。ディナーは客単価が一万円からで、お祝いの会食やパーティーなどをメインにしている。だがランチは手軽な値段ながら、上質な食事が楽しめると評判だった。

「愛歌は牛肉が好物で、昼間も一人前をほとんど全部平らげたんですよ」

「うん、口の中で溶けたんだ！」

濱崎和牛は生産数が少なく人気があるため、値段も高い。そんな貴重な銘柄を手軽に食べられるため、多いときにはステーキ丼が百食以上出ることもあるらしい。

「本当はお父さんと一緒にお肉を食べたかったんだけど、ずっとシュッチョーしているの。もっと早く帰ってくるって言ってたのにな」

愛歌が頬を膨らませると、清美が困り顔になった。

「そうなんです。夫は長期出張中で、先月に戻ってくる予定でした。でもトラブルがあって、なかなか帰れないでいるんです」

清美のバッグから着信音が聞こえた。二つ折りの携帯電話を開き、液晶画面を確認する。

「食事中に申し訳ありません」

清美が席を立ち、壁に近寄っていった。

「愛歌ちゃん、美味しいステーキが食べられて良かったね」

声をかけると、愛歌は母親へと視線を向けた。清美は通話に集中している。それから愛歌が私に向けて身を乗り出した。

「ママには内緒にしてね。お昼のお肉は柔らかかったんだけど、ちょっとだけ苦手だったんだ。なんかね、変なにおいがしたから」

「変なにおい？」

「うん。でも好き嫌いは駄目だから全部食べたんだ」

「偉いね」

私が褒《ほ》めると、愛歌がくすぐったそうに首を竦《すく》めた。調理中も感じていたが、年齢よりもずっと賢い子だ。清美が「失礼しました」と戻り、三人での食事を再開する。

タルトは生地がサクサクで、風味良く仕上がった。アーモンドミルクのカスタードも滑《なめ》らかでコクがあり、乳製品を使わないことで口当たりも軽い。上にはスライスした旬の苺をたっぷり載せている。甘みと酸味のバランスが優れていて、香りが鮮烈でクリームとタルトとの相性も抜群だ。愛歌も清美も笑顔で食べてくれた。

「お料理を教えてくれてありがとうございました。とっても美味しかったです！」

帰り際、愛歌が丁寧にお辞儀をした。幼いながら、作った料理を全部平らげた。昼にステーキ丼とチョコケーキを食べたのに驚きの食欲だ。乳製品を食べられないのは残念だが、このまま健やかに育ってほしいと願った。


翌日は朝から初夏のような陽気だった。朝のワイドショーは政治家の年金未納問題で騒いでいた。昼からの料理講義の準備のため、午前十時に大河料理学校に出勤する。

事務室の前で職員から声をかけられた。

「健吾さん、昨日中川さんという親子の授業を受け持ちましたよね」

「はい、それが何か」

職員が眉間に皺を寄せ、声を潜めた。

「実は先ほど母親から連絡がありました。お嬢さんが昨晩、アレルギーの発作で病院に搬送されたそうなのです」

3

その日の夕方、料理学校のロビーで待っていると、約束の時刻に清美がやってきた。ベージュのセーターにジーンズという格好で、険《けわ》しい表情を浮かべている。

清美を応接間へと案内し、ドアを開けると祖母が先に待っていた。校長は出張中で、事情を知った祖母が代わりに同席を申し出たのだ。

ソファに座った清美はかかとをしきりに気にしていた。真っ黒なパンプスを履き、痛そうに顔をしかめている。靴擦《くつず》れかもしれないが、私は用件を切り出すことにした。

「愛歌ちゃんはどうされているのでしょうか」

「無事に退院しました。今は義理の母が面倒を見てくれています」

私は発作の経緯について訊ねる。愛歌たちは昨日、夜八時に大河料理学校を出た。そのあとは電車で三十分かけて自宅アパートに戻ったという。

夜の十一時半、愛歌が苦しそうに母親を呼んだ。パジャマの胸元のボタンを外すと、びっしりと蕁麻疹《じんましん》が浮き上がっていた。呼吸困難と蕁麻疹は愛歌の牛乳アレルギーの症状らしい。慌《あわ》てて救急車を呼び、病院に搬送されることになったそうだ。

「愛歌のアレルギーは遅発型で、摂取から数時間後に発症します。お医者さんからは、二十四日に食べたものに、牛乳を含む食品があった可能性が高いと言われました」

清美はまず自宅での食事を調べた。普段と同じアレルギー除去の朝食に加え、移動中はミネラルウォーターしか口に入れていないという。愛歌にも確認したが、店以外では何も食べていないとのことだった。

つまりランチのステーキ丼とチョコケーキ、そして料理学校の夕食のどれかに原因物質が混入していたことになる。

「アレルギー物質がこちらの食材に含まれていたとしても、訴えるとか慰謝料といったことは考えていません。ただ今後も安心して外食に連れていってあげるために、原因を知りたいのです」

丁寧な言葉遣いだが、清美の表情は硬かった。

「心中お察しします。私どもも全面的に協力いたします」

授業で使用した食材の一覧をテーブルに置く。愛歌が発作を起こしたと聞いてすぐ全ての食材をリストアップし、牛乳由来の成分がないか精査した。

学校では定期的に業者に掃除を頼んでいる。昨日使用した教室は清掃直後だった。つまり中川母娘の前に牛乳由来成分が使用されたとしても、残留していた可能性は極めて低い。調理器具も念のため、授業の前に私が全て新品のスポンジで洗い直していた。

業者が提出した書類を置き、状況を説明した上で清美に告げる。

「私どもはアレルギーについて万全の対策を講じました。我が校での混入の可能性はないと考えています。愛歌ちゃんのためにも、早く原因が見つかることを祈っています。出張中のご主人にも、そうお伝えいただければ幸いです」

その瞬間、清美の表情が強張った。何か失言をしただろうか。もしくは事務的な口調が気に障ったのかもしれない。すると清美が深く息を吸い、頭を下げる。

「ご協力ありがとうございます。疑いを抱いてしまい、さぞご不快だったかと思います。本当に申し訳ありませんでした」

「そんな、頭を上げてください」

私にも三歳の息子がいる。子を思う親の気持ちは理解できた。

するとそこで祖母が口を開いた。

「お子さんのことを、心から大切になさっているのですね」

「……ありがとうございます」

清美が黒いハンドバッグを開け、ハンカチを取り出す。目元を拭うと、真っ白な布地に涙の染みができた。

「アレルギーを持つ娘の母親として、食事には細心の注意を払ってきたつもりです。それなのに愛歌は発症してしまい、これ以上何をすればいいかわからなくて」

清美の左手の薬指が銀色に輝く。細い指輪が二つ連なった珍しいデザインだ。祖母が清美に質問をする。

「清美さんは立ち寄ったお店を全て訪問する予定でしょうか」

「はい、今からだと夜になるので、明日あらためて伺う予定です」

疑いを持った上で、相手と面と向かって話をするのだ。精神的にもかなりの負担だろう。すると祖母が私の肩に手を置いた。

「お一人では心細いでしょう。明日はこの子をお供におつけいたします」

「はっ?」

思わず声が漏れ、清美も目を丸くする。

「いや、俺には授業が……」

「私が代わればいいでしょう」

祖母が私の肩をぺしっと叩いた。祖母が通常授業を受け持つのは八年ぶりになる。生徒は大喜びするはずだ。清美が困ったように首を横に振った。

「ありがたいですが、お供だなんてとんでもないです」

「アレルギーは食に携わる身として大事なことです。どうか同行させていただけませんか」

祖母が深く頭を下げると、清美は困惑しつつも了承した。

清美が応接室を出て行く。丸まった背中はひどく弱っているように見える。きっと祖母は清美を放っておけなかったのだろう。

向かいのソファあたりから、ふわりと何かの香りが漂った。どこかで嗅いだことがあるが、すぐには思い出せなかった。


レストラン・トゥレームの外観は南仏の高級ホテルをイメージしている。施設全体でリゾートのような特別感を演出しており、レストランウェディングが人気というのも頷けた。私は駐車場で自動車のエンジンを切り、清美と一緒に店舗に向かった。

出入り口に濱崎和牛のステーキ丼のポスターが掲示してあった。限定二十五食という貼り紙に清美が首を傾げる。

「数量限定？」

「一昨日は違ったのですか」

「ええ、特に但し書きはなかったはずです」

私が訪問した去年の段階で、ステーキ丼は数量限定だったはずだ。だが清美が訪れた一昨日は数量の制限が消えていて、それがまた復活しているらしい。希少なブランドだから仕入れによって変えているのだろうか。

時刻は午前十一時の少し前で、オープンまでもう少しになる。清美は十一時半にアポイントメントを取っていたが、道路が空いていたため予定より早く到着してしまった。そこで清美に提案をすることにした。

「ステーキ丼を食べてみませんか」

「約束の前にですか？」

私はうなずく。数量限定の件が気になったのだ。二年前と食べ比べることで、何かがわかるかもしれない。清美が賛成したので店に入る。開店直後のため、限定品のステーキ丼は注文できた。私たちはウェイトレスに二つお願いする。

メニューを確認すると、洋食を基本にしたフレンチやイタリアンの料理が並んでいた。値段はそれなりだが素材を厳選しているらしく、産地が丁寧に解説してあった。

他にも新メニューとして、オーストラリア産牛肉と国産牛の合挽肉《あいびきにく》を使ったクリームソースのハンバーグが加わったらしい。アメリカ初のＢＳＥが確認された影響で、昨年末にアメリカ産牛肉の輸入が全面停止された。それ以来、巷ではオーストラリア産牛肉を見かけることが増えた。

「おまたせしました」

ウェイトレスがステーキ丼を運んでくる。漆《うるし》塗りの丼の蓋を開けると、焼き上げた牛肉の芳ばしい香りが鼻孔をくすぐった。レアに焼き上げた霜降り牛肉がスライスされて盛りつけられている。白髪ねぎと小口ねぎが彩りを添えている。付け合わせは柴漬けで、ミニサラダと味噌汁がついて一二〇〇円は赤字覚悟の値段設定だろう。

「いただきます」

箸を手に取り、ステーキを口に運ぶ。

「これは美味しいですね」

霜降り肉は生ではなく、芯まで火入れされており、舌の上で牛脂が溶けた。和牛の脂の旨みは脳を直接刺激する。赤身も適度にあって、噛むたびに肉汁の旨みを味わえた。

ごはんは甘みが強く柔らかめで肉に馴染む。醤油とたまねぎベースの甘めのタレとの相性も抜群だ。ねぎのシャキシャキ感が心地良く、脂をさっぱりと切ってくれる。

しかも濱崎和牛の特徴なのか、後味に牛脂特有のくどさがない。以前食べたステーキ丼と同じ味で、この水準を保つためには限定も仕方ないのだろう。

「一昨日のステーキ丼と違いはありますか?」

「すみません。わからないんです。私は別のランチメニューを頼んだので、愛歌が残したごはんを食べただけなんです」

「ああ、そうだったんですね」

「先に説明するべきでした。ただ、気のせいかもしれませんが、一昨日よりタレがあっさりしている気もします」

タレの味の差だけなら、調理の誤差や食べる側の体調の違いも考えられる。

食事が終わると約束の時刻になっていた。会計を済ませて用件を告げると、ウェイトレスが通路の奥に案内してくれた。

結婚式では控え室として使われているような部屋に通され、しばらく待つとコックコート姿の男性が現れた。

「当店のシェフの加賀田と申します」

四十代くらいの痩せ形の男性だった。加賀田は丁寧にお辞儀をし、愛歌の具合を訊ねてきた。無事ですと報告すると、加賀田は胸をなで下ろした様子だ。

「確認させていただきますが、お嬢様が召し上がられたのは、濱崎和牛のステーキ丼でよろしかったでしょうか？」

「間違いありません」

愛歌はステーキや上に載った薬味は全て平らげ、ごはんを少しだけ残した。清美は魚介とトマトのリングイネを注文したが、愛歌には取り分けなかったという。

加賀田は用意していたメニュー表を開いた。

「当店はアレルギーの原因物質の使用について、主要七品目はメニューに記載しております。ステーキ丼は乳製品を使用しておりませんし、魚介とトマトのリングイネも同様です」

主要七品目とは鶏卵、牛乳、小麦、そば、落花生、えび、かにのことだ。ステーキ丼は小麦、魚介とトマトのリングイネは小麦とえび、かにを使用していると表示されている。清美はメニュー表を手に取り、中身を確認してから口を開いた。

「こちらでは乳製品を扱った商品をたくさん提供していますよね。それが混入した可能性はないでしょうか」

洋食が主な店なのでグラタンやパフェなどを扱っている。厨房が同じなら偶然入り込むこともあるだろう。すると加賀田は首を横に振った。

「ステーキ丼は当店の看板メニューのため、専属のスタッフがキッチンの所定の位置で集中的に作っております。そのため混入は考えられません」

断定する物言いに、清美は何も言えない様子だ。そこで私は一歩前に出た。

「厨房を見せていただけますか」

「もちろんです」

こちらの要求を想定していたのか、加賀田はあっさりと同意する。私は自己紹介をしていないが、説明が面倒なので夫か何かだと勘違いしてもらえるとありがたい。

案内された厨房は忙しそうで、邪魔をするのが申し訳なくなる。

ステーキ丼の調理スペースは厨房の一画に用意され、炊飯器と肉の入った冷蔵庫、コンロなどが効率良く調理できるよう配置されていた。他の調理台とも離れていて、加賀田が言うように混入の確率は低いように感じられた。

「ステーキ丼は限定二十五食なんですね。最近まで制限はなかったと聞きましたが」

私が訊ねると、加賀田は残念そうな表情を浮かべた。

「昨年まで数量限定だったのを、ご好評だったためレギュラーメニューにしました。ですがさすがにコスト面が限界で、本日から限定に戻させていただきました」

このタイミングで数量を減らすのは偶然だろうか。だがコスト面が厳しいという理由は納得できた。目で見る限り、厨房は整理整頓と清掃が行き届いている。厨房に不備はないと説明すると、清美は納得したらしく加賀田に頭を下げた。

「本日はご協力ありがとうございました」

「お気になさらないでください。料理人として当然です」

加賀田と厨房で別れ、私たちは建物を出る。出入口付近では店員が、ステーキ丼が品切れだと客に頭を下げていた。空は重苦しい雲で覆われている。私たちは次の目的地に移動するため車に向かった。

洋菓子店『えがお家』は、住宅街にぽつんとあった。オーガニック素材と海外の伝統菓子を売りにした店で、絵本に描かれている家のような可愛らしい外観だ。

店の前のスペースに車を停め、店に入る。

冷蔵ケースにはショートケーキなど定番の洋菓子が並び、棚には全粒粉クッキーなど焼き菓子が籠《かご》に盛られていた。店の奥に小さなカフェスペースがあり、清美たちはそこで豆乳のチョコケーキを食べたという。

三十代くらいの女性店員に声をかけると店のオーナーで、薬師佳代子《やくしかよこ》と名乗った。化粧気がなく、髪の毛を後ろで一つに束ねている。

薬師にもすでに事情は伝えてあった。薬師は心配そうな様子で愛歌の容態を訊ね、無事だと聞くと安堵《あんど》の表情を浮かべた。そして全面的に協力するといい、当日出したケーキについて詳しく教えてくれた。

「あのチョコケーキは豆乳を使用し、バターや生クリームも使っておりません。アレルギー除去の食品に関しては、厨房を区切ることで混入を防ぐよう配慮しています」

アレルギー対応の商品は最近はじめたらしく、細心の注意を払っていると説明してくれた。厨房を観察する限り、トゥレーム同様に混入の可能性は低いように感じられた。

厨房を出た清美が感謝を告げると、薬師が胸を張って言った。

「ここ数年、食の安全性が取り沙汰されていますよね。食材は全て、私がこの目で厳選しました。私どもはお客さまに安心してお召し上がりいただけるよう気を配っております」

四年前の二〇〇〇年、雪印乳業による大規模な食中毒事件が発生した。翌年には国内最初のBSEが確認され、今年の二月に牛丼チェーン最大手の吉野家が牛丼の販売停止に踏み切った。

他にも二〇〇二年には雪印食品や全農チキンフーズ、日本ハムによる食肉偽装が起きた。京都の養鶏場で鳥インフルエンザが発生し、感染疑いのある鶏肉や鶏卵が流通したのは先々月の出来事だ。他にも事故米問題や中国産食材の農薬検出など、国内外で発生する食に関した問題に国民の関心は高まっている。

私は店内を見回す。有機栽培の小麦や、昔ながらの製法で作ったチーズを使った洋菓子に興味があったのだ。そこで『真っ黒なチーズケーキ』という商品が気になった。どら焼きのような形で、下半分は小麦色だが、上半分は真っ黒なのだ。

「珍しいケーキも扱っているのですね」

「当店はヨーロッパ各国の地方に伝わる伝統菓子の普及もコンセプトにしております。この真っ黒なチーズケーキはフランスのポワトゥー地方のお菓子で、伝統的な製法にこだわっています。うちのパティシエが、現地のレシピを完璧に再現しているのですよ」

薬師の説明によると、近所にフランスから来日した女性が暮らしているという。その女性はお菓子作りが得意で、真っ黒なチーズケーキも教えてくれたというのだ。

俄然《がぜん》興味がわいた。洋邦問わず、各地の伝統料理を発見し、後世に伝えるのも料理研究家の役割のひとつだ。しかし乳製品アレルギーの調査で訪問したのに、清美の前でチーズケーキを買うのは無神経な気がした。

後日訪れることにして、有機栽培の小麦を使用したクッキーを購入し店を出る。

薬師は使用した食材の産地を全て把握していた。小麦と大豆は北海道産の有機栽培で、砂糖は石垣島産、チョコレートはベネズエラ産で、卵は茨城の契約農家から仕入れているという。

私が授業で使った食材は、料理学校が契約する業者に仕入れを一任していた。祖母の代から懇意にしている業者は信頼しているが、調理責任者である自分が調べるまで産地さえ知らないでいたことを恥ずかしく思った。

自動車で細い路地を進み、大通りの手前の赤信号で停車する。清美は助手席で暗い表情でつぶやいた。

「やはり素人が確認した程度では、特定は難しかったですね」

「あまり気を落とさないでください」

青信号に変わり、アクセルを踏んで大通りに出た。幹線道路沿いにはチェーン店が並んでいる。清美は疲れた様子で窓に目を向けた。

「愛歌に安全な食事さえ与えられない。こんなんじゃ、夫に顔向けできない」

愛歌の父親は出張中だ。不在時の問題発生に責任を感じているのかもしれないが、必要以上に追い詰められている印象を受けた。

夫との関係に悩んでいるのだろうか。気になったが、軽率に足を踏み入れていい領分ではない。車の流れは滑らかで、私はアクセルを強めた。

カーラジオから平井堅の『瞳を閉じて』が流れている。発売日は本日、四月二十八日らしい。大ヒット小説『世界の中心で愛を叫ぶ』の映画版の主題歌で、最愛の人との死別を描いた物語に生徒たちも夢中になっていた。

私は提携する農家との打ち合わせを終え、郊外から都内に車を走らせている。ここ数日、トゥレームやえがお家について調べていた。

えがお家については特に気になる点は見つからなかった。だがトゥレームは不況の影響で会食の需要が減ったことにより、経営は最近まで低迷し続けていた。そして半年前、多くの飲食店を経営する会社に買い取られていたのだ。

業界誌に現社長のインタビューが掲載されていた。経営のスリム化や広告戦略に力を入れることで再建を目指すと力説していて、買収前から働くシェフの加賀田も一緒に写真に写っていた。現在は宣言通り業績は回復しつつあるらしい。

復活の原動力は濱崎和牛の人気だ。稀少価値と品質の力は大きいのだろう。私は祖母のおかげで子どもの頃から食べていたが、昔から濱崎和牛は別格に美味しかった。

濱崎和牛は濱崎和牛協会が出荷先を厳選している。そのためブランドの価値が高まり、名前を騙《かた》って偽物を出す店もあるほどだという。

濱崎和牛協会を取材したドキュメント番組を観たことがある。強面《こわもて》の会長は山田《やまだ》という六十歳代の男性で、怒鳴り声に迫力があった。一代でブランドを築いた苦労人らしい。番組では趣味の水墨画で、自分が育てた牛を豪快に描く姿が映し出されていた。

他にも気になることがあった。インターネットでトゥレームを検索すると、多くのブログにたどり着いた。去年くらいから様々な会社がブログのサービスを開始し、ブログブームが起きている。特に食事に関する記事は人気を呼ぶらしく、料理の写真がネット上に増加していた。今後は写真映えする料理を出す飲食店の人気が高まっていくのだろう。

あるブログによると四月二十五日、つまり愛歌が発作を起こした日の翌日、ステーキ丼の提供が突然中止された。そして加賀田も言った通り、二十六日から現在まで数量限定のままだ。

偶然にしては出来過ぎだが、何を意味するのか見当がつかない。

運転中、携帯電話に清美から着信があった。路肩に停車して電話を取る。

「もしもし、大河です」

「中川です。実は先ほど、えがお家さんから電話がありまして」

続く清美からの報告に、私は思わず声を漏らす。えがお家の薬師が、愛歌の発作は我々のせいかもしれないと申し出たというのだ。

## 4

料理学校に戻ると祖母が出勤していた。祖母は鎌倉の自邸のほかに都内に別宅があり、近年は週に一度くらい学校に顔を出している。

私は会長室にいる祖母に、清美から聞いたことを伝えた。

「えがお家さんの店主の説明では、真っ黒なチーズケーキが原因かもしれないらしい」

店で雇っているパティシエが近所のフランス人からレシピを習ったのは、愛歌の誕生日である二十四日の午前だった。

「店主の薬師さんは夕方まで店にいなかった。そのせいもあって、パティシエはアレルギー除去食品のために隔離しておいたスペースでチーズケーキのレシピを教わったらしいんだ」

アレルギー除去商品は、最近扱いはじめたと言っていた。そのためパティシエは不慣れで、本来なら避けるべきスペースで作業をしてしまったらしい。

「レシピを教わったあとに掃除はしたけど、チーズの成分が混入した可能性は否定できないと説明されたそうなんだ」

薬師はまず電話で清美に説明し、明日直接謝罪する予定らしい。

すると祖母が首を傾げた。

「そのチーズケーキって黒いのよね」

「フランスのポワトゥーとかいう地方の伝統的なお菓子らしいよ」

固有名詞を覚えるのは得意なので地名は正しいはずだ。すると祖母が目を丸くした。

「もしかしたらチーズケーキは無関係かも」

祖母が立ち上がり、四階にある図書室に向かう。古今東西の料理に関する蔵書が集められ、大半は祖母の私物だという。祖母は歩きながら理由を説明してくれた。私は祖母の知識の深さに驚いたが、図書室に来た理由は、念のため確認をしたかったかららしい。

埃っぽい部屋を、祖母は迷いなく進む。大量の蔵書のなかで目的の本がどこにあるのか、祖母は完全に把握しているようだった。

清美と薬師が会った翌日、大河料理学校に中川母娘を招くことにした。愛歌は学校の応接室で、先生と呼びながら私に抱きついてきた。自覚はなかったが懐《なつ》かれていたらしい。無邪気にはしゃぐ愛歌の姿に、祖母が愛おしそうに目を細める。清美は困った様子で愛歌を引き離し、洋菓子店えがお家の紙袋を差し出してきた。

「これは薬師さんからです」

中身は問題のチーズケーキで、ポワトゥー地方に伝わる真っ黒なチーズケーキ、トゥルトフロマージュだった。高温で焼き上げるため表面が焦げ、真っ黒に仕上がるのが特徴だ。そして本場のレシピでは山羊《やぎ》ミルクのチーズを使うのが一般的とされている。

「えがお家さんは伝統的な製法を守っていたみたいね。山羊ミルクは牛乳アレルギーの人でも大丈夫なケースがあるから、念のため確認するべきだと思ったの」

牛乳アレルギーの主原因はαカゼインとされている。だが山羊ミルクに含まれるのはβカゼインなのでアレルギーが起こりにくいというのだ。もちろんアレルギー反応を起こす場合もあるため医師の確認が必要になる。

「カゼインは乳化剤として、肉類の加工品に添加されることがあります。そのためソーセージなどを買うときは、娘のために原材料に入っているか必ず注意するようにしています」

昨日、祖母の話を聞いた私は清美に電話した。すると愛歌は検査によって、山羊ミルクではアレルギーを起こさないことが確認されていた。

次に薬師に連絡を取ると、店で作るトゥルトフロマージュは本場通り山羊ミルクが使用されていることがわかった。

つまり、愛歌のアレルギー発作の原因ではなかったのだ。

ただ結果的にアレルゲンではなかったが、えがお家で除去スペースの指示が徹底していなかったのも事実だ。今回のトゥルトフロマージュはその謝罪に加え、祖母が真相を言い当てたことへの感謝の気持ちも含まれているようだ。

トゥルトフロマージュを切り、応接室のソファに座って全員で分け合う。かじるとチーズケーキというより固めのカステラのような食感で、味わいはさっぱりしている。真っ黒な部分は苦味もあるのだが、不思議と焦げ臭さは感じられない。

「滋味深いわね」

祖母がじっくりと味わっているが、愛歌は「おいしい！」と言い早々に平らげた。

「調査は振り出しに戻ってしまいましたね」

「……そうですね」

私がそう言うと、清美の表情が暗くなった。すると突然、愛歌のお腹から音が響いた。

「お母さん、お腹空いた」

「ケーキを食べたばかりでしょう」

清美は困った様子だが、祖母が愛歌に優しく質問した。

「愛歌ちゃんは何が食べたい？」

「んーと、霜降りのお肉！」

「ちょっと愛歌。すみません、この子の好物なもので」

濱崎和牛のステーキ丼も愛歌のリクエストだったはずだ。すると祖母が胸の前でぽんと手のひらを合わせた。

「調理室の冷蔵庫に頂き物の和牛があったはずよ。せっかくだから食べちゃいましょう」

「そんな高価なものいただけません」

清美は恐縮するが、祖母は気にせずに立ち上がった。

「昔一緒にお仕事をした全国の生産者さんから、色々な食材が届くのよ。なるべくいただくようにしているけど、量が多くて食べきれないの。未来ある子どもが食べるなら、きっとそれが一番の消費方法だと思うわ」

五十年を超える料理研究家人生で、祖母は数多くの生産者と関わってきた。そのため祖母に恩があるとの理由で、毎年たくさんの食材が送られてくるのだ。

祖母は内線電話で事務室に連絡し、手早く調理室と食材を確保する。応接室から移動すると職員がステーキ肉や付け合わせの野菜、米など一式を運んできた。祖母が老眼鏡を装着し、入念に手洗いを済ませる。

祖母が米を研《と》ぐ。八十歳を超えてもひとつひとつの動きが機敏で迷いがない。隣で料理することが多い私でも、祖母の調理する姿はずっと見ていたくなる。

頂き物の黒毛和牛は見事な霜が降り、赤身部分は綺麗な小豆色だ。厚さは一センチ半くらいだ。濱崎和牛にも負けない有名ブランドで、そのなかでも最高級の品質だと思われた。

祖母が米を浸水させる。その間ににんじんグラッセとマッシュポテト、レタスのサラダを作る。土鍋ごはんの準備を進めていると、祖母がステーキ肉の前に立った。

「さあ、焼きましょう。薄目の霜降り牛肉なら、表面をカリカリに焼くのが美味しいわ。強火で一気に焼くから、常温に戻す必要はないわよ。いちいち事前に冷蔵庫から出しておくのなんて面倒でしょう」

祖母はステーキ肉を筋切りし、塩を多めに振る。鉄のフライパンに牛脂を入れ、スライスしたニンニクを入れる。キツネ色になったら取り出し、キッチンタイマーで一分にセットした。普段の祖母なら長年の経験で仕上げてしまうが、清美がいるから見本のために計測するのだろう。

祖母は強火に調整する。ステーキ肉をフライパンに投入するとジュッと焼ける音がして、牛肉の焼ける香りが広がった。

タイマーが鳴るころ、肉がふっくらとしてきていた。祖母がステーキを裏返すと、霜降り肉の表面はこんがりと焼けている。弱火に調整し、三十秒ほどで肉をバットの上に置いた。四人分のステーキを焼き上げ、庖丁で切り分ける。そして付け合わせの野菜と一緒にそれぞれの皿に盛りつける。

仕切りのついた薬味皿に塩とおろしポン酢、わさびを用意する。ごはんもちょうど炊き上がり、茶碗に盛りつけると湯気が立ち上った。祖母は私に盛りつけを任せているあいだに、洗い物を終わらせていた。

「まだ五時だけど、早めの夕飯をいただきましょうか」

席に着き、全員で手を合わせる。愛歌が真っ先にステーキ肉を頬張った。

「すごく美味しい！」

愛歌が目を輝かせ、私もステーキを口に運んだ。表面はカリッと焼き上がり、噛みしめると脂がバターのようにとろける。内側はピンク色だが薄いので充分に熱が通っている。

「このお肉もとろっとしてる。お父さんもきっと好きだろうな」

愛歌が肉を見ながら寂しそうに眉根を寄せる。出張中の父親が恋しいのかもしれない。すると清美が目元を拭《ぬぐ》った。一瞬泣いているような気がしたが、私の勘違いだろうか。

次にわさびを多めにつけて食べる。祖母は本わさびをおろすとき、チーズを削るための道具であるチーズグレーターを使った。何事かと驚いたが、思いつきでやってみたらしい。愛歌はまだわさびが食べられないようだが、祖母は念のため新品のチーズグレーターを用意していた。

「あら、意外に上手くいったわね」

わさびをつけて食べた祖母が笑顔になる。わさびは荒く削られ、食感が残りつつ香りが立っている。鮫皮《さめかわ》でおろした本わさびよりも力強く、霜降り牛肉と合わせても存在感がある。思いつきが成功するのだから恐ろしい。

肉を飲み込んだ清美が目を見開いている。

「こんな良いお肉をいただいてしまっていいのでしょうか」

「気にしなくていいのよ」

「この前のお肉と違って臭くない！」

愛歌が笑顔で言う。この前とはトゥレームのステーキ丼のことだろう。愛歌は変わったにおいがすると話していたが、食べた限りでは私にはわからなかった。愛歌の感想を知らなかった清美は目をしばたたかせている。すると祖母が首を傾げた。

「この前のお肉って、ステーキ丼よね。どんなにおいがしたの？」

「んーと、原っぱみたいなにおい。こっちのお肉のほうがずっと美味しいよ」

「原っぱって、草みたいなにおいってこと？」

祖母が聞き返すと、愛歌がうなずいた。すると祖母は思い悩んだ表情を浮かべ、「ひょっとして、ピケ……？」とつぶやいた。ピケとはタルト生地を焼くとき、フォークで穴を開ける技法のことだろうか。

祖母が愛歌に訊ねた。

「よかったら違うステーキも食べてみない？」

「えっ、いいの？　でも……」

愛歌が清美に目を向ける。さすがに立て続けに贅沢を提案されて不安になったのかもしれない。

すると祖母が清美に手を合わせた。

「もしよかったら、もう少しだけ食事に付き合っていただけません？」

「それは構いませんが……」

清美がうなずくと、祖母が内線電話をかけた。すぐに職員が新しい牛肉を運んでくる。

「目当ての肉があってよかったわ」

「この肉は？」

「オーストラリア産のお肉よ」

祖母は鉄のフライパンにサラダ油を注いだ。分厚い赤身肉を筋切りし、塩胡椒を振る。それから冷たいままのフライパンをコンロに置き、そのまま肉を載せた。それから火を点けて弱火に調整した。

「ちょっと待って。強火で表面を焼かないと肉汁が出てしまうだろう」

私が指摘すると祖母が眉根に皺を寄せた。

「前から気になっていたのだけど、本当に表面を焼くと肉汁って閉じこめられるのかしら？」

肉の表面を焼き固めることで、肉汁の流出を防ぐのは肉料理の基本のはずだ。

フライパンの分厚い赤身肉はサラダ油をまとい、徐々に色が変わっていく。だが焼くというより温めるのに近い。

「お肉の表面を焼くと固くなるけど、そこに壁ができるわけではないわ。閉じこめられるなんて変よ。でも焼き目は必要でしょう。だったら最後でもいいと思って順番を逆にしたら意外にうまくいったのよ」

祖母はタイマーを四分にセットし、食事に戻ってしまう。牛肉はごく弱火のままフライパンの上で熱せられていく。アラームが鳴ると祖母が席を立ち、肉を裏返してからまたタイマーをセットして席に着いた。

再びアラームが鳴ると、肉をまな板の上に置いた。肉汁はほとんど出ていない。そしてフライパンを洗い、コンロを強火にする。

祖母はフライパンを充分に熱してから、肉の両面を各一分ずつ焼き上げる。アルミホイルを用意し、取り出したステーキ肉を包んでまな板の上に置いた。

「これで十分ほど休ませたら完成ね」

私は祖母の調理に疑問を抱きつつも、付け合わせの野菜やサラダに箸をのばす。にんじんのグラッセは柔らかく仕上がり、滑らかなマッシュポテトは箸休めに最適だ。サラダの酸味が口の中をリセットしてくれる。

アラームが鳴り、祖母はアルミホイルを開いた。湯気が立ち上り、艶やかなステーキ肉が姿を現した。

フライパンの油をキッチンペーパーで吸い取り、赤ワインとアルミホイルに溜まった肉汁を注いで煮詰めてソースを作る。醬油で味付けし、小麦粉を加えてとろみをつける。そしてステーキ肉をスライスし、ソースをかけた。

「はい、出来上がり。赤身肉だから意外にあっさり食べられちゃうわよ」

分厚い肉の内側は鮮やかなピンク色に仕上がっている。箸を伸ばして口に運ぶ。食べるとしっとりと柔らかく、なおかつ赤身肉の肉汁が口いっぱいに広がった。

「美味い」

肉の表面は焼き固めると覚え、疑うことさえなかった。だが冷たいまま弱火から加熱した赤身肉は驚くほどジューシーだ。仕上げに強火で焼いたおかげで芳ばしさも楽しめる。赤ワインを使った洋風のソースも赤身肉と相性が良く、肉を嚙みしめる喜びがあった。

「こちらも美味しいですね」

驚く清美に祖母が笑いかけた。

「それほど高くないお肉が、調理次第でご家庭でもこんなに美味しく焼けるのよ」

愛歌は肉を嚙みしめ、飲み込んでから不満顔を浮かべた。

「この前と同じにおいだ」

「グラスフェッドってことかな」

においの正体に心当たりがあった。オーストラリア産の牛肉は牧草で育てられていることが多く、脂肪が少ない赤身肉になる。牧草で育てられた牛の肉はグラスフェッドビーフと呼ばれ、独特のにおいを持つことが多い。実際に今食べている肉はグラスフェッドビーフ特有のにおいが感じられた。

一方で穀物によって育てられた牛の肉はグレインフェッドビーフと呼ばれている。国産牛やアメリカ産牛肉の大半は穀物で育てられている。日本人はグレインフェッドビーフに慣れ、グラスフェッド特有のにおいを苦手に感じることがあるのだ。

私が食べたトゥレームのステーキ丼にグラスフェッドのにおいはなかった。霜降り肉にするためには穀物を与える必要があるので、グラスフェッドの霜降り肉など聞いたことがない。

だが愛歌が「この前と同じにおい」と言い出したのはどういうことなのだろう。

「やっぱり苦手だったのね。こっちをお食べ」

オーストラリア産牛肉に不満顔の愛歌に、祖母は自分の分の霜降り肉を差し出した。すると愛歌の表情は一気に明るくなった。

祖母が私に顔を向けた。

「ねえ、健吾。トゥレームさんの現状について知りたいの」

「それならもう調べてあるよ」

経営状態や、ステーキ丼の供給の一時停止や数量限定について祖母に伝える。すると祖母がつぶやいた。

「原因がわかったかもしれない。愛歌ちゃんがアレルギーを起こしたのだから、食べたものは加工品で正解だったのよ。懐かしいわ。二十代の頃に、何度かこの技法を使ったことがあるわ」

「どういうことですか」

清美の声は普段より大きかった。愛歌は、霜降り肉のステーキをあっという間に平らげていた。

## 5

五月一日の土曜日はゴールデンウィーク真っ最中だ。私は清美と愛歌、そして祖母とレストラン・トゥレームに赴いた。

営業開始前に到着したが、限定になったステーキ丼目当てと思しき待ち客が並んでいた。正面出入り口脇の名簿に記入し、開店時間になるのを待つ。

店内に案内され、四人でテーブルにつく。目当てのステーキ丼を二つ注文する。そして新作のクリームソースのハンバーグと、乳製品不使用のナポリタンも頼んだ。

店内は相変わらず盛況だ。離れた席ではウェイトレスが限定のステーキ丼が品切れだと説明し、客の嘆く声が聞こえてきた。到着がもう少し遅れたら目的が果たせないところだった。

ステーキ丼が運ばれてくる。ハンバーグは私、ナポリタンは愛歌の前に置かれた。祖母が手を合わせ、ステーキを口に運ぶ。

「確かに濱崎和牛ね。火の通りも完璧だし、この値段でいただけるのは素晴らしいわ」

清美が愛歌に話しかける。

「ねえ、愛歌。ステーキのお肉を一切れ食べてもらっていい？」

「えー、別にいいけど」

清美に言われ、愛歌が不満げな声を上げる。以前食べた味から、ステーキ丼に好い印象がないのだろう。小皿に載せられた肉をフォークで刺して口に入れる。すると愛歌の表情が一変した。

「この前のよりずっと美味しい！」

「味は全然違う？」

祖母の質問に愛歌がうなずいた。

「どっちもとろけるけど、今日のは変なにおいがしないよ。それに上にかかっているやつの味も違う気がする。こっちのほうがさっぱりしている」

愛歌の反応を確認した上で、祖母から肉をもらう。だが肉質もタレも数日前に食べたものと同じに思えた。つまり四月二十四日に愛歌が食べたステーキ丼は、肉質だけでなく味つけも異なっていたのだ。

来店したもう一つの目的に、ハンバーグの味見もあった。肉だけを吟味するため、クリームソースを削ぎ落としてから口に入れる。

メニューにオーストラリア産ビーフと国産和牛の合挽肉とある通り、赤身の旨みと和牛の脂が同時に楽しめる。グラスフェッド特有のにおいが感じられたが、ナツメグを強めに利かせているため気にならない。国産和牛のコクとの相性を考えたのかクリームソースはあっさり仕上げている。加賀田の腕前が感じられるバランスの取れた逸品だった。

「すみません。ちょっといいですか」

ウェイトレスに声をかけ、ハンバーグの販売開始日を質問する。ウェイトレスは怪訝《けげん》な顔で二十六日からと教えてくれる。ステーキ丼への愛歌の反応も、新作のハンバーグに関する推測も全て祖母の予想通りだった。

私はウェイトレスにシェフの加賀田への伝言を頼んだ。先日のアレルギーの件について大事な話があるという内容だ。

ウェイトレスは戸惑いつつも奥へ行き、しばらくして戻ってきた。午後三時なら会えるという返事を受け取る。私たちは食事を済ませ、一旦引き揚げることにした。


愛歌と清美には近くの児童館で待ってもらうことにした。これから行われることに、愛歌を同席させたくなかったのだ。清美は加賀田とのやりとりを一任してくれた。

午後三時に私と祖母が店に赴くと、ウェイトレスが別室に案内してくれた。椅子に腰かけて待つと、不機嫌そうな加賀田が姿を現した。

「何の御用でしょうか。アレルギーの件でしたら解決済みだと認識しておりますが」

加賀田が祖母を見て、困惑の表情を浮かべる。祖母が立ち上がり、丁寧にお辞儀した。

「本日はお時間をいただきありがとうございます。私は料理研究家の大河弘子と申します。中川清美さんの代理で、愛歌ちゃんの件についてお話をさせていただきます」

「やはり大河先生でしたか。ですが、どうしてあなたが」

狼狽する加賀田に対し、祖母は昼間に食べたステーキ丼の感想を伝えた。焼き加減やソース、薬味や付け合わせなど手放しで絶賛する。加賀田は恐縮した様子で聞き入っているが、祖母の声が急に真剣味を帯びた。

「長年料理の仕事に携わっていますが、子どもの舌は本当に怖いと感じます。大人は簡単に惑わされますが、子どもはあっさりと本質を判別しますから」

「どういう意味でしょう」

「四月二十四日に愛歌ちゃんに出したステーキ丼と、二十六日以降から現在まで提供しているステーキ丼は肉が異なりますね。おそらく二十四日まで、オーストラリア産牛肉に和牛の脂肪を注入した加工肉を使っていたのでは？」

加賀田の表情が明らかに強張った。

赤身肉に細い針で牛脂を注入していく加工方法がある。脂肪分が少ない肉でも綺麗なサシが入り、脂の味が堪能でき食感も柔らかくなる。生の状態だと脂肪の入り方が均一になるため見た目で簡単に区別がつく。しかし焼いてしまうと、見た目で判別するのは極めて困難だ。

「注入する脂肪には乳化剤として、牛乳由来のカゼインが混ぜられることがあります。愛歌ちゃんはその乳化剤でアレルギー反応を起こしたと推測しています」

カゼインはソーセージなど肉類の加工品に使用される添加物で、アレルギーの原因とされる物質だ。愛歌がアレルギーを発症した以上、加工肉だった可能性も疑うべきだったのだ。

「何を仰っているのか理解できません」

加賀田が笑顔を浮かべるが、頬が引き攣《つ》っている。祖母は構わずに続ける。

「清美さんからアレルギーの報告を受け、乳化剤の可能性に思い当たったのでしょう。そして、偽装が明るみになることを恐れた。そのため二十五日は急遽販売停止にしたのですよね」

二十六日以降、ステーキ丼の販売を再開している。だが濱崎和牛は貴重で、数量を確保できなかったのだろう。限定販売にせざるを得なかったのだ。

「濱崎和牛に切り替えたことで、脂肪注入加工肉が余ったのでしょう。そこで廃棄による損失を避けるため、挽肉にしてハンバーグを販売したのですね」

加賀田が目線を逸らす。ハンバーグの味はクリームソースだけで、他の味は選べなかった。味を一種類にすることで、牛乳アレルギーを持つ人の被害を出さないことが目的だったのだ。

黙り込んだままの加賀田に、祖母が穏やかな声で言った。

「脂肪注入という技術自体は、赤身肉を柔らかく食べる方法として否定しないわ。フランス料理の伝統的な技法であるピケも、ある意味で脂肪注入と変わらないのだから」

フランス料理で使われるピケは、赤身肉に針を使って豚の背脂などを注入する技法だ。本質的には同じ加工法だといえるだろう。

「日本人は霜降り肉が大好きだから、偽装すれば売れるはずよね。だけどアレルギーの問題もあるし、何より消費者を騙すことになる」

ここ数年、様々な食品偽装が世間を賑わせた。そのたびに食への信頼は損なわれていった。

「お客さまの口に入るものに、無断で異物を混入するのは重大な裏切りでしょう。それは食に携わる者として、決して許されない所行よ」

祖母の語気が強くなる。いつも穏やかな祖母からは考えられない迫力だ。それだけ食べ物に関わる不正が許せないのだろう。すると加賀田が血相を変えて叫んだ。

「証拠はあるのか」

痛い指摘だった。加賀田の主張通り、現時点では証拠がないのだ。

ブログを巡れば過去に掲載された写真は発見できるだろう。だが調理された脂肪注入加工肉は判別が難しいし、画像では証拠としては弱すぎる。過去の仕入れを精査すれば証明できるだろうが、内部の人間でもない限り調べることはできない。

「確かに証拠はないわ」

祖母がため息をつくと、加賀田の口の端が持ち上がった。

「そうだろう」

祖母が微笑みを浮かべる。

「だから山田くんに聞こうと思うの」

「山田くん……？」

加賀田が怪訝な顔になる。

「あら、ご存じない？　ブランドを一から築き上げた濱崎和牛協会の会長さんよ。最初に会ったときはまだ二十代だったけど、今はもう六十代なのよね」

「……まさかあの山田会長？」

「すごくやる気はあったけど、当時は空回りばかりで危なっかしかったわ。濱崎和牛は無名だったけど本当に美味しかったから、たまのご馳走にオススメって雑誌で何度か紹介したの。そうしたらあっという間に大人気になっちゃった」

テレビで見た濱崎和牛協会の会長は仕事の鬼という風貌だったが、祖母が語るとやんちゃ坊主といった印象に感じられてしまう。

「山田くんはブランドを愛しているから、出荷量も厳密に管理しているわ。トゥレームさんでは毎日たくさんのステーキ丼を出していたのよね。それだけの濱崎和牛の取引があったのか、私が聞けば絶対に教えてくれるわ」

会社間の取引情報なのだから、通常であれば教えてくれないはずだ。だが、相手はあの大河弘子なのだ。絶対という言葉に説得力があった。

加賀田の表情が凍りつき、喉の奥からうめき声が漏れた。それから力なく項垂《うなだ》れ「全て先生の仰る通りです」と言葉を絞り出した。


二〇〇四年、景気は回復傾向だったが世間的には実感が薄く、トゥレームの経営も低調を続けていた。加賀田は前オーナー時代からのシェフで、地道に良質な料理を作り続けていた。新オーナーは経営の回復を目指した。加賀田は命令を受けて経費削減や新メニューの開発を実行したが、どれも決め手に欠けていた。

そんななかで以前からの限定品の濱崎和牛のステーキ丼だけは、引き続き人気を博していた。そこで新オーナーが、ランチのステーキ丼の偽装を提案する。

元々はディナーで出す高級な濱崎和牛コースの宣伝にはじめたものだった。ランチのステーキ丼は原価が高いため、毎日売り切れていたが儲《もう》けはない。そこに新オーナーが目をつけ、安価な脂肪注入加工肉を使った上で、数量制限を撤廃することを提案したのだ。

加賀田は反発したが、店の赤字は続いていた。職を失うわけにいかず、レストランでは多くの人が働いている。利益を出さないといけないと追い詰められ、新オーナーの誘いに乗ることに決めたというのだ。

「当初は味を近づけるため、アメリカ産のグレインフェッドの赤身肉に、黒毛和牛の牛脂を注入した肉を使用していました。ですがアメリカでBSEが確認されたことで、仕方なくオーストラリア産に切り替えたのです」

二〇〇三年十二月二十四日、アメリカ産牛肉の輸入が全面的に停止された。そのためグラスフェッドビーフを使わざるを得なくなったらしい。

「脂肪注入加工肉を使ったら、すぐにお客さまに見抜かれると思っていました。だけど安価なランチだからとハードルが下がっていたのか誰にも気づかれませんでした。そのためグラスフェッドに切り替えても、どうせバレないと高をくくっていたのです」

だが加賀田の心には、早く偽装を止めたいという気持ちも残っていたという。

同年六月には牛の個体情報や生産履歴を伝えるために、牛肉トレーサビリティ法が施行されている。現在は運用が開始されつつある段階で、これをきっかけに偽装をやめるつもりだと説明した。しかしそこで愛歌のアレルギー問題が発生してしまう。

加賀田はトゥレームの一室で、深々と頭を下げた。

「申し訳ありません。あの子が苦しんだのは、私どもの責任です」

加賀田の肩は震えていた。

私はトゥレームの料理を思い返す。濱崎和牛の焼き加減は絶品で、急ごしらえのクリームソースのハンバーグも完成度が高かった。気づかれなかったのは客の舌の問題だけではなく、確かな調理技術があったためだ。そこには客に満足してほしいという、料理人の矜持《きょうじ》があるように思えた。

本来なら私が口出しするのは筋違いだ。だけど発言せずにはいられなかった。

「なあ、ばあちゃん。加賀田シェフは上に従っただけだと思うんだ」

「……健吾?」

祖母は目を丸くする。祖母を先生ではなく、ばあちゃんと呼んだのはひさしぶりだ。

会社員時代の記憶が頭をよぎる。上司からのパワハラに苦しめられ、疲弊することで判断力が失われるのがわかった。重大な失敗を犯す前に辞めたが、加賀田の気持ちは痛いほど理解できた。

「清美さんには俺から説明する。もちろん今回の件は許されないけど、今後のことはシェフに任せてみないか」

「そうねえ」

祖母が加賀田の顔を覗き込む。加賀田は視線を逸らせない様子だ。先ほど祖母は激しく怒っていた。だから私などの言葉で影響を与えられるか自信がなかった。

だが、祖母はふっと表情を緩め、加賀田に言った。

「あれだけの味を作れるシェフなら、何をすべきかおわかりよね」

どうやら祖母は怒りを収めてくれたらしい。加賀田が茫然とした顔を浮かべたあと、大きくうなずいた。表情は硬いが、目に力強さが宿っている気がした。

翌週、加賀田は牛肉の偽装をマスコミに公表した。新オーナーは飲食業界で知名度があったため注目を浴び、新聞や週刊誌で報道される大騒動になった。

新オーナーは謝罪会見を開き、レシートを持参した相手に返金をすると発表した。しかし週刊誌にさらなる衝撃的な事実が掲載されることになる。

濱崎和牛協会は報道を受け、レストラン・トゥレームとの取引状況を精査した。その結果、取引していた濱崎和牛は、盛況なランチのステーキ丼には足りず、ランチより客数の少ないディナーで消費するには多すぎるという不審な量だったことが判明した。そこで更に調査した結果、グループ会社が濱崎和牛を高値で転売していたことが明るみに出る。証明書付きの濱崎和牛はプレミアがつく。強面の協会会長は激怒し、トゥレームとの取引を打ち切った。

会長室のドアをノックしてから開けると、祖母が机に向かって書き物をしていた。清美と一緒に部屋に入ると祖母が顔を上げた。

「あら、清美さんいらっしゃい」

「この度は大変お世話になりました」

清美が深々と頭を下げる。祖母が万年筆を置き、私たちを客用の椅子に促した。愛歌は幼稚園に預けているらしい。

清美はレストラン・トゥレームの問題について現状を説明した。

「今はオーナーの代理人さんとやり取りをしています。愛歌の治療費が支払われ、慰謝料を提示されています。ですが受け取っていいものなのか……」

「愛歌ちゃんが受けた苦しみと、清美さんの心労を考えれば当然の権利よ。可能な限りふんだくってやりなさい」

「ありがとうございます」

祖母が拳を掲げると、清美が安心したように笑みを浮かべた。それから祖母は清美の手を優しく握りしめた。

「……間違っていたらごめんなさい。清美さんはこれからお一人で、愛歌ちゃんを育てていくことになるのよね。それならお金はいくらあってもいいはずよ」

一人とはどういう意味だろう。すると祖母を見つめる清美の瞳が揺らいだ。

「ご存じだったのですか」

「私の勘違いであってほしかったけど、やはりそうだったのね。本当に清美さんはがんばっているわ。それで、いつのことだったの？」

私が困惑していると、清美が深く息を吐いてから言った。

「夫が事故で亡くなったのは二ヶ月前――、三月九日の出来事でした」

驚きで言葉を失う私を尻目に、清美は涙を浮かべながら真実を語りはじめた。

清美の夫は東北に長期出張していた。本来なら三月十日に戻るはずだったが、予定が繰り上がった。清美の夫は愛歌に早く会いたいと願い、東北から自動車で帰宅しようとした。そしてその途中、居眠り運転の車が起こした事故に巻き込まれてしまったというのだ。

「自宅で電話を受け、茫然としました。そんなとき愛歌が、パパはいつ帰ってくるのかと期待に満ちた目で質問してきたのです。とっさに、出張が長引いて帰れなくなったと嘘をついてしまいました」

幼い子供に、親の死を誤魔化すことはあり得ることだ。五歳の女の子なら死を理解できるだろうか。小学生に上がっていたら正直に告げるかもしれないが、境目を判断するのは難しい。

「愛歌に正直に伝えるか悩みました。だけど義理の両親とも相談し、当面は出張中だと嘘をつき続けることに決めました。本音をいえば、娘に伝えるのが怖かったのです」

通夜や告別式は義理の両親と協力し合い、愛歌は参列せずに終わらせた。

「私が清美さんと初めてお会いした日は、四十九日の帰りだったのですよね。きっと焦っていらしたのでしょう。靴を履き替えるのを忘れ、ハンドバッグも法事用でしたよね」

「仰る通りです」

清美はセーターにジーンズとラフな格好ながら、フォーマルな黒い革靴を履き、真っ黒なハンドバッグを持っていた。今思えば不自然な組み合わせだ。

ハンカチも葬式に相応しい純白だった。きっと愛歌のアレルギー問題で気もそぞろになり、着替えはしたが靴やバッグを取り替えずに来てしまったのだ。そして慣れない靴で靴擦れを起こしてしまったのだろう。

「それに清美さんは、左手薬指に旦那様の指輪をはめていますね」

「夫は指が細かったので……」

清美の薬指にサイズの異なる二つの指輪が光っている。てっきり二つの指輪を連ねたようなデザインだと思っていたが、片方は形見だったのだ。

あの日、清美から覚えのあるにおいが漂っていた。あれは、焼香だったのだ。夫について話題を振ったときも表情が明らかに強張っていた。そういった手がかりから祖母は、確証はなかったものの法事帰りだと判断したようだ。

「だから清美さんに同行するよう俺に命じたのか」

「確信があったわけじゃないけどね」

祖母は親切でおせっかいな性格だが、今回は肩入れしすぎだと思っていた。だけど夫を亡くして間もない女性相手なら、祖母の判断も腑に落ちた。

清美は愛歌だけでなく、私や祖母にも夫の死を隠していた。大河料理学校の関係者は当初、アレルギーの原因を作った相手の可能性があった。そんな相手なら弱みを晒さないのも当たり前だ。徐々に信頼を得ていったと思うが、顔を合わせるときはほぼ愛歌が一緒にいた。そのため、夫の死を我々に打ち明けることは出来なかったのだろう。

清美が深く息を吐いた。

「今回の件を通じて考えを改めました。嘘をついてもきっと良い結果には結びつかない。愛歌には父親の事故死について、全て説明しようと思っています」

「愛歌ちゃんならきっと、受け止めてくれるはずよ」

誰かのために必要な嘘もあるかもしれない。だけど真実を告げ、受け容れて前に進めることができるのがきっと最善のはずだ。

清美は祖母と私にあらためて感謝を告げ、会長室を出ていった。

残った私は、加賀田から連絡があったことを思い出した。レストラン・トゥレームは閉店が決定したらしい。そのことを報告すると、祖母が心配そうに眉根を寄せた。

「加賀田さんの再就職先は大丈夫なのかしら」

「一応聞いたけど、当てはないみたいだ。あれだけの腕前が埋もれるのは損失だから、早く決まってほしいけど」

すると祖母が胸の前でぽんと手を叩いた。

「それならうちで働いてもらいましょう」

「はっ？」

「加賀田さんなら素晴らしい講師になる気がするの。次の店が決まるまでの繋ぎで構わないから、ぜひ我が校で腕を振るってほしいわ」

「わかった。連絡してみるよ」

祖母の思いつきには何度も驚かされているが、不思議と良い方向に転んでいくことが多い。加賀田がコックコートを着て、洋食を教える様子が鮮明に想像できた。もしかしたら繋ぎに留まらず、大河料理学校の講師を長く続けることになるかもしれない。

祖母がリモコンでテレビをつけると、ワイドショーが映った。レストラン・トゥレームの事件は全国的には扱いは小さく、テレビでもほとんど放映されていない。

ワイドショーでは自動車会社による大規模なリコール隠しの解説をしていた。不具合を隠蔽した結果、走行中のトラックから車輪が外れて死亡事故が起きた。そして数日前、自動車会社の前会長や役員が逮捕されたのだ。嘘を放置するほど、結果的に傷口は広がるものらしい。

「あのさ、ばあちゃんに隠していたことがあるんだ」

「なあに？」

流れに身を任せ、料理研究家としての人生を歩みはじめた。今後どんな仕事をしたいのかさえわからず、インタビューでも聞き心地の良いコメントで自分を偽ってきた。

「実は最初から料理研究家になりたかったわけじゃないんだ」

「ええ、知っていたわよ」

祖母は普段通りに笑った。そんな予感はしていたが、私の薄っぺらな言葉など見抜いていたのだ。だから迷いに気づき、経験を積ませるため清美と愛歌の問題に関わらせたのかもしれない。

私は祖母のようにはなれない。でもだからこそ自分の目指す道を模索するのだ。清々しい気持ちで初めてそう思うことができた。

## 6

私はその後、生産者を訪ね歩き、食材を己の目で吟味することをはじめた。アレルギーに関しても基礎から勉強し直し、栄養学の講座にも通った。安全かつ安心できる食材を広め、それを自らの手で料理にする。消費者が納得できるようなレシピと情報を発信することに力を注いだ。

残念なことに、世間では偽装事件が頻発した。二〇〇七年にはミートホープによる食肉偽装事件が発覚し、同年には白い恋人の賞味期限、赤福の消費期限、船場吉兆の産地など続々と偽装問題が世間を騒がせた。

二〇一三年にはホテルや百貨店のレストランで、産地や食材の偽装が続発する。有名ホテルで黒毛和牛として出された肉には脂肪注入加工肉も混ざっていた。

食に関する偽装は絶えない。だからこそ口に入れるものへの信頼にこだわり続けてきた。

「以上が、祖母に関して一番印象に残っている思い出だ」

マスクを一旦外し、渇いた喉を緑茶で潤す。退屈に思われるかと心配だったが、翔吾と理央は真剣な眼差しで聞き入っていた。

「各業界で偽装が発覚することで、食の不安が広がっていった。するとそのたびに家庭料理を学びたい人が増えていったんだ。自らの手で作ることは安心に繋がる。おかげでこの十五年、大河料理学校は経営を続けられているよ」

清美と愛歌の母娘とは、しばらく年賀状のやり取りが続いた。自然と連絡は途絶えたが、祖母の訃報に際して手紙を送ってくれた。愛歌は会社員として元気に働き、清美は再婚して幸せに暮らしているらしい。

加賀田は講師として二年ほど勤めたあと、フレンチレストランに就職した。その店も十年で辞め、三年前に大河料理学校に戻ってきた。今では洋食など様々な部門で生徒に料理を教えてくれている。

「親父は昔から食の安全について厳しかったけど、そんなきっかけがあったのか」

「料理研究家として生きる上で、最大の課題だと思っているよ」

翔吾に自分語りするのは初めてだが、料理に興味を抱くきっかけになれば幸いだ。

「後継者ではないと訂正したのも、そういった理由からなんだ。私は大河弘子の後を追うのではなく、別の料理研究家として成長していこうと決めているんだ」

翔吾が背もたれに身体を預けた。

「ひいばあちゃんは昔から、困っている人を放っておけなかったんだな」

「それはずっと変わらないよ」

誰かを助けるためには、多少強引に人を振り回すこともある。だけど配慮は怠らない。そんな祖母だからこそ多くの人から信頼を得てきたのだ。すると磐鹿さんが質問してきた。

「大河弘子先生は、家事従事者に寄り添う発言が多く、負担を減らすようなレシピを多く発信しています。先生がそういった理念を抱いた理由はご存じでしょうか」

「……それはわからないな。祖母は昔から自分のことを語ろうとしなかった。料理研究家になる以前の話もほとんど知らないんだ」

牛肉に脂肪を加えるピケという技法について、祖母は二十代の頃に何度か使ったことがあると話していた。二十代といえば戦中戦後のはずだ。ただ、どんな状況で使用したのかはわからないままだ。

一点だけ、前から疑問に思っていたことがあった。

「実は加工肉の偽装について追及する祖母の姿は、少しだけ違和感を覚えていたんだ」

「どういうことだ？」

「食の安全について厳しくなるのはわかる。だけど祖母の普段の態度と比較して、一触即発の空気が感じられたんだ」

そこで翔吾が首をひねった。

「そういえば前に、異物混入事件に縁があるって話していたな。何か個人的な事情があったのかのかもしれない」

「もしあったとしても、もっと早く聞くべきだったよ」

私は祖母の過去をほとんど知らない。

大河弘子は世の中に大量のレシピを残し、多くの人が思想を受け継いでいる。それで充分だと思っていたが、亡くなった今になって記録に残すべきだったと後悔している。

だからこそ磐鹿さんのような若者が、祖母について調べてくれるのが嬉しかった。

「そうだ。若い頃の祖母について知りたいなら、コモン書店の鈴村聡美《すずむらさとみ》さんはどうだ。祖母と多くの本を出版してきた編集者で、一番のヒット作『大河弘子のかんたん料理』もこの人と一緒に作っている」

「ありがとう、親父。紹介してもらえるか」

翔吾の視線に宿る力に驚かされる。いつからこんな真っ直ぐな瞳を持つようになったのだろう。翔吾と磐鹿さんは、祖母について知ることできっと何かを得るはずだ。若い二人の成長が、私は今から楽しみでならなかった。

# 1985年のフランス家庭料理

## 1

金縁の真っ白な皿に、オムライスが盛りつけられている。卵の黄色が美しく艶やかで、色も形もまるで大きなレモンみたいだ。付け合わせの漬け物四種が載せられた器も豪華で、ごちそうといった雰囲気を盛り上げてくれる。

スプーンで割ると、卵の厚さに贅沢な気持ちになる。

オムライスを口に運ぶ。チキンライスはしっとりとした食感で、棘《とげ》がなくコク深い味わいだ。鶏肉はジューシーで満足感がある。ケチャップは程良い酸味が効いていて、上品な香りが鼻を抜ける。そして、口当たりが滑らかな卵が全体の味を調和している。

「うん、美味しい」

正面では妹の百恵《ももえ》がミートクロケットを満足そうに頬張っていた。前に食べたことがあるが、仔牛肉とハムを使ったコロッケは上品な味わいで、トマトソースとの組み合わせが独特で美味しかった。

「百恵はお酒を飲まなくていいの？」

あたしは赤ワインを味わっているが、妹はドリンクを注文せずに水だけにしている。揚げ物にビールは最高の組み合わせで、妹も目がないはずだ。

あたしたち鈴村家は酒飲みの家系だ。あたしも大学時代、聡美には誰もかなわないと言われていた。妹だってお嬢さま然とした外見と裏腹にかなりの酒豪なのだ。

「私は今日、お酒は駄目よ。寝坊したせいでバスに乗り遅れて、駅まで車を使ったんだから」

「でも……」

ちょっとくらいなら、という言葉を飲み込む。

みんな大っぴらには言わないが、飲酒運転をする人は少なくない。宴会の参加者にいても、暗黙の了解として知らないふりをしている。悪しき慣習に麻痺《まひ》しそうになっていたが、大切な妹に犯罪を唆《そそのか》すのは間違いだ。

「でも元気そうで良かった」

「心配かけちゃったね。多分軽い食あたりだったみたい。もうすっかり元気よ」

二ヶ月前、妹の新居に遊びに行ったときは体調が悪そうで、何度か吐き気を堪《こら》えていた。今日はひさしぶりのディナーで、顔を合わせるのはその日以来になる。

妹がリクエストしてきた店は、銀座にある老舗《しにせ》の洋食店だった。一九〇二年創業だから、一九八五年九月である現在、八〇年以上の歴史があることになる。文豪も通ったという昔ながらの雰囲気は上品で素敵だ。だけど古めかしさを少しだけ退屈に感じてしまう。

妹が身体を動かした拍子に、ふわりとローズとムスクの香りが鼻先をよぎった。テーブルを挟んでいるのに漂うにおいを料理の邪魔だと感じる。

妹は今日も香水が強い。以前はほとんどつけなかったが、趣味が変わったのかここ半年ほどは驚くほど濃くなっている。

「新しいお店のほうが良かったかな。お姉ちゃん、流行の最先端のお店に通っていそうだし」

「そんなことないって。内装も素敵だし、すごく良い店だと思うわ。それにあたしより勝《まさる》くんのほうが良いものを食べている気がするな」

我孫子《あびこ》勝は妹の夫だ。妹の一歳年上で、あたしより一歳年下の二十八歳になる。現在は大手総合商社に勤務しているモーレツサラリーマンだ。

「確かに勝さんは仕事で色々行っているらしいわ。接待で高級なフランス料理に行くことが増えているみたい。味は絶品だけど堅苦しくて気疲れするって愚痴っていたわ」

「ああ、気持ちはわかる」

ここ数年、本格的なフランス料理を出す高級店が続々とオープンしている。

昨年の一九八四年、フランス最高峰のレストランである『トゥールダルジャン』が、ホテルニューオータニに世界初の支店をオープンさせて話題を呼んだ。あたしもそれなりにフランス料理店には通っているが、格調の高さや慣れないテーブルマナーに、いまだに緊張してしまう。

妹がため息をつき、あたしの手元のグラスを恨めしげに見つめる。

「勝さんもお仕事の関係者さんも、本格的なレストランに通っているから舌が肥えているのよね。それなのに、我が家にしょっちゅう仕事仲間をお招きすることになるでしょう。みなさんにお料理を振る舞うのが毎回緊張しちゃうのよ」

「あの家なら『金妻』みたいにホームパーティーに最適だからね」

「それ、よく言われるわ。ドラマみたいに浮気なんかしないけどね」

妹夫婦は昨年、郊外の新興住宅地に一軒家を建てた。

洒落《しゃれ》た新築物件には、リビングと一体化した機能的なダイニングキッチンがあった。さらにリビングは広い庭と繋がっていて、サッシを開け放つとホームパーティーにうってつけなのだ。

勝の仕事関係の人間を頻繁に家に招いているらしく、その暮らしぶりは全国の主婦たちが注目する人気テレビドラマ『金曜日の妻たちへ』を彷彿させた。

『金妻』は新興住宅街が舞台で、現在放送中のⅢは主題歌『恋に落ちて-FALL in love-』のヒットも相まって大ブームを起こしている。不倫を題材にした大人の恋愛物語なのだけど、東京郊外の都会的でお洒落な暮らしぶりも注目の的になっていた。

「近所付き合いはできている？」

妹は昔から友達作りが苦手で、進学や就職など環境が変わるたびに苦労をしていた。引っ越し先の新興住宅街には知り合いがいない。そのため寂しい思いをしていないか心配だったのだ。

すると百恵が不満そうに頬を膨らませた。

「いつまでも子ども扱いしないで。近くに住む人たちはみんな良くしてくれるわ。今度もお茶会にお呼ばれされているんだから。この前だってスコーンと紅茶を用意して、本場イギリス式のティーパーティーを楽しんだんだからね」

妹の話を聞いて、ふと閃《ひらめ》いた。

「ちょっと質問。本場の外国料理を、家で手軽に作れたら嬉しい？」

「それはもちろん。食事には毎回頭を悩ませているから。あ、それって雑誌のアイデア？」

「そうよ。ありがとう、参考になった」

あたしは都内にある中堅出版社コモン書店に勤めている。

入社してからずっと、女性向け情報誌『チュチュ』を作っていた。『ａｎａｎ』や『ｎｏｎ‐ｎｏ』を追い越すつもりでがんばってきたけれど、三ヶ月前、家庭料理を中心にした生活雑誌『コッペ』に異動することになった。

家庭料理に関しては完全に門外漢で、何度も企画を提出し続けていたが採用に至っていない。だが『金妻』みたいなホームパーティーで振る舞うような本格的な料理を、カラー写真付きで紹介するという記事は面白いかもしれない。今は九月で、ドラマが終わるのは十二月のはずだ。最終回に合わせて載せれば読者の興味を惹《ひ》くに違いない。

「そうだ、プリンアラモードを食べちゃおうかな」

妹は昔から洋菓子が好きで、期待に満ちた表情で店員に手を挙げた。あたしは妹の幸せそうな顔を肴《さかな》にして赤ワインに口をつけた。

ネクタイを緩めた先輩社員が、手を叩きながら「イッキ、イッキ！」と叫んでいる。煽《あお》られた後輩は真っ赤な顔でグラスのビールを飲み干した。歓声が上がったあと、同期入社した男性社員が「次は自分が行かせていただきます」とグラスを掲げる。

今日は複数の部署をまたいだ宴会で、テーブルに舟盛りが鎮座していた。店頭に魚が泳ぐ巨大な水槽のある海鮮が売りの居酒屋だ。

隣の席では他部署の部長が、若手の女子社員に自慢話をしていた。大御所ライターに仕事のいろはを教えたのは俺だという逸話を、あたしも何十回と聞かされている。

「全くビールが減っていないじゃないか」

女子社員のグラスにビールが残っている。すると女子社員は引き攣った笑みを浮かべた。

「すみません、お酒に弱いんです」

弱々しい態度に、部長が嫌らしく口元を綻《ほころ》ばせた。

「新人類は情けないな。飲めるようにならないと仕事にならんぞ」

そう言いながら部長がビール瓶を手にした。女子社員は今にも泣きそうだ。あたしはグラスを空にして、二人の間に割り込んだ。

「あら、部長。あたしにもいただけます?」

部長は困惑しながらもあたしのグラスにビールを注いだ。それをひと息に飲み干すと、今度は部長の持つ瓶を素早く奪った。

「さあさあ、部長も一杯どうぞ」

部長のグラスをビールで満たす。その隙に新人女子に目配せすると、会釈をして席を離れていった。宴会では酒を飲む側が正義だ。アルコールに弱い人は、無理をするか、それなりの処世術を覚えなくてはいけない。入社したばかりの女の子もじきに慣れるだろうけど、最初くらいは守ってあげたかった。

ハイペースで酒を酌み交わしていると、次第に部長は口数が少なくなる。酒が好きなわりに弱いので、黙らせるには酒を飲ませるのが手っ取り早い。船を漕ぎはじめたところで席を立つと、先ほどの女子社員が近づいてきた。

「鈴村先輩、ありがとうございます」

「アル中親父に絡まれて災難だったわね」

小声で言うと、女子社員は困ったように笑った。

近くの席で二十代の男子社員が刺身をつまみに、年下の女子社員に講釈をぶっている。水槽で長く泳いだ活け造りより、新鮮な魚を漁港で活け締めしたほうが旨いのだという。放置されて乾いた刺身で語る話でもないと思うが、若者にとって今やグルメの話題は欠かせない。

美食について語るのは中高年の男性の特権だった。だけど二年前に雑誌『ビッグコミックスピリッツ』で連載を開始した『美味しんぼ』がヒットした辺りから、食の蘊蓄《うんちく》を楽しむ若い世代が増えてきたように感じる。

そこであたしは隅の席に座る『コッペ』編集長の手招きに気づいた。

「何かご用ですか？」

編集長は四十代後半で、黒縁眼鏡にサスペンダー、チェックのズボンという服装が洒脱な雰囲気だ。宴席ではいつも隅っこに陣取り、料理と酒をのんびりと楽しんでいる。飲んでいるのは数年前から流行している焼酎の烏龍茶割りのようだ。

「会社を出る直前に鈴村の企画を読んだ。『金妻』みたいなホームパーティー用の料理、いいじゃないか。需要もありそうだし時期も丁度いい。十一月発売の号に掲載しよう」

「本当ですか。ありがとうございます」

「レシピに関しては、大河さんにお願いしようと思うんだ」

「大河先生ですか？」

料理研究家・大河弘子というと節約料理や時間短縮レシピの印象が強い。総合スーパー・ダイエーの出版部門が最近創刊した雑誌『オレンジページ』がターゲットにするような、家事を面倒に感じる主婦からの人気が特に高いのだ。

「意外そうだな。大河先生は家庭料理が有名だが、海外での滞在歴も豊富で、『ル・コルドン・ブルー』で学んだ経験もある。うちでも『本場フランス料理の勘所』って本を出しているぞ」

「すみません。存じ上げませんでした」

ル・コルドン・ブルーといえば、フランスの老舗料理学校だ。不勉強のため経歴をほとんど知らなかった。そこで大きな笑い声が響いた。編集長は大騒ぎする社員たちに苦笑を浮かべた。

「一応念を押しておくけど、大河先生は酒に関するトラブルが嫌いなんだ。鈴村なら平気だと思うが、注意だけはしてくれ」

「酒に関するトラブルですか」

「泥酔して羽目を外した編集者のせいで、仕事を打ち切られた出版社もある。くれぐれも粗相《そそう》のないようにな」

「了解しました」

大河先生はテレビ出演こそあまり多くないが、料理研究家としては大ベテランだ。どんなレシピを考案してくるのだろう。初めて立てた企画が成功するのか、あたしの胸は期待と不安で入り混じっていた。

都内にある大河料理教室で、大河弘子先生と打ち合わせをすることになった。ビルの二階と三階を全て貸し切り、厨房設備の整った教室が五つも作られていた。一つの授業では最大で一度に三十人の生徒に教えているという。総生徒数は千五百人にも上り、現在も応募が殺到していると聞いている。

事務室で来訪を告げると、ご本人が出迎えてくれた。

「こちらの予定に合わせてもらって助かるわ。おかげさまで教室はいつも大盛況で、都内に五階建ての自社ビルを建てている最中なの。完成したら、名前も料理学校にする予定なのよ。もう後戻りはできないから、もっと仕事をがんばらなくちゃいけないわ」

今日は大河先生が提案するレシピをもとに、実際に誌面に載せる料理を決める予定になっている。大河先生は六十五歳で、二十九歳の私とは親子ほど年が離れている。だけど潑剌《はつらつ》とした明るい笑顔は若さを感じさせた。

「いくつか案を考えてみたの。いかがかしら」

差し出されたメモに目を通し、あたしは答えた。

「素晴らしいですね。さすが本場で修業されただけあります。この生マッシュルームのグラタンなんて、すぐにでも食べてみたいです」

メモには料理の概要とレシピ、そして簡単なスケッチが添えられていた。大河先生の提案するフランス料理は家庭的で、現地の雰囲気が漂っている。

「生のマッシュルームは一度食べたらやみつきになるわよ。嚙みしめるたびにきのこの旨みが口に溢れるの。最近ようやく日本でも買えるようになって嬉しいわ」

説明だけでよだれが出そうになる。マッシュルームなんて水煮缶しか出回っていない。

提案されたレシピはこのまま掲載できそうだ。だけど急に不満が芽生える。このままでは誰が担当しても同じ記事になるだろう。あたしが担当する意味がないように思えたのだ。

そこでふと、一軒の洋菓子を思い出した。

「先日、数年前にオープンしたケーキ屋さんに行きました。尾山台《おやまだい》で、伝統的なフランス菓子を売っているんです。そこで何となく買ったサヴァランというケーキが絶品でした。今回の記事に、そのサヴァランのレシピを加えるというのはどうでしょう」

口に出してから、すぐに失敗したと後悔する。

サヴァランはお酒を大量に使用する。編集長から受けた忠告を完全に忘れていた。すると大河先生は胸の前でぽんと手を叩いた。

「サヴァラン美味しいわよね。いいと思うわ。大人な雰囲気が面白いんじゃないかしら」

先生は提案を受け容れてくれた。心配は杞憂《きゆう》だったようだ。

打ち合わせは順調に進んだ。掲載するレシピを決め、撮影の日程も調整する。撮影場所も厨房が併設されたスタジオを借りるつもりだ。

一通り決めてから大河先生のもとを辞去し、会社に戻って編集長に最終確認をしてもらう。撮影の手配も終わらせ、あとは撮影当日を待つだけのはずだった。

それなのに撮影の二日前、スタジオから予想外の連絡を受けることになる。

「ガス機器が壊れた？」

スタジオの運営会社からの電話は謝罪だった。厨房のガス関連の機器が不調になり、修理をお願いしたところ大規模な改修が必要と判断されたのだという。

慌てて他のスタジオに電話をかけるが、心当たりは全て予約済みだった。

すぐに大河先生に連絡するが、料理教室の厨房は全て授業で埋まっていた。先生が心当たりを探すと言ってくれたものの、あたしは引き続き代替地を考える。

キッチンには撮影するだけの広さと華やかさが必要になる。心当たりを必死に考えたあたしの脳裏に妹の自宅が浮かぶ。開放的なアイランドキッチンは撮影に充分なはずだ。

企画発案のきっかけになったくらいだから、『金妻』みたいな雰囲気にぴったり合っている。妹夫婦はキッチン用品や食器類、家具やカーテンにも凝っている。背景にすれば料理もより美味しそうに映えるはずだ。

妹に電話すると、急なお願いにもかかわらず快諾してくれた。夫が出張中で、自宅で暇を持て余しているというのだ。

受話器を置き、深く息を吐く。カールしたコードがねじれ、ゆらゆらと揺れていた。突然のトラブルだったが一応の目処はついた。無味乾燥なスタジオより活きいきとした写真が撮れるかもしれない。あとは大河先生の了承を得るだけだ。報告するため、電話機のボタンを押した。

2

一台の自動車に乗り合わせ、郊外にある妹の自宅を目指す。タウンエースには大河先生、そして先生の助手である伊藤喜代《いとうきよ》、カメラマンの牧耕太《まきこうた》も一緒だった。

タウンエースの持ち主は牧で、運転も請け負ってくれた。年齢は四十歳くらいで、耳を覆う長髪に無精髭という出で立ちなのに、不思議と小綺麗な印象だ。フリーのカメラマンで、以前在籍していた編集部でもお世話になった。車の後部には撮影用の機材や食材を入れたクーラーボックス、食器類をしまった段ボール箱が置いてある。

「撮影のあとは、家主さんを交えてパーティーなんすよね。先生の料理を味わえるなんて今から楽しみだなあ」

牧が笑顔でハンドルを操り、後部席に座る先生が応えた。

「みなさんには撮影をがんばってもらうわけだし、終わったあとはぜひ期待していてね。なるべく美味しく召し上がっていただけるよう、調理の手順を工夫するわ。撮影をしていると、どうしても料理が冷えてしまいますから。伊藤さんも協力お願いね」

「はい、わかりました!」

伊藤は五十代半ばくらいで、最近になって先生の助手を務めるようになった女性らしい。小柄でふっくらした体つきで、度が強そうな眼鏡をかけている。端から見ても緊張しているが、気合いの表れでもあるのだろう。

撮影を優先すると、どうしても最も美味しい瞬間を過ぎてしまう。そのため撮影済みの料理を処分する人もいるらしいが、先生は全部食べ切るのをモットーにしているという。余ったら持ち帰り、仕事仲間や家族と協力して平らげるそうなのだ。

妹の家は小高い丘の途中に建っていた。広々とした歩道を子供連れの女性が笑顔で歩いている。二階建ての一軒家は壁が白塗りで、バーベキューもできそうな庭が道路に面している。駐車スペースにはカローラがあったが一台分の空きがあり、牧がタウンエースを駐車させた。

夫婦の新居を目にして、感慨深い気持ちになる。

妹は幼い頃から不器用で引っ込み思案だった。友達作りも恋愛も不得手で、姉として将来を不安に思っていた。だけど勝という良き亭主と出会い、恵まれた暮らしを得ることができたのだ。

「ようこそいらっしゃいました」

エンジン音に気づいたのか、勝が玄関から出てきた。長袖のポロシャツに綿のズボンという出で立ちで、艶やかな黒髪をオールバックに撫でつけている。

「あれ、金沢に出張中じゃなかったの？」

「急遽、本社に顔を出す用事ができたんです。本当は自宅に寄らずとんぼ返りの予定でしたが、百恵に電話したら雑誌の撮影があるというじゃないですか。そんな貴重な体験めったにできないから、駄目元で掛け合ったら奇跡的に休みが取れたんですよ」

商社に勤める勝は極めて多忙で、毎日のように深夜帰りの生活を送っているらしい。本人の言う通り休みが取れたのは幸運のはずだ。

撮影機材やクーラーボックスを全員で手分けして運び入れる。

「いらっしゃいませ」

キッチンに移動すると、エプロン姿の妹が丁寧なお辞儀で出迎えてくれた。

「今日は本当にありがとう。すごく助かったわ。掃除、大変じゃなかった？」

「困ったときはお互い様よ。それにいつでも綺麗にしているから問題ないわ。冷蔵庫もスペースを空けておいたから」

そこで、香水のにおいがしないことに気づいた。

「あれ、今日は香水をつけていないのね」

「香りがあったら邪魔になると思ったの」

「配慮してくれてありがとう。そうだ。荷物をお隣のリビングに運んでもいいかな」

「もちろんよ」

あたしは食器類やテーブルクロスをリビングに運び入れる。棚の上に写真立てがあり、結婚式の写真が二枚飾ってあった。勝側の望みで行われた古風な神前式での和装の写真と、妹の希望で撮影だけにしたウェディングドレス姿の写真だ。白無垢と真っ白なドレスは、いつ見ても甲乙つけがたい。

続いてカメラマンの牧の指示に従い、照明の設置も手伝う。すると牧が作業をしながら近くにいた勝に声をかけた。

「素敵な家ですね。借り家住まいの身としては何とも羨ましい限りです」

「ありがとうございます。ローンを返すのに必死ですよ」

働き盛りの男性同士らしい会話だ。牧が腕組みをして部屋を見回す。

「部屋数も多いし、こんな家で育ったら、お子さんもきっと健やかに育つでしょうね」

「近所に最近、幼稚園や小学校も新設されたんです。広々とした公園も近くにあるし、子育てには最適な環境だと思います」

二人の会話を聞いていたあたしは、妹に目を遣った。

妹夫婦にはまだ子どもがいない。以前から望んでいて、結婚後に二度妊娠したと聞いている。だがどちらも初期に流れてしまい、妹はそのことを気に病んでいた。

あらためてキッチンをながめる。ステンレス製のシンクは手入れが行き届き、三ツ口コンロの下にはオーブンが設置されている。壁際に設置された作業台は広く、大理石製の特注の板を使っていてパン生地をこねるのに便利らしい。壁面のセラミック製の白いタイルはニューヨークの地下鉄の駅を模しているのだという。

　先生が少女みたいに目を輝かせて、キッチンを歩き回っている。

「これはお料理も撮影もはかどりそうね。あっ、このホウロウのお鍋は私も持っているわ。あら、スパイスの種類も豊富ね。こっちの本棚にはお料理の本もたくさんだわ。ハーブ・スパイスの辞典があるなんて勉強家なのね。あら、私の本もあるなんて嬉しくなっちゃう」

「いつも参考にしています。実は今日はみなさまのために、ブイヤベースをお作りしました。プロの方々のお料理には遠く及びませんが……」

「あら、それはありがとう。とっても楽しみだわ」

　妹は、何か作らずにはいられなかったらしい。あたしは持ち運んだ調味料をキッチンに並べた。塩やオリーブオイル、白ワインを置きながら、シンク下の調味料置きを確認する。混ざったら面倒だと思ったが、同じラベルの調味料はなさそうだ。

「……あれ？」

　醬油や酢、塩など基本の調味料が並んでいるが、何となく違和感を覚えた。何かが足りない気がしたのだ。そこで興味のある話題が聞こえてきた。

「へえ、今日はサヴァランを作るのですか。前から興味があったんですよ。なあ百恵、お前も洋菓子が大好物だし、機会があったら食べたいと話していたよな」

「そうですね、今から楽しみです」

先生と妹の会話に、いつの間にか勝が加わっている。

「あ、そうだ。今日はみなさまに飲んでほしいものがあるんです」

勝が棚の上から鍵束を取って来て、冷蔵庫脇にあるワインセラーの鍵穴に差し込んだ。そして一本のワインを取り出す。

「実は今日のために、秘蔵の一本を開けようと思っています。フランスワインの一級品ですので、みなさんぜひ楽しんでください」

勝はワインが好きだった。コレクションには高級な輸入ワインが多いため、鍵付きのセラーを購入したのだそうだ。

「おっ、本当ですか」

撮影機材のセッティング中だった牧が声を弾ませる。先生は、一同を見回した。

「牧さんは飲まれるのですね。それなら誰が運転免許を持っているか確認しましょう」

先生に質問され、皆が順に答えていく。

ドライバーだった牧は当然持っていて、助手の伊藤も運転ができた。妹夫婦も免許を取得している。運転できないのはあたしと先生の二人だけだった。

「それでは帰りは伊藤さんに運転をお願いしていいかしら」

「あっ、はい。私は構いません。安全運転を心がけます」

「わかりました。俺の愛車は伊藤さんに託します」

牧が渋々といった様子でうなずく。他人に自分の車を運転させたくないのだろうが、ワインを飲みたい気持ちが勝ったようだ。すると勝が不服そうに唇を尖らせた。

「そうなると助手の方は飲まれないのですね。でも本当に貴重なワインなんです。せっかくなので舐めるだけでもいかがでしょう」

「駄目だって。飲酒運転は犯罪よ」

あたしは慌てて口を挟む。先生は穏やかに微笑んでいるが、内心で怒っていても不思議ではない。勝は素直に引き下がるが、興ざめしたような顔つきだ。先生が妹に訊く。

「アルコールなしの飲み物はありますか？」

「果汁一〇〇%の葡萄《ぶどう》ジュースをご用意しています。ワイン用の品種を使っているので、飲まれない方でも雰囲気を味わえますよ」

「お心遣い感謝するわ。あ、そうだ。アルコール度数が高いから、伊藤さんはサヴァランも食べないように気をつけてね」

サヴァランはたくさん洋酒を使用するため、お酒を飲むのと変わらない。当初使うはずだった撮影スタジオは都内にあり、タクシーでの移動を予定していた。牧の自家用車での移動が決まった時点で、他のデザートに変更するべきだったかもしれない。

「さあ、お料理をはじめましょう」

先生の宣言で調理を開始する。

この日のメニューは牛肉の赤葡萄酒煮込み、生マッシュルームのグラタン、じゃがいも入りニース風サラダ、そしてサヴァランだった。

料理の写真をスムーズに撮っていくのは難しい。ひとつの料理を順番に作って撮影していくだけなら簡単だ。だけどそれだと完成のタイミングがばらばらになってしまう。最後に料理全部が並んだ写真もほしいし、美味しそうに写らなければ意味がない。

グラタンは焼きたてを写したいし、サラダだって時間が経つと瑞々しさをなくしてしまう。だから完成する瞬間がなるべく同時だとありがたいのだ。

それ以外に料理の過程の写真も必要になる。途中の写真を撮るためには、調理を中断する必要があった。火を点けたり消したりを繰り返し、さらに切った食材もすぐに調理できない。その結果、普段の何倍も時間がかかり、個々の料理の完成するタイミングがさらに読めなくなる。

これまでの撮影でも時間調整で苦労してきた。だが今回初めて先生と仕事をして、その凄さを思い知ることになる。

先生の指示に従うことで、撮影も調理も滞りなく進んでいった。加えて勝と妹にも細かな手伝いを頼んでいる。手持ち無沙汰にさせないための配慮なのだと思われた。長年の経験の成せる業なのだろうか。撮影時間を考慮した上での調理手順が、頭のなかで完璧に組み上がっているとしか思えなかった。

最初に完成したのは牛肉の赤葡萄酒煮込みだった。先生は赤ワインをたっぷり使っていた。調理用として先生自ら用意した品だ。煮込み料理なので時間が経っても美味しくいただけるから、真っ先に終わらせたのだろう。

牧と相談して、リビングで撮影することになった。あたしは料理を運ぶ。料理に照明が当てられ、美味しそうな照りが生まれる。

皿の位置を整えていると、牧が首を捻った。

「赤ワインが横にあったほうが見映えがするな。用意してくれないか」

「わかりました」

キッチンで赤ワインのボトルを手に取ると、残りがほとんど入っていなかった。おそらくグラス一杯に満たないため、写真にしても寂しくなるだろう。勝自慢のワインはまだ封を開けていない。そこで近くにいた妹が声をかけてきた。

「お姉ちゃん、葡萄ジュースを出そうか？」

「その手があったか」

妹が葡萄ジュースの瓶を冷蔵庫から取り出し、グラスに注いだ。ワインに使用される品種なので色合いも似ている。

「ジュースの瓶だと雰囲気が出ないから、デキャンタにするわね」

妹は葡萄ジュースを、ガラス製のデキャンタに移し替えた。年代物のワインの澱《おり》を取るときなどに使用されるガラス瓶に入れると、さらにお酒みたいな見た目になる。ワインのボトルも料理の奥に置くことで、ご馳走感が一気に増した。

「助かるよ。これで画面が魅力的になった」

「お役に立てて光栄です」

牧に褒められ、妹がくすぐったそうに笑う。そして、葡萄ジュースの入ったデキャンタとワインのボトルを冷蔵庫にしまった。

その後も調理と撮影は驚くほど順調に進んだ。それも全て先生の指示のおかげだ。あとは生マッシュルームのグラタンを写真に収め、全体写真を撮影すれば終了になる。

「そろそろかな」

勝がワインセラーから高級ワインを取り出す。そして先ほどとは別のガラス製のデキャンタを用意し、慎重に中身を移し替えていた。年代物らしいので底に澱が溜まっているのだろう。

勝が開けた赤ワインは濃密な色合いだ。葡萄ジュースを注いだデキャンタとはデザインも違うので、ふたつを混同することはないだろう。

残りの料理も撮影し、テーブルに全ての完成品を並べる。せっかくなので勝が用意した赤ワインもセッティングし、勢揃いしたご馳走を写真に収める。

「お疲れさまでした。撮影終了です」

あたしが声をかけると、自然と拍手が起きた。時刻は午後一時半だ。慣れないキッチンと品数を考えたら、順調に終わったと言って構わないだろう。

「さて、冷めないうちにいただきましょう」

先生がタオルで手を拭きながらリビングに入ってくる。キッチンでは伊藤が洗った計量スプーンやおたまを水切りカゴに並べている。複雑な工程を進めつつ、片付けまで同時にこなせたのは先生が取り仕切ったおかげなのだろう。

あたしは妹を手伝い、リビングのテーブルに全員分のワイングラス、ナイフやフォークを並べる。牧は撮影機材の片付けを進め、勝は椅子を用意していた。大河先生と伊藤はそれぞれの皿に料理を盛りつけていく。

妹が冷蔵庫から鍋を取り出し、コンロで火にかけた。魚介の香りが漂う。先ほど話していたブイヤベースのようだ。

「美味しそうね」

「大河先生の料理の隣に並べるなんて、今さらながら恥ずかしくなってきちゃった」

「きっと気に入ってくれるわよ」

妹が深皿に盛りつける。白身魚のぶつ切りに有頭海老、ホタテ、イカなど具材は贅沢だった。サフランの香りも効いていて、かなり材料費がかかっている様子だ。

準備が終わり、全員でテーブルを囲む。冷めてしまった料理もあるが、撮影が優先なので仕方がない。赤ワインを飲む人を確認すると、牧と百恵、そして勝が手を挙げた。帰りに運転をする伊藤は飲まず、先生も葡萄ジュースを希望した。

あたしは内心では高級ワインに惹かれていた。だが先生が酒を飲まない以上、編集者が飲むわけにはいかない。断腸の思いで葡萄ジュースを選んだ。

あたしは先生から乾杯の発声を指名された。

「本日はありがとうございました。大河先生と伊藤さんが手がけられた最高の料理を、牧さんがどんな写真にしてくれたのか。今から現像が楽しみです」

妹に目をやると、視線を絶え間なく動かし、参加者の様子をうかがっていた。集まりなどで周囲をうかがうのは、気を遣ってばかりの妹の昔からの癖だった。

「何より急なお願いにもかかわらず、素敵なキッチンを提供してくださった我孫子夫妻には心から感謝しています。貴重なワインとブイヤベースもありがとうございます。お二人のおかげで無事に撮影を終えられました。きっと素晴らしい記事になるでしょう。それでは乾杯！」

グラスを掲げると、それぞれの席からガラスの触れ合う甲高い音が響いた。あたしは葡萄ジュースに口をつける。

ワイン用の葡萄なので甘さだけでなく、渋みと酸味がしっかり効いていた。さらにアルコールを飲んだときのような満足感もある。これだけ飲み心地がワインに近ければ、自宅用に買ってみようと思った。

「ちょっと待って」

先生が慌てた様子でグラスから口を離した。

「この葡萄ジュース、アルコールが入っているわ」

慌ててグラスを凝視する。黒みがかった紫に近い赤色が、蛍光灯の明かりを反射して揺れている。何となく胃がほのかに温かくなったような気がした。

3

もう一度葡萄ジュースを口に含み、舌の上で転がすように味わう。すると甘さの奥に、たしかにアルコールを感じた。飲み込んだあともお酒特有の風味が鼻を抜ける。先ほどの満足感は実際にお酒だったからなのだ。

「本当ですね。かすかですが、お酒の味がします」

伊藤が目を見開いて、グラスを見つめている。勝がデキャンタの葡萄ジュースを空きグラスに注ぎ、口に入れてすぐ顔をしかめた。

「たしかに混ざっているな。多分、ワインだと思う」

四人の舌で感じ取ったのだから、アルコールの混入は間違いないだろう。

「誰かが間違えて、葡萄ジュースのデキャンタにワインを注いだのでしょうか」

あたしの問いかけに、その場の誰も反応しない。念のため、冷蔵庫に入れておいた方の赤ワインのボトルを確認すると空になっていた。少量とはいえ、先ほどまでは中身があったはずだ。

撮影中、全員が忙しく動き回っていた。冷蔵庫は誰でも近づけたし、先生も伊藤も何度もキッチンを離れていた。ワインを混ぜることは全員に可能なはずだ。

誰も名乗り出ないなか、伊藤が顔をしかめた。

「いくら飲めるものとはいえ、食べ物に勝手に混ぜるなんて悪趣味です。グリコ森永事件だってあったのに……」

昨年、江崎グリコの社長が誘拐され、身代金を要求される事件が起きた。さらに毒入りの菓子がばらまかれ、森永製菓など数多くの食品メーカーが脅迫されることになる。容疑者であるキツネ目の男が起こしたとされる一連の事件は、今年八月に犯人からの終息宣言が出されたが、社会に大きな衝撃を与えることになった。

先生が口を開いた。

「帰りは誰が運転をしましょうか」

「あっ」

伊藤が声を上げる。帰りの運転手がアルコールを口にしてしまったのだ。そして牧もすでにワインを飲んでいる。その牧が軽く手を挙げた。

「軽く舐めただけですし、度数も低いみたいですよね。やっぱり俺が運転を……」

先生の目つきが鋭くなる。

「絶対に駄目です。これまで飲酒による事故がどれだけ起きていると思っているの。自動車だけじゃない。去年の兵庫の脱線事故だって、機関士の飲酒が原因だったでしょう」

「……はい」

牧が気まずそうな顔で口をつぐむ。一九八四年に国鉄西明石駅で起きた列車の脱線事故は、飲酒運転が原因だと報道されている。恐ろしい事故ではあるが、自動車の話に列車事故が例として出てくることを奇妙に思った。

「あの。私、飲んでいません」

全員の視線が妹に集まる。

「みなさんが楽しんでいるか心配で、乾杯のあとも様子をうかがっていたのです。そろそろ飲もうかなと思った直後に大河先生が声を上げたので、全く口をつけていないんです。私はみなさんを送り届けたあと、電車やバスで帰れば問題ありません」

運転代行業者を使う手もあるが、妹が運転してくれるのなら話は早い。牧も了承してくれたので、帰りの運転は妹が担当することになった。

「それじゃお食事にしましょうか」

先生が胸の前でぽんと手を合わせた。せっかく全員での食事に合わせ、先生が調理時間を工夫してくれたのだ。なるべく温かいうちに食べたいし、犯人探しをして険悪な雰囲気になるのも避けたかった。用意してくれた妹には申し訳ないけれど、アルコールが混ざった葡萄ジュースは処分することになった。

「いただきます」

大皿からスプーンを使って自分の皿に盛りつけ、まずメインの牛肉の赤葡萄酒煮込みを味わう。牛肉はごろごろと大きく、ソースの香りが食欲をそそる。

「美味しい」

柔らかく煮込まれた牛肉に、赤ワインがたっぷり使われたソースが絡む。簡単レシピだとケチャップを使うことが多いが、今回はトマト缶を使っているため甘すぎない本格派な味わいだ。

「缶詰のマッシュルームって苦手なんですけど、生だとこんなに旨いんですね」

牧がグラタンを食べて目を見開いている。

グラタンをいただく。生のマッシュルームは水煮のようにぐにゃりとせず、歯切れが心地良い。さらに旨みのエキスがホワイトソースと溶け合い、焦げ目のついたチーズのコクが堪らない。肉類や魚介が使われていないのに物足りなさがない。きっと先生がマッシュルームという食材の力を信じた上で、味わいを引き出しているのだろう。

次にじゃがいも入りのニース風サラダを味わう。これは先生がフランスで覚えた料理だという。あたしはレシピを思い出す。まずはボウルの内側ににんにくの切り口をこすりつけて香りを移す。トマト、サヤインゲン、茹でたじゃがいも、レタスを食べやすく切り、ボウルに入れる。そして固ゆで卵とツナ缶を入れ、オリーブオイルと塩、アンチョビペースト、白ワイン酢で味をつけて全体を絡めれば完成だ。

調味料さえ揃えてしまえば、あとは簡単な工程しかない。オリーブオイルの風味と酢の酸味が効いていて、野菜のおいしさを引き立ててくれる。アンチョビの塩気とほのかなにんにくの香りが食欲を刺激し、じゃがいもとゆで卵が食べ応えを与えてくれた。

ポテトサラダといえば、きゅうりやハムを入れマヨネーズで和えたものが定番だ。だけど大河先生にかかれば、こんなにもお洒落になってしまうのだ。

勝はニース風サラダが気に入ったのか、おかわりをしていた。

「このサラダ、最高だな。百恵もレシピを覚えて、今度また作ってくれよ」

「こんなに上手にできるかわからないけど、ぜひ挑戦してみるわ」

先生の料理は作り方がシンプルで、一見すると地味な印象を受ける。だけど完成した料理は確かな味わいで、誰が作っても大きく外れはないだろうという安心感があった。それに脂っこくて重いというフランス料理のイメージと違って、どの料理も親しみやすく軽やかだ。

次に妹のブイヤベースを味わう。具材の旨みが贅沢に溶け込み、サフランの香りも豊かだった。しかし、味はどこか締まりがなく薄ぼんやりとしている。みんなが妹のブイヤベースを褒めていたが、減るのが遅い。プロと較べるのは申し訳ないが、先生の実力を実感した。

勝がワインボトルを手に近づいてきた。

「どうせアルコールを飲んでしまったのだから一杯いかがですか」

お酒に口をつけたのだから、今さら避ける必要はないかもしれない。先生の様子をうかがうと、微笑みながら頷いた。

「高級なワインを味わえるのは貴重な経験よ。私は遠慮しておくけど、聡美さんと伊藤さんはせっかくだから味わってみなさい」

「それではお言葉に甘えて」

先生に勧められれば断る理由もない。伊藤もうなずき、ワインをいただくことにした。グラスに濃密な赤色の液体が注がれる。鼻を近づけると、たくさんの香りが一気に押し寄せてくる。花やスパイスなど複雑な香りに圧倒されつつ、ワインを口の中に注ぎ込んだ。すると今度は苺やハチミツ、そして煙草に火をつけた瞬間みたいな風味が広がった。

「すごいですね。葡萄から作られているのに、たくさんの味がします」

「そうでしょう。ワインの世界は本当に豊かで奥深いのよ」

先生が笑顔になる。ワインの味を知っているのだから、飲めないわけではないようだ。

最後にデザートを口にする。サヴァランはブリオッシュ生地にラム酒などの洋酒を浸し、ホイップクリームなどをあしらったデザートだ。洋菓子ながら強烈なアルコール分が衝撃で、あたしは一口で魅了された。

先生はオーブンでブリオッシュを焼き上げ、グランマニエというオレンジ風味のお酒を染み込ませた。生地をかじるとじゅわっとお酒が染み出し、オレンジの香りとがふわりと広がる。滑らかなクリームを合わせるとアルコール分が和らぎ、柑橘《かんきつ》独特の苦味が全体を引き締める。

運転をする妹はクッキーを紅茶と口に運んでいる。先生が運転手用に作っていたらしい。

大満足の食事の時間はあっという間に終わった。

今日だけでも、フランス料理のイメージが大きく変わった。その感動を記事にして読者に届けたいと思った。車に乗り込むと、妹が運転席に座った。あたしは今日の料理を思い出しながら、どんな誌面にするかを頭のなかで組み立てていった。

自分のデスクで腕を組んでうなる。時刻は午後五時半で、編集部にいるのはあたしだけだ。一昨年発売したカロリーメイトを、おやつ代わりにかじった。

撮影から一週間、フランス料理の記事は順調に進んでいた。先生は非の打ち所のないレシピを執筆し、牧さんもよだれが出そうな写真を撮ってくれた。レイアウトも大枠が決まり、本文も書き上げた。あとはあたしが記事のコピーを考えるだけだ。

**お手軽フランス家庭料理で、食卓を本場パリに**
**本物のフランス料理は、案外カンタンなのです**

最初の候補は正統派に仕上げた。二つめはファッション誌にいたときの雰囲気を取り入れたが、今の雑誌だと軽すぎる気もする。

「お疲れさまです」

「おっ、まだ残っていたのか」

もう誰も来ないと思っていたが、黒縁眼鏡の編集長が入ってきた。自分の席に座ると、使い込まれたオフィスチェアが軋んで音を立てた。

「コピーについてご意見いただけますか」

編集長にコピーを書いた紙を差し出すと、眼鏡の下の眼光が鋭くなった。そして事前に渡していた料理写真に目を通しはじめた。

「スタジオが使えなくなったのは不運だったが、背景のリビングやキッチンが良い味を出しているな。妹さんが引き受けてくれて助かったよ」

「妹も食事会を喜んでくれました」

「酒も飲んだんだよな。大河先生の逆鱗《げきりん》に触れなくてよかったよ」

「この間もおっしゃってましたが、前に何があったのですか？」

「ああ、話していなかったか。俺も噂《うわさ》で聞いただけなんだが」

編集長は大きく伸びをしてから、過去に起きた出来事を教えてくれた。

「先生の『旬の素材スピードクッキング』がヒットした記念に、出版社がレストランを貸し切りにして宴会を開いたんだ」

編集長が教えてくれた出版社は、料理に関する本を得意とする会社だった。

「関連部署の人間も顔を出していて、宣伝部の若手社員が烏龍茶を飲んでいたんだ。すると酔っ払った副編集長がその若手に絡み出したんだ」

副編集長は酒を飲まないとは何事だと言って、ビール瓶片手に迫ったらしい。若手社員が下戸《げこ》だと断ると、副編集長はさらに怒り出したという。

「俺の酒が飲めないのか、そんなんじゃ出世できないぞと説教をするが、若手社員は断固拒否した。それから若手社員はお手洗いに行くと言って席を外したんだ。まあ、酔っ払いの相手なんて面倒だろうからな」

だがその直後に問題が発生する。若手社員が戻ると、副編集長は少し離れた所にいた。若手社員は安心して烏龍茶を飲んだのだが、数分後に異変が起きたのだ。

「若手社員の顔が真っ赤になり、呂律《ろれつ》も回らなくなった。そして烏龍茶を指差して、アルコールが入っていると騒ぎ出したんだ」

若手社員の指摘は正しかった。腹を立てた副編集長が、若手社員が席を外した隙に烏龍茶のグラスに焼酎を注いだのだ。その現場は周囲の人間も目撃していたが、全員が面白がって誰も止めなかったらしい。

「若手社員はうずくまって動かなくなった。そして結局救急車が呼ばれる騒ぎになってしまった。本当にアルコールがだめだったんだな」

先生は離れた席で、担当編集者と談笑していたらしい。そのため騒動に気づいたのは、若手社員が動かなくなってからだったという。

「経緯を知った先生は激怒した。酒を拒否した人間に騙し討ちのようにして飲ませたことが許せなかったみたいだな。幸いにして若手社員に大事はなかったが、その出版社との付き合いを辞めてしまったんだ」

「そうだったのですね」

話を聞きながら、背筋が凍る思いだった。アルコールを勝手に混入するという状況は、先日の撮影を彷彿とさせる。誰かが故意にアルコールを混入させたと先生が疑えば、仕事を降りる可能性もあったのだ。

改めて考えれば、誰かがわざと混ぜた可能性は捨てきれない。

混入の動機がある人物を考え、真っ先に勝を思い浮かべた。

勝はワインを自慢したいと考えていた。そこでジュースにアルコールを混ぜ、参加者が口に入れてしまえば、その後はワインを飲ませる口実になる。

事実として、飲むつもりのなかった助手の伊藤とあたしはワインを味わうことになった。だけど誰でも混入できる機会があった以上、根拠のない思いつきに過ぎない。

編集長は写真を眺めながら、『上を向いて歩こう』を口ずさんでいる。日光ジャンボ機が御巣鷹山に墜落したのは二ヶ月前の出来事だ。その惨劇で五百二十名が死亡し、歌手の坂本九も巻き込まれることになった。

編集長が写真をデスクに置いた。

「記事のコピーは一番目だな。二番目も悪くないが、うちじゃない」

「わかりました」

予想通りの答えに素直に引き下がる。うちの雑誌は料理を学びたい堅実な三十代主婦向けだ。私としては若い世代も楽しく読めるようにしたかったが、編集方針と違うことも理解していた。

ホワイトボードを確認する。明日入稿の場合、カラー記事の色校正刷の完成は週明けだろう。先生に原稿を確認してもらう必要がある。手帳に予定を記し、退社のために片付けをはじめた。


印刷所から上がってきたカラー記事の色校正刷を携えて、大河先生の仕事場を訪れた。事務所で写真を見て、先生は笑顔になった。

「出来たての料理の臨場感が出ていて、とっても良いと思うわ」

「そう言っていただけて安心しました」

先生は記事を読み込み、レシピの誤字や本文の誤りを確認しはじめる。

「先日は我孫子さんご夫妻にはお世話になったわ。百恵さんはあれからお元気かしら」

「はい、変わりないはずです」

「それは何よりだわ……。ただ、疑うようで悪いのだけれど、本当に変わったことはなかったかしら。体調の変化とかは?」

なぜ妹の体調を気にするのだろう。先生の視線は記事に向けられている。

「百恵は元気ですよ。ただ先々月、体調を崩していましたけど。食あたりのせいで何度か吐き気を催していたんです」

先生が記事から目を離し、顔を向けてきた。

「盗み聞きみたいで申し訳ないのだけど、百恵さんは以前、香水をつけていたみたいね。でも撮影の日はつけていなかった。いつ頃から、どんなにおいの香水をつけていたの?」

あたしと妹との会話が耳に入っていたらしい。香水が濃くなったのは半年ほど前からで、ムスクやローズなど強めの匂いが多かった。それを伝えると、先生は眉根に皺《しわ》を寄せた。

「妹がどうかしましたか?」

「あら、特に深い意味はないの。最近の若いお嫁さんに興味があっただけよ」

それらしい理由だけど、先生の態度に白々しさを覚えた。何か隠している気もするものの、深く追及するのもはばかられる。記事の確認を終えたあと、すぐに仕事場をあとにした。


券売機で切符を購入し、駅員に切符を切ってもらう。駅のホームに立ち、電車を待った。近くのサラリーマンが煙草に火をつけ、白い煙を吐き出した。

先生はなぜ百恵について聞いてきたのだろう。意図はわからないが、アルコール混入に百恵が関係していると仮定してみた。

先生は妹が香水をやめたことを気にしていた。さらに何度か吐きそうにしていた件を伝えたとき、目つきが鋭くなった。

目の前を小さな女の子が横切った。

笑顔で走っていたのだが、追いかけてきた母親らしき若い女性が手首を握る。そして「危ないでしょう」と激しく怒鳴りつけた。転落したら命にかかわるから、厳しく叱るのは当然だろう。

「あっ」

そういえば妹は、先月一緒に食事をした際もアルコールを飲んでいなかった。

あたしはあることを思いついた。直後、自分の鈍《にぶ》さに嫌気が差す。どうしてこんな簡単なことに気づけなかったのだろう。

放送が流れ、電車が滑り込んでくる。先ほどの母親は娘の手を強く握ったままだ。サラリーマンが煙草を投げ捨て、革靴でねじるように踏みつけた。


会社に着いたあたしは先生に電話をかけた。そして執筆へのお礼と、撮影場所が変わったことへのお詫びという名目で食事に誘った。

妹も一緒にどうかと提案すると、先生は快く了承してくれた。そして、あるフランス料理店を挙げてくれた。全員の予定を調整し、あたしはその店を予約した。

二週間後、妹と一緒に代官山《だいかんやま》駅で下車した。

改札を出て歩くと、右手に同潤会アパートが見える。大正時代の古風な建物が今も残るこの街は、都会とは思えないほど緑が多い。

高度経済成長を経て東京の景色は均一化したと言われるが、今でもこの街では銭湯や大衆食堂が営業している。古き良き日本を味わうのに格好の場所だった。

予約をした店は、五階建てのマンションの一階に店を構えていた。

テラス席の脇のテーブルに野菜の入った籠やワインボトルが無造作に置かれ、本場のビストロの佇まいで客を出迎えてくれる。ダークブルーのフレームの四枚のガラスドアが店内と外を区切っていて、落ち着いているのに開放的な雰囲気が目を惹いた。店頭に置かれた大きな黒板には、仕入れによって異なるメニューが書かれるという。

あたしは妹に言った。

「説明すれば、先生もわかってくれるから」

妹は緊張の面持ちで小さくうなずいた。

小さな店内は二十席ほどだった。テーブルにはブルーのクロスが敷かれ、シクラメンの鉢植えが飾られている。店の壁にも外と同様に日替わりメニューが書かれた黒板が飾ってあり、店の奥には小洒落たラベルのワインボトルや洋酒の数々が整然と並んでいた。巨大な洋風の樽《たる》や素朴なバスケットが南仏の田舎の風景を演出している。

少し早めに到着して待っていると、先生は約束の午後六時ぴったりに姿を現した。

「代官山もすっかり変わったわね」

昔ながらの空気が残る街だが、最近はお洒落な店が増えている。赤坂や六本木などの繁華街を離れ、静けさを求めた人々が移転先に選んだ結果のようだ。

「実はこのお店、私の教え子がシェフをしているの。プロバンス地方の家庭料理を味わえるから、きっとお二人も気に入ると思うわ」

本格的なフランス料理だが格式張った雰囲気はなく、値段もディナーコースが三〇〇〇円からとお手頃だ。日本の旬の食材を使うことで価格を抑えているらしく、気軽に本場の味を楽しんでほしいというのがシェフの望みだという。

今日は多くの種類を味わいたいという先生の要望で、アラカルトで注文する予定になっていた。メニューを見ながら、先生がにこにこしている。

「外食は上げ膳据え膳だから最高よね。自分で作らなくても食べられるし、何より後片付けをしなくて済むんですもの」

家庭料理のプロとは思えない発言に驚いてしまう。だけど冷静に考えれば当たり前のことだ。誰も面倒なことなんてしたくないはずだ。

妹は炭酸水を注文する。あたしが白ワインを選ぶと、先生も同じものを頼んだ。先日の食事では飲まなかったので意外に思っていると、先生がにっこり笑った。

「仕事中は控えているだけで、普段はそれなりにたしなむわ」

店員に季節のサラダと生ハムと季節のフルーツ、自家製ソーセージのポットフー、鴨のローストのカシス風味を注文する。乾杯してから、背筋を伸ばしてお辞儀をした。

「先日は最高のレシピをありがとうございました。とても素晴らしい記事になり、無事に『コッペ』最新号も発売されます。本当に感謝しております。そして直前で調理場所が変更になり、ご迷惑をおかけして誠に申し訳ありませんでした」

「頭を下げる必要なんてないわ。最新のキッチンでお料理できて、とっても気持ちが良かったんですもの。私こそお二人にはお礼を言いたいくらいよ」

先生から優しく語りかけられるが、あたしは頭を上げない。

「本日は別に謝罪があります。先日、葡萄ジュースにお酒が混ぜられた件なのですが、実は妹の仕業だったのです」

隣では妹がうつむいている。真実に気づいたあと、妹に電話をして問い質した。すると戸惑いながらも認め、先生に謝罪をすると約束してくれた。

顔を上げると、先生は真顔であたしたちを見つめていた。

「申し訳ありませんでした」

妹も頭を下げると、先生が口を開いた。

「理由を聞かせてもらえるかしら」

先生の口調は落ち着いていた。あたしは妹に目配せした。妹は軽くうなずく。繊細な問題だからこそ、先生ならきっと理解してくれるはずだ。

「実は百恵は、おめでたなんです。そのためにお酒を飲まない理由を作ろうとしたのです」

声を落として告げると、先生の瞳が一瞬揺らいだような気がした。

4

季節のサラダは新鮮なサラダ菜が使われていて、ヴィネグレットソースを和《あ》えてあった。日本のフレンチドレッシングに味は似ているが、マスタードが効いていてサラダ菜の瑞々しさと相性抜群だ。

もうひと皿は生ハムに柿を合わせていた。果物に生ハムという組み合わせは意外だが、外国では定番らしい。口に運ぶと生ハムの塩気と旨みが、歯応えのある若い柿に良く合った。オリーブオイルと胡椒、岩塩も両者を見事に繋いでくれている。

店内は満席で、適度に騒がしい。そのため控えめな声は周囲に届かない。

「実は百恵は、妊娠初期に二度流産しています。もしも勝さんに気づかれたら、またぬか喜びさせてしまうと考えたのです。だから安定期に入るまでは秘密にするつもりだったんです」

妹はあの日、当初はアルコールを用意しないつもりでいたという。だが直前になって急遽、休みの取れた勝が参加することになる。

そして勝は秘蔵のフランスワインを振る舞うと言い出した。さらにデザートとしてアルコールたっぷりのサヴァランが出ることも判明する。

妹がお酒好きでアルコールにも強いことを、あたしや勝は知っている。そのため酒を飲まないことを不審に思われ、妊娠と結びつけられるのではと心配したのだ。洋菓子が大好物と紹介されたことで、サヴァランを食べないのも不自然という状況にもなった。

「そこで百恵は、運転という大義名分を利用したのです」

あの日は当初、紆余曲折を経て助手の伊藤が帰りの運転をする予定になっていた。しかし葡萄ジュースにアルコールが混ざった結果、免許所持者で唯一飲酒をしていない百恵が運転をすることになった。

乾杯のあと、妹はグラスに口をつけなかった。周囲の反応が気になったと説明していたが、あれは意図して飲まないようにしていたのだ。

香水をつけるのをやめたのは、嗅覚が敏感になったからだと思われた。妊娠をきっかけに感覚が鋭くなることがあると、子持ちの友人から聞いたことがある。

加えて先々月は体調を崩していた。食あたりだと説明していたが、あれはつわりだったのだ。

ヒントはたくさんあったから、もっと早く気づけたはずなのだ。

あたしはもう一度頭を下げる。

「飲酒をする気のない人に、アルコールを摂取させるのは間違った行いです。でも妹には妊娠を隠したい事情があったのです。どうかお許しいただけませんか」

打ち合わせをした際、先生は妹の様子を気にしていた。おそらくあの時点で、犯人だと疑念を抱いていたのだろう。疑われ続けるより、素直に謝罪するほうが心証は良くなるに違いない。だから全てを打ち明けるための場を作ったのだ。

先生の表情は険しいままだ。やはり飲酒関連の問題には厳しいのかもしれない。

「百恵さんがお酒を避けるために、今回の件を実行したのは事実なのでしょう。だけど私には、別の理由があるとしか思えないの」

先生がそう言って、小さく息を吐いた。

「別の理由、ですか?」

思いあたることがなく、ふと横に目を遣って言葉を失う。妹の顔が真っ青になっていたのだ。

先生が鋭く問いかけた。

「ねえ、百恵さん。出過ぎた真似なのはわかっているわ。でもお姉さんには正直に打ち明けるべきよ。このままでは嘘を重ねる羽目になる」

諭すような口調を受け、妹が肩を震わせる。先生の表情が急に柔らかくなった。

「言いにくいなら、私が代わりに伝えるわ。間違っていたら指摘してちょうだい」

優しく穏やかな声音だった。妹が目を強く閉じてうなずく。

「あの、どういうことでしょう」

状況を理解できずにいると、先生がはっきりと告げた。

「百恵さんはアルコール依存症になりかけていたのよね」

「は……？」

思わず声が漏れてしまう。アルコール依存症とは、アルコール中毒のことだろうか。

「アル中なんて、冗談ですよね」

自然と笑いそうになってしまい、あたしは白ワインのグラスに手を伸ばした。

その直後、妹が絞り出すように言った。

「……先生の仰る通りです」

あたしはワイングラスの脚をつまんだまま、先生と妹を交互に見遣る。隣の席から客の声が聞こえた。メインディッシュの仔羊のローストが運ばれてきたらしく、焼けた肉の芳ばしい香りが漂ってきた。


大河先生は妹宅のキッチンを訪れてすぐ、違和感に気づいたらしい。設備の整ったキッチンにもかかわらず、なぜか料理酒と味醂《みりん》がなかったというのだ。

「そういえば」

あたしもキッチンを見て違和感を覚えていた。あれは調味料入れに醤油や酢はあったのに、料理酒や味醂が置いていなかったからなのだ。味醂にはアルコールが含まれ、戦前くらいまでは飲用として愛されていたらしい。

「それと失礼ながら、ブイヤベースの味がぼんやりしていたわ。あれは白ワインを使わなかったのが原因ではないかしら」

たしかに妹のブイヤベースは、どこか味に締まりがなかった。

先生はキッチンを見て、妹がアルコールを身近に置きたくない理由があると考えた。真っ先に疑ったのは、あたしと同じ妊娠だったそうだ。

「だけどブイヤベースが振る舞われたから、おめでたは考えにくかったの」

「どういうことですか？」

意味がわからず質問すると、先生は香辛料の効能について教えてくれた。

ブイヤベースにはサフランが使用される。スペイン料理のパエリアにも使われる鮮やかな黄色と高貴な香りが特徴の香辛料だ。

「サフランは過去に堕胎薬《だたい》として使用されたことがあって、妊婦には禁忌とされているの。百恵さんの自宅にはハーブ・スパイス辞典があったでしょう。だから妊娠中の女性がサフランを使った料理を出すとは思えなかったの」

「お姉ちゃん、ごめん。私は今、妊娠していないの。この食事会が終わったら、折を見て駄目だったことにするつもりだったの」

自宅からアルコールを排除する動機があり、なおかつ妊娠の可能性は低い。宗教上の理由で酒を飲めないことも考えたようだが、リビングに並んでいた神前式とウェディングドレスの写真から違うだろうと推測したそうだ。

その結果、先生はアルコール依存症に行き着いた。そして百恵が心配なあまり、色校正の際にあたしに質問してしまったというのだ。

「そこで聡美さんから、百恵さんが体調を崩していたと教えてもらったの。さらに半年ほどつけていた香水もやめたと知って、ますますアルコール依存症だと考えるようになったのよ」

「どういうことですか？」

「吐き気を伴う体調不良は、断酒による禁断症状よね。半年前に香水をつけはじめたのは、アルコール臭さを隠すためでしょう」

「その通りです」

妹が目に涙を浮かべ、あたしは茫然としながら問いかける。

「どうしてアル中なんかに」

「……孤独だったの」

妹は現在の生活を誇らしく思っていた。夫は大きな会社に勤めて稼ぎも良く、自分のことも愛してくれる。若くして一軒家で暮らすこともできた。誰もが羨む生活だと自覚していたが、妹は寂しさを抱えていた。

世間は空前の好景気で、夫は忙しく働き続けていた。全ては妻との豊かな生活と、男としての矜持のためなのだろう。

早朝に出勤し、深夜にタクシーで帰宅する。出張で数週間も家を空けることだって珍しくない。妹は夫のために掃除や洗濯を常に完璧にしていた。夕飯も毎晩用意したが、連絡もなく接待で泥酔して帰宅することは日常茶飯事だったという。

家事をしても夫は家に寄りつかず、誰も評価してくれない。無駄に終わる作業を延々と続ける日々は、きっと空《むな》しかったに違いない。

先生がテーブルの上の妹の手を握りしめた。

「百恵さんの家事は常に完璧だったのよね。でもそれを評価する人はいなかったでしょう。今までよくがんばったわ。あなたは本当にすごいことをしてきたのよ」

妹が今にも泣き出しそうな顔になった。

「でも家事なんて、主婦ならやって当たり前ですよね」

「誰がそんなこと決めたの。ずっと完璧になんて疲れちゃうわ。毎日家事をこなしている主婦はもっと評価されるべきだし、弱音だって吐いていいのよ」

妹は目を丸くしてから、先生の手を握り返した。

「ありがとうございます。……実はずっと料理が辛かったんです。特に夫の仕事の関係者をもてなすのが苦痛でした。みなさん毎晩のように都内の有名レストランに通っていて、舌が肥えているじゃないですか。お店みたいに手の込んだ料理を出さないと愛情不足だと思われる気がして、毎回必死になっていました」

「最近の家庭料理は、昔よりずっと複雑だわ。情報が氾濫《はんらん》して、主婦に対する要求が増しているの。でもお店で出すような料理なんてそう簡単にできないし、人には向き不向きがある。百恵さんは自分のペースで料理に取り組むべきだと思うわ」

二人のやり取りを聞きながら、あたしは己の浅はかさに気づく。

パーティーを豪勢にするためだけに、本格的なフランス料理のレシピを紹介しようとした。先生が本場の味を再現しつつ簡略化されたレシピを考案してくれたものの、自分の企画が主婦達の負担になる可能性をまるで想定していなかった。

妹が弱々しい笑みを浮かべる。

「そう言っていただけて救われます。夫に尽くす日々が苦しいなんて、誰にも相談できませんでした。近くに知り合いがいれば多少は和らいだかもしれませんが、縁もゆかりもない土地で、親しい人は誰もできませんでした」

「でも、お茶会に誘われたって……」

あたしは思わず言った。

「ごめん。嘘ついちゃった」

妹は昔から引っ込み思案で、友達を作るのが下手だった。近所の主婦はほとんど子持ちだったらしい。そのため輪に入ることが難しく、あたしに心配かけまいと思わず嘘をついてしまったそうなのだ。

「そんな日々を紛らわしたのがお酒でした。勝さんの誕生日にローストビーフを焼いたのに、急な接待で帰れないと連絡があったのが最初でした。せっかくだから赤ワインを合わせようと思って、調理用の安ワインを開けたのです」

夫のために用意した夕飯は、妹の翌日の食事に回る。それらは酒のつまみにも最適で、百恵は日中にも酒を飲むようになり、酒量も徐々に増えていったという。

そして気がつくと、アルコールを手放せなくなっていたそうだ。

妹は自身の酒臭さも自覚していた。だが普段は買い物があるし、不意の来客も想定しなくてはならない。そこで日常的に香水をつけるようになった。酒量が増えるにつれて香水の量も多くなっていった。

自宅にはワインセラーがあるが、勝によって施錠されている。加えて、保管されているワインは高額という心理的ブレーキが働き、キッチンにあっても手を出さずに済んでいたようだ。そのため昨今の焼酎ブームで人気の『いいちこ』や、宝酒造が去年発売した『タカラcanチューハイ』など、手軽に手に入る酒を買うようになっていったという。

そんなある日、治療を決めるきっかけになる出来事が起きた。

「近所に住む女の子が落とし物をしたから渡してあげたの。そうしたらその子が、お酒臭いって言って駆け出したんだ」

女の子の背中を見ながら、このままでは子供を望めないと考えたという。妹は治療を決心した。専門医のいる病院で受診すると幸いにして依存症は初期で、医師の指導を受けながら少しずつ酒量を減らしていった。

酒を減らした影響で、頭痛や吐き気などの症状が現れた。先々月の体調不良は、先生が言うように断酒による離脱症状だったのだ。

だが急にやめるのは難しく、酒のにおいを隠すための香水も続けるしかなかった。そうした苦しみを何回か乗り越えるうちに徐々に症状は改善していった。そしてようやく、最近になって香水をつける必要がなくなったという。

「お医者様からは、一滴でも飲んだら元に戻ると注意されています。そのため料理酒や味醂をキッチンから全て捨てたのです」

あたしは一九八二年に発売された『妻たちの思秋期』という本を思い出した。

主婦たちを取材し、心の裡《うち》を分析したノンフィクションだ。一見すると家庭環境に恵まれているのに、ある女性は浮気に走り、ある女性はアルコールに溺《おぼ》れていった。夫は収入こそ高いが仕事重視で家庭をないがしろにし、すれ違いの果てに妻は心に闇を抱えていく。

読んだときは真に迫った内容だと思った。だけどまさか妹の身に同じことが起こるなんて想像さえしていなかった。

「どうして相談してくれなかったの？」

打ち明けてくれれば手を差し伸べられた。

妹は唇を強く嚙んだ。

「恥ずかしくて言えないよ。アル中になるのは中年の男性で、意志が弱くてだらしない人だとみんな思っているでしょう。お姉ちゃんや勝さんにそう思われるなんて耐えられなかった」

あたしは反論できない。『妻たちの思秋期』を読んだときも、女性でアル中になる人がいるのかと驚いた覚えがある。

先生が険しい表情で言った。

「アルコール依存症は、世間では病気と認識されていないわ。一度患《わずら》ってしまうと自らの意思で抜け出すのは難しい。それなのにお酒が止められないのは我慢が足りないからだと責められ、追い詰められることで余計に抜け出せなくなってしまうの」

宴会で悪酔いする上司を指して、アル中だと揶揄《やゆ》したことがある。実際はアルコール中毒まではいかないのに、誰かを笑うための言葉として無自覚に使っていたのだ。

妹はアルコール中毒を隠すため必死になっていた。撮影陣に迷惑だと理解しながら、ジュースにアルコールを混ぜるという方法を使わざるを得なかったのだ。

危機は回避したと思われたが、あたしからの電話があった。そこであたしは妊娠という推理を披露した。妹はここでもアルコール中毒を秘密にするため、誤った指摘に同意したのだ。

その結果、妹が必死に隠そうとした事実を、あたしと先生が知ることになった。

「お待たせしました。自家製ソーセージのポットフーです」

沈んだ席に陶器製の茶色い鍋が運ばれてくる。蓋を開けるとブイヨンの香りが一気に漂った。鍋の具材はキャベツににんじん、長ネギ、玉ねぎで、大きなソーセージが丸ごと入っている。スープは透き通った黄金色で、表面に浮かんだ油が輝いていた。

「昔は洋風おでんなんて言っていたけど、今は現地風にポットフーと呼ぶのね」

大河先生の言う通り、具材が煮込まれた様子はおでんに似ている。だけど肉や野菜、そして複雑で鮮烈なハーブの香りは異国情緒たっぷりだ。

「冷めないうちにいただきましょう。せっかくのご馳走なんだから楽しまなきゃ損よ」

大河先生がソーセージを切り分け、ポットフーを小椀に取り分けてくれる。

まずは熱々のスープを味わう。たっぷりの野菜の甘みが溶け込んだ金色《こんじき》のスープは、飲み込むとハーブの複雑な香りが鼻を抜けた。ソーセージのコクと燻製の風味も加わり、豊潤な味わいに仕上がっていた。

「美味しい」

妹が感嘆の声を上げる。野菜はしっかり煮込まれ、口のなかでほどけるように崩れた。キャベツは適度に歯応えが残り、にんじんも独特の風味が活きている。長ネギはスープをたっぷり吸い込み、甘みの強い玉ねぎも満足感があった。

「ソーセージにはバジルとオレガノを使っているのね。ナツメグの香りも鮮烈だわ。さすが自家製というだけあるわね」

ソーセージを食べた大河先生は上機嫌な様子だ。ソーセージをかじると、皮が歯でぷつりと弾けた。肉汁が口のなかに溢れ、ハーブやスパイスの香りが広がる。そして肉の旨みが野菜の甘みとハーモニーを奏で、何倍も美味しくなっている気がした。

「本当に美味しいです。ホッとして、心が安らぎます」

妹が辛そうにしながらも、微笑みを浮かべた。

「夫に全て打ち明けます。もしかしたら理解されないかもしれません。でも私たちが夫婦でいるためには、それが最善だと思うんです」

「あたしも応援しているよ。何でも協力するから」

妹の苦しみに気づいてあげられなかった。だからこそ大切な妹には出来る限りのことをしたかった。妹はあたしに顔を向け、笑顔でうなずいてくれた。ポットフーのスープを口に運ぶ。温度が落ち着いたことで、奥にある滋味がより印象深くなっていた。

# 5

応接室のソファにマスク姿の若い男女が座り、あたしの話に耳を傾けている。

大河料理学校のビルに来たのは何年ぶりだろう。出版社を定年退職したのは五年前、二〇一五年のことだ。その時点で大河先生は、料理研究家としては半ば引退をしていた。

嘱託《しょくたく》として会社に残る道はあったが、仕事はやりきったと思って身を引いた。だけど思い返せば、現時点で出会ったときの大河先生と同じ年齢なのだ。

百歳だったとはいえ、先生の訃報は衝撃だった。コロナ禍のせいで葬式にも参列できず、悲しみのやり場を持て余していた。

そんな折、先生の孫で、料理研究家の大河健吾氏から連絡があった。先生の曾孫とその友人が、過去の話を聞きたがっているというのだ。

大河料理学校には献花台があり、近いうちに花を手向けたいと思っていた。そこで予定を合わせ、数年ぶりにやってきたのだ。

「百恵さんはその後、どうされたのでしょう」

磐鹿理央さんの眼差しは真剣だ。先生の曾孫の大河翔吾くんも、理央さんの隣で昔話を真面目に聞いてくれていた。目元が先生そっくりで、見つめられるとあの頃の気持ちが蘇《よみがえ》ってくる。

「妹に打ち明けられ、さすがに勝くんも戸惑っていたみたい。だけど妹の話に耳を傾け、全てを受け止めたそうよ。仕事量をすぐに減らすのは難しかったようだけど、可能な限り夫婦の時間を増やしたらしいわ」

時代を考えれば、勝の反応は先進的だったといえるだろう。相手を理解せずに離婚の道に進むことだってあり得たのだ。

ただし、勝は相変わらず多忙だったようだ。当時はバブル経済の黎明期《れいめいき》で、一九八九年には「二十四時間戦えますか」なんて、今思うと正気を疑うＣＭも流行した。

それでも勝の理解や先生の言葉は、妹の救いになったようだ。断酒はその後も継続し、アルコール依存症が再発することはなかった。

そして二年後には娘が生まれ、近所のママ友もできた。あたしも悩み相談を頻繁に受け、妹は何とか生活に順応していった。

あたしは先生と不思議と馬が合い、レシピ本を何冊も手がけることになった。先生の著作はあたしが担当した本が最も多い。雑誌『コッペ』は対象年齢を上げてリニューアルし、先生も執筆を続けてくれた。

妹とは最近もよくメールを交わす。メールには毎回孫の画像が添付されており、文章には慈しみの感情がにじみ出ていた。孫を抱く百恵の背後には、あの庭が変わらずに手入れされて広がっていた。

翔吾くんが首を傾げた。

「ひいばあちゃんは、どうしてアルコールを混ぜたことをそんなに嫌ったのかな。もちろん冗談じゃ済まされないけど、当時の価値観だとアルハラに対してもっと緩かったと思うんです」

「一度理由を聞いたけど、教えてもらえなかったの。ただ後悔した様子で、若い頃の過ちの記憶を刺激されたせいだと言っていたんだ。だから必要以上に怒ってしまい、関係を断った会社には申し訳ないことをしたと話していたわ」

エッセイ集『口果報日記』を二〇〇三年に作ったとき、半生について訊ねたことがある。一九五〇年代は子育てに明け暮れ、活動をはじめたのは一九六〇年前後とは教えてくれた。短い間だけ家庭料理研究所というグループに所属したと聞いたことがあるけれど、それ以前のことは巧みにはぐらかされてしまった。

二〇〇〇年頃、先生のドキュメンタリーが放映された。だけどその番組でも戦前から戦中、戦後のことはほぼ扱われなかった。おそらくテレビスタッフにも語らなかったのだろう。

一通り話し終えると、翔吾くんと理央さんが丁寧にお辞儀をした。

「ありがとうございました。とても参考になりました」

「こちらこそお役に立てて何よりだわ」

そこでふいに、編集者としての興味が湧いた。

「先生に関するエピソードを集めているのよね。もし良かったら、これまでのお話を読ませてもらうことはできるかしら」

「とんでもないです。プロの編集者さんにお見せできる文章じゃないですから」

理央さんは慌てて首を横に振るが、翔吾くんが驚いたような顔をした。

「どうして断るんだ。プロの意見がもらえる絶好のチャンスじゃないか」

「えっと、そんな。でも」

しばらく二人で話し合っていたが、最終的には翔吾くんが押し切った。そして後日、データを送ってもらえることになった。

「本当に、素人の文章ですので……」

「楽しみにしているわ。ところで次に話を聞く相手はいるの？」

できる範囲で大河先生の知り合いを紹介したいと思った。すると次はもう決まっているらしい。ただ、あたしの伝手《つて》にも興味があるとのことなので、後日あらためて相談することになった。

応接室を出て、エレベーターで一階に下りる。ロビーに設置された献花台には遺影が掲げられ、色取りどりの花が飾られていた。

一緒にたくさんのレシピを考え、いくつもの本を世に届けてきた。『大河弘子のかんたん料理』が先生の著作で一番のベストセラーになったことは、今でも誇りに思っている。

「そうだ」

コモン書店を退職して久しいけれど、また先生の本を作りたいと思った。先生のこれまでの人生を取りまとめ、後世まで伝えるのだ。

大河先生は百歳になるまでがんばっていた。あたしだってまだまだこれからできることがたくさんあるはずだ。きっとそれが編集者としてできる最大の恩返しになるはずだ。あたしは感謝の気持ちを込め、微笑みを浮かべる遺影に手を合わせた。

# 1965年の朝の食卓

1

眠たい目をこすりながら台所に行くと、炊き立てのごはんとお味噌汁の香りが満ちていた。ねぎを切る音がとんとんと鳴っている。

割烹着《かっぽうぎ》の背中の紐の結び目は、いつもほどけそうになっている。結び直してあげると、「ありがとう」と優しく言ってくれる。そのときに振り向いて見せてくれるお母さんの笑顔が、わたしは本当に大好きだった。

*

「お待ちどおさま、朝ごはんよ」

「いただきます」

わたしはテーブルで手を合わせる。目の前には白いごはんとわかめと豆腐のお味噌汁、納豆とカブのぬか漬けが並んでいた。お味噌汁に口をつける。出汁《だし》と味噌の風味のおかげで、寝ぼけていた頭がはっきりする。

「今日も美味しいね。わたしは本当に幸せだなあ」

塩抜きされたワカメは歯応えが心地良く、噛《か》みしめると磯の香りが鼻を抜けた。絹ごし豆腐はつるんとした舌触りで、大豆の味が楽しめた。

「急にどうしたの？」

「だって有名な料理研究家の先生のお料理を、毎朝家で食べられるのよ。それってすごいことだって、毎日実感しているわ」

尊敬の気持ちを込めて言うと、くすくすと愉快そうに笑われた。

「ふふ、おだてても何も出ないわよ。それより温子《あつこ》ちゃん。ゆっくり食べなきゃダメよ」

微笑む姿は年齢の四十五歳よりずっと若く見える。

本屋さんには『主婦倶楽部』『生活画報』『栄養の友』といった節約術や家庭の悩みなどを掲載した雑誌がたくさん並んでいる。そういった雑誌で、特に人気なのが料理の記事だ。料理研究家・大河弘子という名前は、色々な雑誌に何度も掲載されている。そんな偉い先生の作った料理を毎日食べられるのは、とても幸せなことなのだ。

カブのお漬け物と一緒にごはんを頬張る。シャキッとした食感で、噛むと上品な塩味とほのかな渋みが口に広がる。ごはんは柔らかめで、お米の味をはっきり感じられた。

「ごちそうさまでした」

朝ごはんを終え、歯磨きを済ませる。鏡台でセーラー服のスカーフの形を整え、肩まである癖毛をゴムで無理やりおさげにする。布製の通学カバンを肩から斜めにかけ、玄関で靴を履いていると背中から声をかけられた。

「気をつけていってらっしゃい」

「いってきます」

外の空気はひんやりしていた。門には大河と書かれた表札が掲げてある。十一月ももうすぐ終わり、冬がはじまろうとしていた。

中学までの通学路を歩く。昨年の一九六四年に開催されたオリンピックに合わせ、たくさんの道路が整備されたらしい。だけどわたしの暮らす東京の西側の小さな町は、残念ながらまだ砂利道だらけだ。

通学路の途中、一軒の平屋の前で立ち止まる。

庭先に梅の木が生えていて、玄関の向こうは真っ暗だ。しばらく立ち止まって様子を窺《うかが》うけれど、人の気配は全くしない。

平屋から離れ、早足で歩く。ゆっくり朝ごはんを食べたせいで遅刻寸前なのだ。自動車が排気ガスを出しながら追い抜いていった。


男子が技術室に移動していく。技術の授業では工具を使い、大工仕事の初歩を習うらしい。興味はあるけれど力仕事は大変そうだし、女子は家庭科を習うと決められている。

チャイムが鳴り、授業がはじまる。家庭科の女性教師が食べ物の栄養について教えてくれる時間で、朝昼晩の三食でバランス良く食事を作ることが大事だと力説していた。

「栄養はとっても重要です。ただしそれと同じくらい愛情も大事なのを忘れないようにしてください。最近は何でもインスタントの時代ですが、母親が料理で手を抜くことは家庭に悪影響を及ぼします」

インスタントラーメンやカレーの固形ルー、即席味噌汁や顆粒出汁など、最近は買ってすぐに食べられる物が増えている。だけど家庭科の先生は、インスタント食品は良くないとはっきり否定した。

「いいですか、みなさん。インスタント食品や出来合いの総菜など、簡単にできる食べ物に頼るのは恥ずべきことです。手間暇かけた料理を美味しそうに食べる家族の笑顔を見ること。これこそが妻として母として、最上の喜びなのです」

斜め前の席に座る鶴岡真里《つるおかまり》が、真剣な表情でうなずいている。わたしの一番の親友で、肩甲骨まで届く長い黒髪が綺麗だった。わたしは髪の毛がうねうねしているので、真里の髪を羨《うらや》ましく思っている。

「嘆かわしいことに、昨今はスピード料理なんてものが持てはやされています。ですが必死に働いてくる旦那様に、手抜き料理をお出しするなんて情けないことです。丁寧に愛情込めて作る料理こそ本物で、それ以外は邪道です。将来みなさんは母親になるのです。良妻賢母になれるよう、心に強く刻んでおくように！」

「はい！」

先生が机を叩くと、クラス全員の返事が綺麗に揃った。

わたしもいつか母親になるのだ。先生の話はためになったけど、どことなく違和感があった。

それが何なのか、うまく説明はできないけれど。

放課後、真里と一緒に校門を出る。自動車が走ると道に砂埃が巻き上がった。和服姿の女性が空の買い物かご片手に歩いている。これから夕飯の買い物なのだろう。その光景を見ながら、家庭科の授業のことを思い返した。

「毎日丁寧にごはんを作るなんて、わたしにできるかなあ」

結婚したら、わたしも台所を預かるのだろう。だけど毎日美味しくて栄養たっぷりな料理を作るのは、きっと大変に違いない。

「温子ってば、あの大河先生に毎日ごはんを作ってもらっているんでしょう。最高のお手本が目の前にあるんだから、しっかり観察して学ばなきゃ駄目よ」

「そうなんだけどね」

真里は料理研究家の大河弘子の大ファンなのだ。真里が目を輝かせながら口を開く。

「でも本当に先生はすごいわ。これまで色んな雑誌にレシピをたくさん載せているのに、子育ても家事も完璧にこなしてきたのよね。それに旦那様はフランスに赴任中だなんて、まるで物語のなかの人みたいだわ」

そこで駄菓子屋の前を通りかかった。

「ちょっと寄っていくね」

下校途中の買い食いは禁止されているため、後ろめたさはあるけれど、構わず店に入る。成長期なのか、先日アニメ放映がはじまった『オバケのQ太郎』みたいに、わたしはいつも腹ぺこなのだ。そのため空腹に耐えられず、夕飯前に駄菓子をむさぼってしまうのだ。

こざくら餅《もち》やチロルチョコ、クッピーラムネなどのお菓子に目移りしてしまう。悩んだ結果、粉末ジュースのパイン味とイチゴ味、そしてベビーラーメンを買うことにした。代金を払い、外で待っていた真理のもとに戻る。

「お待たせ」

「よくそんなにお金があるわね」

「お小遣いを多めにもらっているから」

お母さんは料理の仕事が忙しく、家を空《あ》けることが多い。留守にしてばかりの負い目なのか、お小遣いはたっぷり渡されていた。

ベビーラーメンの袋を開け、揚げた細い麺を摘まんで口に入れる。『チキン入』という売り文句で、カリカリの食感と濃い味つけがたまらない。

「うん、やっぱり美味しい」

丁寧に作られた料理を食べるのも幸せだけど、駄菓子のわかりやすい味も好きだった。

ベビーラーメンを頬張るわたしを、真理は複雑そうな顔で見ている。驚くべきことに駄菓子を食べたことがないらしいのだ。

真理は小学校まで北関東の農村で暮らしていた。一緒に暮らしていたおじいさんとおばあさんは明治生まれの頑固者で、インスタント食品や駄菓子を得体が知れないと嫌っていたらしい。

畑で育てた野菜や庭で飼う鶏、川で獲れる魚を食べ、味噌もおばあさんの手作りだった。そのためお菓子といえば、おばあさんが作るおはぎやきなこ餅だったそうだ。

真里は中学進学と同時に、両親の仕事の都合で上京してきた。父親が祖父母の影響を強く受けていて、引っ越した後もインスタント食品は食卓に並ばなかったのだそうだ。

「ちょっと食べてみる?」

「どうしようかな……」

ベビーラーメンを前に真理が悩んでいる。

実は真里の家で先日、初めてチキンラーメンが出されたらしい。お湯をかけて三分で完成するチキンラーメンは巷《ちまた》で大人気だ。似たような商品がたくさん出回っているが、やっぱり最初に発売した日清食品が一番だ。

真里の母親である政江《まさえ》さんが作ったチキンラーメンは、たくさんの野菜が入っていたらしい。真里は最初警戒したそうだが、食べてみるとおいしさに驚いたと話していた。

「じゃあ、ちょっとだけ」

真里が袋に指を入れ、ベビーラーメンを口に入れる。すると真里は顔を綻ばせた。

「うん、これもおいしいね」

「よかったらこっちも試してみてよ」

気を良くしたわたしは、パイン味の粉末ジュースの小袋を渡した。中身は黄色い粉で、水で溶かすと泡を立てながらジュースになる。この前学校の授業で作ったカルメ焼の重曹と同じ仕組みらしい。

「ありがとう。でもお夕飯もあるから、あとで食べてみるね」

真里が遠慮がちに受け取って通学カバンに入れた。あんまり嬉しそうではない様子だ。重曹は炭酸ガスを発生させる。ラムネやサイダー、コカコーラなんかの炭酸飲料は、本当か知らないけど歯や骨が溶けるなんて噂もある。だからもしかしたらありがた迷惑だったかもしれない。

二人で再び歩き出すと、真里が不安そうな表情で話しはじめた。

「この前、お母さんが初めて市販のルーでカレーを作ったの」

「へえ、ルーも初めてなんだ。インド人もびっくりだわ」

「それ、テレビのコマーシャルで見たことある。でも前はインスタントラーメンなんて絶対に出なかったし、カレーだって必ず小麦粉とカレー粉から炒めていた。それが急にインスタント食品を使うようになったの」

「不満なの？」

真里が沈んだ表情のまま首を横に振った。

「……私は別に気にしてない。でもお父さんが文句を言わずに食べたことが意外だったの」

真里の父親の俊太郎《しゅんたろう》さんは、祖父母の影響でインスタント食品を嫌っている。そのため政江さんはご主人の好みに合わせ、料理に毎日手間暇をかけていたそうなのだ。ただ言葉とは裏腹に、私には真里も不満を抱いているように見えた。

チキンラーメンや市販のルーで作ったカレーが出たとき、父親が怒り出すのではと心配になったらしい。だけど俊太郎さんは無言で食べ進めたというのだ。

俊太郎さんはわたしのお母さんと同年代くらいで、大きな会社に勤めるサラリーマンだ。政江さんも同い年だという。

俊太郎さんは家事に厳しく、床の拭き忘れや魚の焼き過ぎなど、普段から細かな失敗に気がつくのだそうだ。そんなご主人の要求に応え、政江さんの家事は完璧に近いらしかった。

真里が不安そうな顔つきになった。

「実は最近、お母さんが出かけることが増えているの」

政江さんは日中や土日に、家を空けることが増えたという。美容院に行く回数が増え、服装も垢抜けてきたというのだ。

「それにお部屋の埃が多くて、お父さんの服も前より汗臭い気がする。家事が疎《おろそ》かになっているのは明らかだわ。それなのになぜか、お父さんはお母さんに何も言わないの」

真里が突然、わたしの手を取った。

「ねえ、温子。お願い、一緒にお母さんとお父さんを調べて。二人が急に変わったのには、きっと理由があるはずよ」

真里の指先は冷たくて、目に涙が浮かんでいた。

正直にいえば、政江さんがお洒落に興味を抱き、俊太郎さんの小言が減っただけに思えた。だけど真里にとっては一大事なのだ。わたしは手を握り返した。

「もちろん協力するわ」

「ありがとう」

真里が安堵の微笑みを浮かべる。

早速、調べる日を明日に決める。平日だけど中学の創立記念日で休みなのだ。仕事に向かう俊太郎さんを真里が、政江さんをわたしが尾行することになった。政江さんは毎週決まった曜日に出かけ、明日はその日なのだという。

「持つべきものは親友だね」

「任せておきなさい」

そこで真里が、道の先を見ながら立ち止まった。

「あれ？　ハツおばさんがいるわ」

梅の木の生《は》えた平屋から、中年の女性が出てくるのが見えた。黄緑色のスーツという恰好《かっこう》は都会的で、働く女性といった装いだ。わたしは反射的に顔をしかめた。

「うっ。あのおばさん、今日はいるんだ」

あちらはわたしに気づいたようで、駆け足で近寄ってきた。目の前に来られるとファンデーションのにおいを強く感じた。真里が隣で丁寧にお辞儀をする。

「ハツおばさん、おひさしぶりです」

「あら、真里ちゃん。元気そうね。温子ちゃんもおかえりなさい」

「どうも」

視線を逸らして会釈をすると、すぐに慌てた様子で腕時計を見た。

「ごめんなさい。忙しいから失礼するわ」

そう告げた直後、急ぎ足で去っていった。会話したのは一分にも満たないけど、ひどく疲れた気がした。

「温子ちゃん、相変わらずハツおばさんにそっけないわね」

「ひさしぶりに会ったから驚いただけよ。それに、学校のこととかを根掘り葉掘り聞いてくるから鬱陶《うっとう》しいんだ。今日は特に忙しいみたいだから、幸い免れたけど……」

「本当にいつも大変そうにしてるよね」

そんな話をしながら目を向けると、背中は消えていた。

真里と別れて家に帰る。わたしは昨今社会問題になっている鍵っ子なので、自分で玄関の戸を開ける。

当たり前だけど、自宅は静かだった。

お母さんは料理の仕事で忙しい。だから帰宅時は基本、わたし一人だ。台所に行くとテーブルにおにぎりとたくあんが置かれ、折りたたみ式の蠅帳《はえちょう》が覆っている。

黒色で四角い瓶も置いてあり、ラベルに稲の穂を持った髭の外国人が描かれてあった。最近発売されたブラックニッカというウイスキーで、国産で安いのに外国産に負けていないとお母さんが褒めていた。数日前に蓋を開けたばかりなのに、瓶の中身が半分まで減っていた。

冷蔵庫には鍋が二つ入っていた。中身は大根とイカの炊き合わせと魚の粕汁だ。ガスコンロで温めればすぐに食べられるようにしてくれたのだ。

おにぎりの表面は乾燥し、艶やかさを失っている。今夜も一人で夕飯だ。誰もいない食事は慣れたけれど、何となく食欲が湧いてこなかった。

テレビをつけると歌番組を放映していた。外国で人気のビートルズというバンドが、『ヘルプ!』という曲を歌っている。軽快で耳に残る音楽だったけれど、聞いていると不良になると大人が言っていたのを思い出し、すぐにチャンネルを回した。

翌日、朝食の後に真里と遊ぶと告げて出発した。真里もわたしと約束があると嘘をつき、俊太郎さんを尾行するため早朝に家を出ているはずだ。わたしは真里の自宅の近くで塀の陰に隠れ、刑事さんみたいに張り込みをした。

開始から三十分ほどで、政江さんは玄関から出てきた。以前会ったときは主婦らしい質素な装いだったけど、今は白黒の千鳥格子柄コートにタイトスカートという洒落たスタイルだ。髪の毛も綺麗にまとめ上げている。

尾行すると最寄りの駅に入っていった。慌てて財布を確認したところ、小銭がわりと入っていた。政江さんが自動券売機で切符を購入する。券売機ごとに買える切符の金額が異なるので、遅れて同じ券売機に並んだ。

駅員さんに切符を切ってもらい、政江さんをホームで探す。政江さんはホームの端にいて、到着した電車に乗り込んだ。

一人だけで電車を利用するのは初めてだ。緊張しつつも目を離さないよう気を引き締める。電車は都心方面に向かっていった。車内の広告が、映画『大怪獣ガメラ』が上映中と宣伝していた。

駅に着いて、電車を下りる政江さんを追いかける。改札をくぐると駅前はにぎやかで、若い男女数人が、ベトナム戦争反対と書かれたプラカードを掲げていた。

政江さんは迷いなく歩みを進める。商店街には飲み屋さんや食堂、質屋やたばこ屋などが並んでいる。乾物屋さんの奥で店の人がかつおぶしを削っていて、電気屋さんでは店先のカラーテレビで料理番組を放映している。去年開かれた東京オリンピックを境に、テレビも珍しいものではなくなった。

画面の中では恰幅《かっぷく》の良い料理研究家の女性が満面の笑みを浮かべ、九州訛《なま》りで調理手順の解説をしている。食卓でこの女性の話を聞いたことがある。見た目通りのおおらかな性格で、たくさんの人に好かれているらしい。

政江さんが定食屋さんみたいな建物の前で立ち止まる。営業していないのか看板は外され、暖《の》簾《れん》もかかっていない。木製の電信柱に隠れ、建物に目を凝らした。

「……家庭料理研究所？」

入り口のガラスに書かれた文字を見て、思わず声に出していた。政江さんがバッグから鍵を取り出す。すると政江さんがふいに、こちらに顔を向けた。

「あら、大河先生。今日はお早いですね」

家庭料理研究所と聞いた瞬間、頭に浮かんだ名前だった。ここで働いていることは以前から知っていた。政江さんの視線を追う。するとつい数時間前、一緒に朝ごはんを食べた相手が、わたしのすぐそばで目を丸くしていた。

「温子ちゃん、ここで何をしているの？」

返事ができずに立ち尽くしていると、政江さんが小走りで近寄ってきた。

「先生、どうかされましたか。えっ、どうして温子ちゃんがここに？」

政江さんが驚いた様子で口元に手を当てる。大人の女性二人の視線を向けられながら、わたしは必死に言い訳を考えていた。

2

尾行した日の午後三時、中学校近くの公園で真里と合流した。銀杏《いちょう》の葉は黄色に染まり、子供たちがはしゃいでいる。

男の子が変わった形の瓶を手に走っていた。少し前に発売されたオロナミンCというドリンクで、眼鏡をずらした大村崑《おおむらこん》のコマーシャルが話題になっていた。値段が高かったはずなので瓶だけ拾ったのかもしれない。

「ごめん、気づかれた。理由もほとんど説明しちゃった」

真里に頭を下げる。大人二人に問い詰められ、上手に嘘をつけなかった。家庭料理研究所に興味があって遊びに来ただけとでも言えば良かったのだが、焦ってしまい頭が全然働かなかった。ただ、真里が俊太郎さんを調べていることだけは口を割らなかった。

「ううん、仕方ないわ。それでお母さんは大河先生のお仕事を手伝っているのね」

「そうみたい」

家庭料理研究所は駆け出しの料理研究家が数人集まって設立し、和食や洋食、中華から栄養学など異なる分野を得意とする人などが、新しい時代の料理を研究開発しているという。料理研究家・大河弘子はその一員で、政江さんは一ヶ月前から働いているらしかった。

真里が暗い表情で口を開いた。

「家事が疎かになったのも同じ時期よ。働きに出ているなんて全然知らなかった」

「お父さんの尾行はどうだった？」

「普段通りに出社しただけだったわ」

真里の調査に異変はなかったようだ。夫婦なのだから妻の仕事は知っているだろう。家事に文句を言わないのは、政江さんが忙しいのをわかっていたからなのだ。これで円満解決かと思っていたら、真里が予想外の頼みを口にした。

「あのさ、大河先生にお願いして見学できないかしら。お母さんがどんな仕事をしているか興味があるの」

「わかった。聞いてみる」

働きはじめたばかりの政江さんに頼むより、わたしのほうが確実だと思ったのだろう。尾行に失敗した負い目があるためすぐに了承する。

翌日の朝食に真里の要望を伝えると、あっさり承諾を得ることができた。こうしてわたしと真里は、次の日曜日に家庭料理研究所にお邪魔することになった。

ロングシートに座る男の人が【VAN】と書かれた茶色い袋を持っていた。ブレザーにローファーという恰好は、最近流行しているアイヴィールックだ。

「お母さん、前からお料理の仕事に興味があったみたい。内緒にしていたのは研修中だからで、本採用されたら話す気だったんだって」

真里は赤いセーターにベージュのスカートという服装で、小さなポシェットを斜めにかけている。窓の外には畑が広がり、お百姓さんが腰を屈めていた。ロングシートで隣同士座っていると、真里がどこか不機嫌そうに話を続ける。

「でも家庭料理の研究って何をするのかしら。わざわざそんなことをしなくても、料理なんて自然と覚えていくものだと思うんだけど」

わたしは朝食の際に聞いた話を思い出した。

「昔と違って料理を知らない若者が増えているんだって」

わたしたちの親世代の多くは、戦争で家族を失った。そのため料理を教えてくれる人はいなくなり、さらに戦中戦後は食糧も不足していたため何も作れなかった。そのせいで代々受け継がれた家庭の味が途絶え、大勢の若者が料理を覚えられずに育ったそうなのだ。

「料理がしたくても、やり方がわからない。そんな人たちのために料理の作り方を記録したり、後世に伝えたりすることも料理研究家の使命のひとつなんだって。真里のお母さんはお姑《しゅうとめ》さんから、伝統的な料理を教わったのよね。きっとそういう知識と経験が、今の時代に必要とされているのだと思うわ」

政江さんは故郷である北関東の家庭料理を得意としている。東京には多くの北関東出身者が移り住んでいる。そのため政江さんの味を求める若者は、東京にたくさん暮らしているのだ。

目当ての駅に下車し、駅員さんに切符を渡す。日曜のにぎやかな商店街を通り過ぎ、家庭料理研究所に到着する。戸を開けると政江さんが出迎えてくれた。

「いらっしゃい。先生、二人が来ましたよ」

政江さんが奥に声をかける。

「あら、もうそんな時間なのね」

「お世話になります、大河先生」

真里が尊敬の眼差しを向けてお辞儀をした。恰好は意外にも、ブラウスにスカートとエプロンという毎朝見る姿と変わらない。職場だからといってコック服や割烹着ではないらしい。

研究所は閉店した定食屋を借りているらしい。客席だった場所には教室みたいに机と椅子が列になって並び、壁には当時の名残らしいラーメンやカツ丼などのメニューが貼られていた。

政江さんが背筋を伸ばして頭を下げた。

「先生、本日はよろしくお願いします」

政江さんは緊張の面持ちだ。政江さんは現在、助手を務めているらしい。だけどゆくゆくは講師として、一人だけで講義を受け持ちたいと望んでいるという。そこで今日は本番同然の予行練習をして、独り立ちできるか試すそうなのだ。そんな大事な日にお邪魔するのは申し訳ないが、真里が突然手を挙げた。

「私もお母さんに教わりたい」

「真里が私に？　でも私の一存じゃ決められないわ。大河先生の許可がないと」

政江さんは目を白黒させるけれど、当の責任者は胸の前でぽんと手を叩いた。

「面白いわね。中学生の女の子に教えられれば、講師としての実力は証明できるわ。あ、そうだ。せっかくだし温子ちゃんも一緒に受けましょうよ」

「わたしもやってみたい」

面白そうなので、遠慮がちに手を挙げる。政江さんは最初困惑していたが、すぐに覚悟を決めた様子だった。

政江さんが本日作るのは、いなり寿司とかき玉汁、コロッケに筑前煮《ちくぜんに》だという。政江さんは手書きのレシピも事前に用意していた。紙に書かれたレシピを読ませてもらうと、必要な材料から手順まで綺麗にまとめられていた。

「すごく丁寧に書かれていますね」

感想を伝えると政江さんが微笑んだ。

「そう言ってもらえて嬉しいわ。夜遅くに何度も修正したのよ」

口振りから政江さんの意気込みが伝わってくる。

わたしと真里は厨房に足を踏み入れる。大きなガスコンロに深い洗い場、広い作業台は研究にも料理教室にも便利そうだ。

「それではみなさん、今日はよろしくお願いします。まずは煮物の下拵《ごしら》えをしましょう」

政江さんの声は明瞭で聞きやすい。役割分担を指示され、わたしは庖丁を手に取って筑前煮の野菜を切る。作業台は少し高いが広くて使いやすい。庖丁は我が家の台所にあるものより切れ味が鋭くて、怪我をしないよう気を引き締める。

「レンコンは色が白く色艶があって、中くらいのものを選びましょう。にんじんは身が赤くて切ってみて芯が小さいものが柔らかくて上質です。ごぼうは皮が薄く飴色《あめいろ》で、太すぎないものを買うのが肝心です」

ニンジンは乱切りで、れんこんはいちょう切りだ。ゴボウは庖丁の背で皮を削《そ》ぎ、斜めに切る。真里は干し椎茸《しいたけ》をぬるま湯に浸し、こんにゃくの灰汁《あく》抜きをしていた。

「材料の大きさは均一にすると、火の通りが同じになって見た目も美しく仕上がります」

政江さんの指導は丁寧で的確だ。さらに口調が柔らかいので緊張をしなくて済む。家庭科の先生は厳しくて、叱責《しっせき》するような声が耳に入ると肩に余計な力が入ってしまう。政江さんのような人が先生なら、きっと授業も楽しいに違いない。

わたしは政江さんの指示通りに野菜を下茹でし、ごま油と鶏肉、椎茸を鍋に入れて中火で炒めた。材料に油が回ったら、下茹でした野菜を加える。全体を炒めたら火を止め、干し椎茸の戻し汁と調味料を加える。

「十分ほど弱火で煮たら、筑前煮は完成です。次はコロッケに取りかかりましょう」

じゃがいもの皮を剝き、茹でている最中に玉ねぎをみじん切りにする。そして茹で上がったら熱いうちに潰す。

真里が玉ねぎと挽肉を炒め、潰したじゃがいもに混ぜる。粗熱を取ると、政江さんがタネの入ったボウルの前に立った。

「コロッケのタネを全員で成形しましょう。まずは見本を見せますね」

政江さんが手のひらの上で、器用に小判型にする。その手際は見事で、完成品はお総菜屋さんで買うように整っていた。わたしと真里も挑戦する。わたしが一個完成させると、隣で真里が吹き出して指を差した。

「温子ちゃんのは個性的だね！」

わたしの成形したタネは歪んだひょうたんみたいだった。政江さんもわたしの手元を見て困ったような顔を浮かべている。一方で真里は、政江さんと見分けがつかないほど完璧だ。すると厨房の外から穏やかだけど厳かな声が飛び込んできた。

「人が一生懸命作ったものを笑うのはいけないわ」

諭すような一声で、真里はしゅんと萎《しお》れてしまう。

成形したタネを溶き卵にくぐらせてパン粉をまぶす。その後、タネは政江さんが揚げることになった。天ぷら鍋に油を注ぎ入れ、コンロに火をつける。菜箸を入れた際に、細かな泡が上がってきたら適温だという。油を充分に熱し、政江さんがタネを鍋に入れた。すると全体からしゅわしゅわと泡が立ち上った。

「あとはじっくり揚げましょう。では次の工程の準備もしましょうね」

政江さんが鍋を離れ、食材置き場に向う。揚がる様子が見たくて鍋に近づく。白かったパン粉がほんのりキツネ色に変わっている。

その直後、コロッケが油のなかで弾け飛んだ。

わたしは反射的に腕を上げる。

「温子っ」

「温子ちゃん！」

真里と政江さんが同時に叫んだ直後、ふっと甘い香りが漂って消えた。皮膚が突っ張るような感覚があって、少し遅れて強烈な熱さを感じた。手首をつかまれ、シンクまで引っ張られる。蛇口から出る流水で右腕が冷やされる。油のかかった皮膚が真っ赤になっていた。

「温子ちゃん、平気だからね。すぐに治療すれば跡は残らないから」

さすがプロの料理研究家は一番対応が早いんだな。徐々に痛みが鋭くなるなかで、のんきにもわたしはそんなことを考えていた。

3

すぐにタクシーで病院に向かい、診察してもらった。そのまま自宅に戻り、翌日の月曜に中学に登校する。

真里はわたしの腕の白い包帯を見て泣きそうになった。

「温子、痛くない？」

「もう大丈夫だよ。真里のお母さんにも、平気だって伝えておいてね」

本音を言うとまだ痛いのだけど、やせ我慢して笑顔で腕を上下に動かす。あのあと、講義は中断されたらしい。

「お母さん、すっかり落ち込んでいるんだ。お料理の仕事も続けるか迷っているみたい」

「でも悪いのは、鍋に近づいたわたしだよ」

「あの日の責任者はお母さんだったから。油の入った鍋から不用意に離れたことも後悔していたし、もっと注意を促すべきだったと反省しているわ」

政江さんは悪くない。熱した油の危険性なんて常識の範囲だ。それにコロッケが突然弾けるなんて、予想できないはずだ。

「全然気にしていないって政江さんに伝えて。絶対に講師になったほうがいいよ」

「ありがとう。お母さんも喜ぶと思う」

真里はうなずくけれど、浮かない表情のままだ。

チャイムが鳴り、授業が始まる。包帯の下はじんわりと痛み、治りかけに出る痒《かゆ》みを我慢するのが大変だった。真里はその日、包帯を見るたびに悲しそうな顔をしていた。

翌週の日曜の朝ごはんは洋食で、オムレツとコッペパン、ほうれん草のバター炒めと焼いたベーコン、そしてコーヒーゼリーまでついてきた。

大河弘子の名前が載る雑誌は、なるべく読むようにしている。洋食を紹介することが多く、洒落ていて夢の世界の料理みたいだった。

そんな雑誌に載るような料理が今、目の前に並んでいる。

オムレツは表面がつやつやで、ケチャップの赤が映えている。スプーンですくって口に入れると、舌の上でとろりと溶けた。半熟具合が絶品で、チキンライスも甘めで美味しい。あっという間に平らげてしまうけれど、すぐにおかわりを出してくれた。好みを完璧に把握してくれていることが嬉しくて、気持ちが温かくなる。

次にほうれん草のバター炒めを食べる。緑色が鮮やかで、葉がしっかりとしている。実はほうれん草の渋みが苦手だけど、バターと合わさるとなぜか気にならない。葉野菜の甘みが感じられ、柔らかな歯応えも良い塩梅だった。コッペパンはふわふわで、噛むたびに小麦の味が感じられる。

コーヒーをゼラチンで固めたゼリーは戦前からあったらしいけど、二年前に軽井沢の喫茶店で『食べる珈琲』として発売されて人気を博しているらしい。ほろ苦いゼリーに甘いシロップと濃厚なクリームをかけて食べると、天にも昇るようなおいしさだ。今日のメニューでは一番のお気に入りだった。

料理を満喫しながら、わたしは気になっていたことを質問した。

「教室にはどんな人たちが習いに来るの？」

「そうねえ」

仕事の話を振った途端、ふっと顔つきが真剣になる。これがプロの料理研究家の表情なのだと思うと新鮮な気持ちになった。

「十代から二十代の若い世代で、地方出身のお嫁さんが多いかしら。それも関東近郊じゃなくて、東海地方や関西から来た子が増えてきているわ」

「遠くから来ているのね」

「旦那様が自分とは異なる地方の出身だと、何を作ればいいのか困ってしまうみたいね」

「どういうこと？」

疑問をぶつけると、丁寧に説明をはじめてくれた。

東京生まれのわたしにはぴんとこないが、多くの人が食べ慣れているような日本の料理でも地方によって味つけが異なるらしい。

関西は出汁を効かせた薄味で、東北は味が濃くてしょっぱい。東海では八丁味噌という調味料が親しまれているそうだ。

「味付けが違うと、それだけで居心地が悪くなってしまうからね」

口調に実感が伴っている気がした。毎日の食事がそれぞれの口に合わないと、互いに不満が溜まってしまう。だけど今さら舌の好みを変えるのも難しい。

「そんな御夫婦には、私の得意な洋食が人気なの。夫婦で生活をはじめるにあたって、和食じゃなくて新しい味にすれば衝突は生まれにくいから。他にも中華料理も好まれるわ」

「和食より、外国の料理のほうが人気なの？」

「もちろん和食も根強い人気よ。プロの板前さんみたいな特別な調理技法を学びたい人も増えているわ。科学技術の進歩のおかげで、主婦は前より時間に余裕ができた。その結果、手の込んだ料理を教わりたいと願う奥様方が増えているみたいね」

ここ数年で掃除機や洗濯機、炊飯器が一気に普及した。服も昔は各家庭で仕立てていたらしいけど、今は簡単に既製品が手に入る。

加えて最近はスーパーマーケットが増えている。新鮮な野菜や肉類、魚介類が手軽に手に入り、さらに冷蔵庫に入れればすぐには腐らない。昔は毎日買い物に行く必要があったし、乾物を戻したり出汁をとったり、準備だけで手間がかかったのだそうだ。

「最近の主婦は暇ってこと？」

「家事が楽になったのは確かだけど、暇になったかは疑問ね。衛生観念は高まっているから、便利な電化製品があっても掃除や洗濯は昔より大変なくらいよ。それに最近はお料理がとっても複雑になっている。時間はいくらあっても足りないわ」

家電製品のおかげで家事は楽になった。それなのに教室に通う生徒さんから話を聞くと、家事に費やす時間が長くなっている傾向があるのだそうだ。

昔は旬の食べ物を焼くだけとか、煮炊きするだけの料理が当たり前だった。作り方が複雑な料理は、お祝い事などのハレの日だけに限られていた。準備に手間がかかっても、調理自体は簡単だったのだ。

だけど最近は世の中が豊かになった。そのため昔なら年に数回しか食べないような特別な料理が、日常的に求められるそうなのだ。

「病院のような清潔さや料理屋のような味が、家庭でも当然だと思われはじめているの。だけどそんな生活を毎日要求されたら、主婦は疲れ切ってしまうわ。私は家庭料理を研究する身として、料理が複雑になり過ぎることが心配なのよね」

ふいに自分の腕の痕が目に入る。もう包帯は取れ、かさぶたも剝がれた。だけど皮膚は色が変わったままで、火傷の痕はよく目立った。

「政江さんは研究所に残るの？」

「まだわからないわ」

「どうしてあのコロッケは破裂したんだろう」

「原因はいくつか考えられる。まずはタネに余分な水分があって、熱せられたことで急激に水蒸気になって爆発した可能性ね。もしくは衣が均一じゃなくて、そこから水分や水蒸気が吹きだす場合もあるわ」

料理研究家だけあってさすがに詳しい。でも納得いかないのか、首を横に振った。

「ただ、正直わからないのよ。私も過去に何度もコロッケで失敗している。だけど周囲にあれほど油が飛び散ったのは初めてだから困惑しているの」

経験豊富なプロにとっても未知の出来事だったらしい。

そこでふと思いついた。

「実験してみるのはどうかな。あの日は結局料理を完成できなかったし、最初からコロッケも作ってみたいから」

「名案ね。悩む時間があったら実験をするべきだった。せっかくだし一緒に再現してみようか」

嬉しいことに、わたしの閃きを採用してくれた。

一緒に商店街で買い物をして食材を揃える。前回と同じように、じゃがいもの皮を剝いて茹でる。手順は覚えているので再現は完璧だ。フライパンで玉ねぎと挽肉を炒めると、芳ばしい香りが立ち上った。そこでふとあの日のことを思い出した。

「そういえば油が跳ねたとき、ふわっと甘いにおいがしたんだ」

「甘いにおい？」

「気のせいかもしれないけど、あれは何だったんだろう」

あらためて思い返すと、どこかで嗅いだことがある気もする。わたしは皮を剝いたじゃがいもを、すりこぎ棒で潰していく。

「潰したじゃがいもを冷ましてからマヨネーズを混ぜても美味しいわよ。他の方が書かれた料理本で紹介されていたのだけど、今度色々と試してみるつもりなの」

「わあ、ぜひ食べてみたいな」

キユーピーが出している赤い網目模様のマヨネーズは大好物だ。何を食べてもおいしくなるので、お母さんに食べ過ぎないよう注意されているほどだ。食べたことはないけれど、きっと潰したジャガイモにも合うに違いない。

炒めた玉ねぎと挽肉を混ぜ、溶き卵とパン粉を用意する。そこでふと疑問を思い出した。

「政江さんの作り方だと、揚げる前に小麦粉をまぶさないんだよね」

中学の授業でもコロッケを作ったことがある。教科書に載っていた作り方だと小麦粉をまぶし、溶き卵とパン粉をつけて揚げていた。

「肉や魚のフライと同じように小麦粉を使う人は多いわ。だけどじゃがいもも小麦粉と同じ澱粉《でんぷん》質だから、政江さんは省いても問題ないと考えたみたいね。私も言われてみてハッとしたわ。余計な手間が省けるし、とても合理的だと思うわ」

わたしも教科書に載っていたから、小麦粉を使うものだと思い込んでいた。

「政江さんの発想は、研究所に多くの刺激を与えてくれる。できれば仕事を続けて欲しいわ。最近もインスタント食品を使って、色々と面白い料理を考案してくれたのよ」

「真里も、おうちで出た政江さんの野菜入りチキンラーメンをおいしかったと話していたわ。インスタント食品とか駄菓子を普段食べない真里がそう言うくらいだから、政江さんは本当に料理が上手なんだね」

「あら、真里ちゃんはインスタント食品が苦手なのね」

「そうだけど、多分食わず嫌いなのだと思う。この前もスナック菓子をあげたらおいしそうに食べていたし。そういえば真里は、粉末ジュースは気に入ってくれたかな」

渡したまま感想を聞いていないことを思いだした。

「粉末ジュースってどんな食べ物なの？」

「知らないの？」

粉末ジュースが駄菓子屋に並びはじめたのは三、四年ほど前のことだから、大人は見たことがないかもしれない。

わたしは、通学カバンの奥に粉末ジュースを入れたままにしていたのを思い出した。持ち物検査で見つかったら危うく先生に叱られるところだった。

「よかったら味見してみる？」

「いいのかしら」

じゃがいもの粗熱が取れるまで時間がかかる。わたしは自分の部屋に向かい、カバンから粉末ジュースを取り出す。そして靴からスリッパに履き替えてキッチンに戻り、テーブルに粉末ジュースを置いた。

長方形の袋にイチゴと赤い文字で書かれ、実物の果物の写真が印刷されている。そして端っこに小さく無果汁と記してあった。

「これがイチゴ味よ。他にはパインやメロン、コーラなんかもあるの」

コップに水道水を注ぐ。それから袋を開け、ピンク色の粉を入れた。粉が水に溶けた途端、しゅわしゅわと泡が発生した。

「重曹とクエン酸が入っているから、化学反応で炭酸ガスが発生するの」

「よくお勉強をしているわね」

「えへへ」

褒められることを期待していたので、予想通りの反応に笑みがこぼれる。

「懐かしいわ。戦後の物資がなかった時代、重曹と酢をベーキングパウダー代わりにしてケーキを作ったことがあるの。そのやりかたを思いついたのは、女学校の授業のおかげなのよ。勉強はとっても大事なことだと思うわ」

コップから香料のにおいが漂う。現実のイチゴとも違う不思議な香りだ。その途端、あの時の記憶が蘇った。

「あれ、火傷したときに感じたにおいに似ている」

コロッケの破裂と同時に、確かにこの人工的なにおいを感じた。一瞬で消えたけれど間違いない。ただイチゴとも違う気もする。

すると隣から鋭い声が聞こえてきた。

「温子ちゃん、コロッケが破裂した理由はこれかもしれないわ」

「えっ？」

コップではピンク色のジュースができていた。電球の光を受けて揺らめき、表面に残った泡が弾けて消えた。

## 4

窓の外からツグミのさえずりが聞こえた。キッチンには炊き立てのごはんと、味噌汁の香りが漂っている。今日の朝食は白いごはんに塩鮭、玉ねぎのお味噌汁、小松菜のおひたし、マヨネーズを混ぜたじゃがいものサラダというメニューだった。

鮭は身が締まっていて塩辛く、ごはんがたくさんすすむ。玉ねぎのお味噌汁は上品な甘さで、出汁の香りが引き立っていた。小松菜のおひたしにはおかかとお醤油がかけてあって、しゃきしゃきとした食感がたまらない。

じゃがいもは荒く潰してあって、たっぷりのマヨネーズとからめてあった。具材には薄く切ったキュウリと刻んだ固ゆで玉子、そして三つ葉が入っている。お芋の甘さとマヨネーズの味が混ざり合って、キュウリの歯応えが心地良い。食べるたびに幸せな気持ちになる味だった。

「このサラダ、とっても大好き！」

「ありがとう。オリヴィエサラダという、ソ連で生まれたらしい料理を元にして具材を選んでみたのよ。ディルというハーブが手に入らないから同じセリ科の三つ葉で代用してみたけど、まだ改良の余地がありそうだわ」

「充分美味しいよ」

三つ葉は適度な辛みがあって、ほくほくの食感とマヨネーズの濃さを適度にさっぱりさせてくれていた。

「やっぱり日本人には細切りより、潰したほうがいいみたいね」

さみしいような口調だけど、何を言いたいのかわからない。だけど何となく触れがたいような気がして、意味を訊ねることができなかった。

ふいに、自分の袖口から覗く火傷の痕が目に入る。確実に薄くなっていて、順調に治れば跡形もなく消えるはずだ。

わたしはじゃがいものサラダを味わいながら、真里のことを思い出す。


コロッケ破裂の原因を作ったのは真里だった。

推理の発端はまず、破裂の原因が粉末ジュースだという推測から始まった。

粉末ジュースには重曹とクエン酸が含まれる。それらが急速に熱せられると二酸化炭素が発生する。もしもコロッケに入っていたら、弾ける原因になると考えられたのだ。

問題は粉末ジュースをいつ入れたかだ。もしも粉末が全体に均一に混ぜられていたら、おそらく大きく破裂しなかった。そのため潰したじゃがいもに挽肉と玉ねぎを混ぜた後だと思われた。

ボウルのなかのタネは、粗熱を取るためにしばらく置かれていた。だけどそのときは誰も近寄っていない。そのため粉末ジュースはタネを成形する最中に混入されたのだと考えられた。じゃがいもの形を整えている最中であれば、粉末ジュースを入れるのは難しくないはずだ。

そして破裂したコロッケは形が綺麗だった。わたしは入れた覚えがないので当たり前だけど、ここでわたしは除外される。

真里と政江さんのタネは整っていて区別がつかない。ただし政江さんが成形したときは全員が注目をしていたため、余計なことをする隙はなかった。

つまり、最も怪しいのは真里になる。

さらに真里は、わたしのタネを指差して笑った。その瞬間、その場の視線はわたしの手元に集中していたはずだ。そのときを狙えば、真里のコロッケ一つに粉末ジュースを入れることはさらに容易になるはずだ。

わたしは真里に、推理を披露した上で問い質した。反論も覚悟していたが、真里は突然涙をこぼしながら自分の仕業だと打ち明けてくれた。

真里は当日、スカートのポケットに粉末ジュースを用意していたらしい。つまり事前に計画を考えていたのだ。真里はタネを成形するときこっそり封を開け、素早く粉末ジュースの粉をつまんだ。そしてタネに押し込んだというのだ。

粉末ジュースはわたしがあげたものを使ったらしい。持ち帰ったものの飲む気が起きず、勉強机の奥にしまっていたという。

政江さんはレシピを夜遅くまで何度も書き直したと言っていた。つまり、コロッケを作ることを真里は事前に知ることができたのだ。

真里の目的は、政江さんの料理を失敗させて、仕事を断念させることだった。粉末ジュースを入れることで、コロッケの味を台無しにしようと企んでいたのだ。粉末は黄色なので、じゃがいもに混ぜればわからないだろうと思ったらしい。

ただしあの場には四名の人間がいた。そのため四分の一の確率で、コロッケを自分が食べることになる。その場合は計画をあきらめるつもりだったという。

だけど予想外の自体が発生する。真里は粉末ジュースを作ったことがなく、泡が出ることを知らなかった。重曹は加水だけでなく加熱でも分解し、二酸化炭素を発生する。さらに粘度の高いじゃがいもと、熱で凝固した卵によって炭酸ガスが閉じこめられてしまう。その結果、炭酸ガスが急激に膨張を続けて一気に破裂した。その際に粉末ジュースに含まれた香料が拡散し、わたしの鼻がかすかに感じ取ったのだ。

つまりわたしの火傷は想定外だったことになる。

真里はショックを受けたが、友人に火傷を負わせた恐怖から何も言い出せなかった。だけど後悔は募っていたようだ。そのため涙を流して全てを告白してくれたのだ。

真里には理想の家庭の形があった。お父さんが外で稼ぎ、お母さんが家庭を守る。それは幼少期から共に暮らした祖父母の影響もあるようだ。

さらに真里はもう一つ嘘をついていた。それが今回の行動のきっかけになっていた。

わたしが政江さんを尾行した日、真里は父親の俊太郎さんを追跡していた。あとで私が確認したときは普段通り出社したと話していた。だけど実はあの日、真里は俊太郎さんが工事現場で作業をする姿を目撃していたのだ。

家庭の事情について、政江さんから聞くことができた。

俊太郎さんは会社で大きな失敗をして、自主退社していた。再就職先の目処は立たず、現在は力仕事で日銭を稼いでいるという。

真里は以前、俊太郎さんの服が以前より汗臭いと話していた。真里は政江さんが家事を疎かにした結果だと思っていたようだが、肉体労働の影響もあったようだ。

政江さんは家計を助けるため、働きに出ることにした。そして知り合いの伝手を経て、家庭料理研究家の仕事を手伝うことになった。両親が真里に黙っていたのは、心配をかけたくなかったからだろう。

真里は政江さんが家にいることを望んだ。清潔な家と豊かな食事が毎日続いてほしいと願っていたのだ。その想いが募り、政江さんの仕事の邪魔をしようと考えてしまったのだ。

真里は泣きながら謝罪し、政江さんにも真実を告白したようだ。政江さんから叱られ、本人も反省している様子だった。わたしは真里を許した。友情は火傷くらいでは壊れたりしないのだ。

ただし真相が判明した結果、真里の家庭に変化が起きた。


「政江さんは結局、研究所を辞めたのね」

「私は続けてほしかったけど、こればかりは本人次第だから」

政江さんは家事に専念することに決めたという。主婦として家庭を守ってほしいという真里の気持ちを汲んだのだ。俊太郎さんの意向も大きく影響しているようだ。

俊太郎さんも次の仕事が決まったそうだ。夫が外で稼ぎ、妻は家庭を守る。その価値観は父から娘に受け継がれたものだったらしい。

「食べ物に異物を混入することは決して許されない行為だわ。政江さんがしっかり叱ってくれたみたいだから、真里ちゃんがわかってくれればよいのだけど」

なんとなく普段より怒っているように感じられた。だけど触れがたい気配があって、わたしには質問することができなかった。

個人的には政江さんの講義が好きだった。もっと教えてほしかったし、大勢の人が受けられないのは残念に思う。だけどわたしは安心もしていた。

「これでよかったと思うんだ」

「どうして？」

「だって真里は、お母さんのことが本当に好きだから。帰宅したときに、綺麗なお家で政江さんが出迎えてくれるのは幸せなことだと思う。何より仕事を辞めたおかげで、真里は今後も愛情のこもったお料理が食べられるんだよ」

「家庭を優先するという、政江さんの考えは尊重するつもりよ。だけど今の温子ちゃんの言葉には、ひとつだけ賛成できない点があるわ」

「どういうこと？」

「政江さんは家庭の料理について真剣に悩んでいた。仕事をはじめれば、家事に費やす時間が減るのは間違いない。だからこそ政江さんは短いなかで、家族が充分に栄養を摂れて、なおかつおいしい料理を一生懸命考えていたの」

「そうみたいね」

真里は母親がインスタント食品を使うことが不満そうだった。だけど味への文句は一切なかった。チキンラーメンも野菜もたっぷりで、栄養も多分問題なかったはずだ。

「費やした時間で家族への気持ちは測れない。料理にかける労力が減っても、政江さんが真里ちゃんに注ぐ愛情に差は生まれないわ」

「差はある」

反射的に言い返していた。政江さんは時間の許す範囲で、栄養豊富で美味しい料理を作ったのだろう。仕事をはじめる前と後で違うのは、家族のために捧げた時間の長さだけかもしれない。そしてその手間こそが、何よりも大事なのだ。

わたしは目の前の皿を指差した。

「あのね、今日の朝ごはんも美味しかったよ」

朝食の皿は全て空にした。炊き立てのごはんも焼き鮭もお味噌汁もお漬け物もじゃがいものサラダも、丁寧に作られているのがわかった。

「わたしのために毎朝、おいしいごはんをありがとう。この時間が本当に好きだよ。きっと真里もこんな風に、政江さんとごはんを食べる時間が大事だったんだよ」

自分のために時間を費やし、丹精込めて料理を作ってくれること。

ひとつの食卓を囲んで、同じ食べ物を口に入れること。

それは本当に幸せで、愛されているという実感を抱かせてくれる。だからこそ真里は、コロッケを失敗させてまで必死に守ろうとしたのだ。

「毎日の朝ごはんから、わたしはたくさんの温もりを感じているわ。これってさ、手間暇かけた料理こそが愛情の表れっていう証明にならないかな」

こんなことを言うのは照れくさいけれど、心からの感謝を込めた。きっとこの思いは伝わるはずだ。だけど返事は予想外のものだった。

「温子ちゃんは何を言っているの？　今は家族の問題について話しているの。私たちのことは関係ないでしょう」

急に、世界の音が止まった気がした。

「だって私と温子ちゃんは、ただのご近所さん同士なのだから」

弘子さんはわたしのことを、怪訝そうな瞳で見つめていた。


わたしのお母さんは松村ハツという名前で、男の人みたいにレストランの経営者をしている。洋食から和食、中華まで幅広く揃える大きなお店で、料理人さんや給仕さんなどをたくさん雇っている。本当のオーナーはお父さんだったけど、三年前に急な事故で亡くなった。一時は閉店も考えたそうだけど、お母さんが引き継いで経営を続けている。

そして半年ほど前、レストランの近くに大きな団地が完成した。その影響でレストランは物凄く忙しくなった。お母さんの帰宅時間は不規則で土日も関係がない。早朝に帰ってくる日もあれば、夜中に出勤なんてことも頻繁だ。何日か姿を見ないと思ったら突然自宅前で鉢合わせ、碌《ろく》に会話をできないままお別れするなんて日常茶飯事だった。

お母さんが忙しくなるにつれ、何を話せばいいのかわからなくなった。たまに伝えたいことがあっても、用事があるといって打ち切られてしまう。そんなやり取りが続いていたら、次第に話したいこと自体がなくなっていた。

お母さんなんていない前提で生活をしよう。

そう決めた途端、なぜかお母さんのことを考えるだけで苛立つようになった。理由は自分でもわからない。だけどたまに会ってもそっけない態度を取ってしまうし、本人に聞こえない場所ではつい、それが真里の前でも「おばさん」呼ばわりしてしまうのだ。

毎日の食事は、お母さんが店から持ってきた冷めた賄《まかな》い飯ばかりだった。食事代と称してお小遣いをたくさんくれるのも、きっと後ろめたさのせいなのだろう。

そんな生活が続いたある日、お母さんは料理研究家の大河弘子さんに仕事を依頼した。わたしに毎朝温かなごはんを作ってやってほしいという内容だった。

弘子さんは、我が家のすぐ近くで暮らしている。徒歩で一分にも満たないので、料理の途中で粉末ジュースを取りに行くために我が家と弘子さんのお宅を往復しても、茹でたじゃがいもがまだ熱々のままだった。飲食店を経営する縁でお母さんは以前から弘子さんと親しく、わたしにとっても古くからの顔馴染だった。

商社に勤める旦那さんはフランスに赴任中で、息子さんは京都の大学に進学したという。そして娘さんは数ヶ月前に中学を卒業し、遠方に就職をしたらしい。弘子さんは娘さんの高校進学を願っていたらしいけれど、早くに働くことを望んだという。住み込みで縫製の仕事をするため家を出たと聞いている。

一人暮らしになった弘子さんは、お母さんからの依頼を引き受けた。こうしてわたしは登校前に毎朝、弘子さんの自宅で朝食をいただくことになった。

最初は他人の家に毎朝立ち寄るのが億劫だった。だけど弘子さんの朝ごはんを食べた途端、考えは一変した。ふっくらしたごはんに多彩なおかずに、隅々まで清潔なキッチン。弘子さんの食卓は幸せに満ちていた。わたしはあっという間に朝ごはんが楽しみになった。

何より弘子さんは、わたしの話を聞いてくれた。

授業で習ったことや、友達とのこと。好きな食べ物に格好良い俳優さん。そんな他愛ない話に、弘子さんは笑顔で耳を傾け、返事をしてくれた。

弘子さんと過ごす朝の時間が大好きだった。

本当のお母さんだったらいいなと、本気で思っていた。

それなのに。

「わたしに対して愛情なんてないってこと?」

自分の声が震えていて、目にも涙がにじんだ。

弘子さんは小さく息をはいた。

「私はハツさんに依頼されて料理を作っている。材料費も含めて謝礼だって支払われているわ」

お母さんがお金を渡しているのは知っていた。だけど弘子さんの口から聞くと、なぜか胸が痛くなった。

「温子ちゃんに栄養豊富で温かな食事を作ってほしい。私はハツさんからそう頼まれているわ。だから依頼通りの献立をあなたに提供してきた。ハツさんは目の回るような忙しさのなかで、せめて朝だけは最善の食事をと考えたのでしょう。その手段としてプロを雇った。それはハツさんなりの温子ちゃんへの愛情の形なのよ」

口調は淡々としていた。それはわたしたちの関係性が、単なる仕事上のものという事実を物語っていた。弘子さんはその態度のまま言葉を続けた。

「実は、温子ちゃんにお話があるの」

「何も聞きたくない。あんたなんて大嫌い！」

テーブルを強く叩くとお茶碗が揺れた。席を立ってカバンを摑む。玄関で靴を履き、かかとを踏みながら外に飛び出した。すぐに自宅が見えてくる。庭先に梅の木の生えた平屋で、わたしは普段、ここにいつも一人でいる。

誰もいない家の前を素通りする。二度と弘子さんの家で朝ごはんなんて食べない。息が切れて脇腹が痛くなっても、私は脇目も振らずに中学校を目指して走った。

中学校から帰ると、珍しくお母さんがいた。弘子さんの家に通うのをやめると告げると、お母さんは複雑そうな表情でうなずいた。

わたしは朝食だけでも自炊をすることにした。弘子さんの手際を毎日見ていたおかげか、以前よりは料理の腕前が上がっているようだった。

一ヶ月半後、年が明けて一九六六年になった。サンヨー食品がサッポロしょうゆ味を発売し、TBSで『ウルトラQ』というちょっと怖いドラマを放送しはじめた。

ある日曜、ひどく底冷えする日だった。遅く起きるとお母さんが台所に立っていた。割烹着に袖を通していて、ザルに並べた野菜や果物を前に眉間に皺を寄せている。

「またお店で出す料理を考えているの？」

お母さんとの関係はあまり変わっていない。相変わらず忙しくて会う機会は少ないし、顔を合わせても話題は乏《とぼ》しいままだ。

「おはよう、温子ちゃん。取引先の農家さんからの頂き物なのだけど、どうやって食べればいいか悩んでしまってね」

どれも見慣れない食材ばかりだった。手のひらに載るくらいの大きさの毛の生えた楕円形の物は、キウイフルーツというサルナシに似た果物だという。大樹みたいな形の野菜はブロッコリーというらしい。

全国各地から新しい食材を取り寄せるなど、お母さんは研究に余念がない。この前も輸入が自由化されたレモンをたっぷり使った鮭のムニエルという料理がお店で大好評だったらしい。ただしアイデアの大元は、弘子さんの発案だったと聞いている。

割烹着の背中の紐がほどけそうになっていた。背後に回って結び直すと、お母さんが振り向いて「ありがとう」と笑顔を浮かべた。

お父さんが亡くなる前、お母さんは毎朝台所に立っていた。わたしはいつもこんな風に割烹着の背中の紐を結び直してあげていた。

お母さんの微笑みは、あの頃とちっとも変わっていない。

一昨年の東京オリンピックに引き続き、四年後には大阪で万国博覧会の開催が決定した。日本が急速に発展していくなか、お店を繁盛させるため必死にがんばっている。

お母さんは野菜を眺めながら首を捻った。

「外国から色々な野菜が入るのは興味深いけど、どうやって調理するか難しいわ。大河先生は去年発売された電子レンジでブロッコリーを加熱すると美味しくいただけるなんて言っていたけど、あんなに高価なもの、容易に手が出せないわよね。でも今後は先生のアドバイスには頼れないから困っちゃうわ」

「どういうこと？」

「知らなかったの？　先生はもう——」

お母さんから事実を聞かされ、わたしは自宅を飛び出した。雪が降っていたけど、気にせず走る。あの日以来、弘子さんの家を避けていた。

「表札がない」

大河と書かれた表札が門から剝《は》がされていた。玄関には売り家という板が張られていて、玄関の横のガラス窓の向こう側もがらんどうだった。

弘子さんは娘さんが家を出たのを機に、フランスで働く夫の元に旅立つことを考えていたらしい。だけど家庭料理研究所の仕事や、雑誌からの依頼が溜まっていた。それが最近、一段落したというのだ。そして弘子さんは家庭料理研究所を辞め、料理修業を兼ねて旅立っていったのだ。

母の説明によると、出発は一昨日の金曜日だったらしい。沈んだ気持ちのまま自宅に戻り、翌日は普段通り登校した。

二月の校舎はひどく凍え、ストーブの周りに生徒が群がっている。クラスのストーブ当番が火をつけたばかりみたいで、教室は全然暖かくなっていなかった。

「温子、おはよう」

「おはよう」

先に登校していた真里が近づいてきて、一通の封筒を差し出してきた。封筒にはわたしの名前が達者な筆文字で書かれていた。

「お母さんに渡すよう頼まれたんだ。大河先生からの手紙だよ」

受け取って裏面を見ると、大河弘子と記されていた。担任の先生がやってきたので、机のなかに手紙を押し込んだ。

何が書かれているのか読むのが怖かった。そのまま中学校では封を開けられず、わたしは自宅に持ち帰る。お母さんは家にいなくて、わたしはペーパーナイフで封を開けた。便箋を取り出してから深呼吸をする。手紙を開け、最初から目を通していく。

温子ちゃんへ

何も言わずに引っ越してしまってごめんなさい。それにあの日、冷たい態度を取ってしまったことも謝らなくてはいけないと思っていました。

私のことなど嫌いになってしまったわよね。それも当然です。でも温子ちゃんにこの手紙を読んでもらえたら嬉しいです。

本当ならあの日に、海外に行くことを伝える予定でした。でも温子ちゃんが私に向けた親しみの言葉を聞き、とっさに突き放したほうがいいと考えたのです。そのため、あんな言葉をあなたに投げつけてしまいました。

私はハツさんの依頼を受け、温子ちゃんに料理を作ってきました。そんな日々を過ごすなかで、あなたが私のことを母親のように慕ってくれているのはわかっていました。

でもその感情は本来、ハツさんに向けるべき気持ちです。

さみしいときに優しく接してくれた相手に、甘えたくなるのは人情かもしれません。だけどハツさんの気持ちもわかってあげてほしいのです。

本当ならあなたのそばにいたいのに、仕事で忙しくて会えないのは苦しいはずです。でも家族が暮らしていくお金を稼ぐため、グッとこらえて骨身を削っています。あなたに何不自由のない暮らしをさせてあげること。それがハツさんなりの愛情であることを、どうかわかってやってほしいのです。

私の息子は大学に通うため地方で暮らし、娘は就職のため家を出ました。もう子供たちのために料理をすることはない。そう思っていた矢先に、ハツさんからあなたへ料理を作るという依頼を受けました。

私の作った料理を、子供が笑顔で食べてくれる。温子ちゃんと過ごす時間のおかげで、あの素晴らしい時間をふたたび味わうことができました。とても感謝しています。勝手な言い分だとわかっていますが、私もあの朝の時間が大好きでした。どうかお母さんを大事にしてあげてください。温子ちゃんの幸せを心から願っています。

昭和四十一年　二月五日　大河弘子

手紙を読みながら、目に涙が浮かんできた。

本当は全部わかっていた。

お母さんが働いているおかげで、わたしは何不自由なく生活できている。ひとりきりは寂しい。だけどそれはお母さんも一緒のはずなのだ。

家庭にはそれぞれ事情があって、全てが思い通りになるとは限らない。真里の家だって父親が会社を辞めたことで一時は母親が働くことになった。

各家庭で生活の仕方が違うように、愛情の形だって人によって異なる。お母さんは娘のために、プロに依頼をして栄養たっぷりのごはんを作ってもらった。それは限られた状況のなかで考えついた、お母さんなりの思い遣りだったのだ。

わたしは弘子さんに甘えていた。本当はお母さんからの愛情を、ちゃんと理解するべきだった。弘子さんは突き放すことで、大切なことを教えようとしてくれたのだ。

今すぐお母さんに伝えたかった。心から感謝をしていること。身体に障るから、あまりお酒を飲まないでほしいこと。ずっと変わらずに大好きなこと。本当はとても寂しいと思っていること。

弘子さんにもありがとうと言いたかった。大嫌いと言ったことを取り消したかった。だけど遠い異国に旅立ってしまった。

いつか気持ちを伝えることはできるだろうか。落ちた涙が、手紙の端に染み込んだ。


明くる月、お母さんは家政婦さんを雇った。生活は楽になったけど、わたしは料理を続けるうちに家事の面白さに目覚めていた。そして掃除や洗濯、裁縫なども自力でこなすようになった。

翌年、わたしたちの家が地主さんの意向で売られることになった。東京の地価はどんどん上がっているらしい。住まいを明け渡す羽目になり、高校進学を機にお母さんと一緒に引っ越すことになった。

弘子さんに対しては、ずっと気まずさを抱えていた。『主婦倶楽部』の記事で、帰国したことはわかっていた。出版社宛に手紙を出せば、きっと本人にも届くはずだ。だけどどう気持ちを伝えればいいのか悩んでいるうちに先延ばしにしてしまい、時間はいたずらに過ぎていった。

弘子さんは年を追うごとに活躍の幅を増していった。

本場のフランス料理を大胆にアレンジした料理は家庭に受け容れられ、定番の家庭料理も驚くほど簡素化することで家事の負担を減らしてくれた。

帰国後に開いた料理教室は好評を博し、都内に自社ビルまで建てていた。数々のレシピ本をヒットさせ、一九七〇年代からテレビ出演もするようになっていた。

一九九〇年代にはテレビでの露出が一気に増え、主婦の味方のおばあちゃん料理研究家として人気者になった。大手メーカーが手がけるフランス総菜の合わせ調味料『キュイジーヌ』シリーズのCMに出演したり、自身がプロデュースしたフライパンや鍋の宣伝のためバラエティ番組に顔を出すこともあった。

活躍ぶりに気後れし、手紙を送る気持ちは自然と萎《しぼ》んでいった。所詮、たった数ヵ月の交流があっただけなのだ。きっとわたしのことなんか、記憶の片隅に追いやられているに違いない。

わたしの人生にも、たくさんのことが起きた。

高校卒業後は洋裁学校に進学した。手に職をつけられると人気の就職先だ。料理の道も考えたが、お母さんから男社会だと言われて断念した。卒業後は小さな服飾メーカーに就職し、取引先の男性に見初められて交際を始めた。そして二十四歳で結婚退職し、主婦になった翌年に息子を授かった。

お母さんは六十七歳になったとき、グループ店を売却した。世間はバブル景気まっただなかで、かなり高く売れたらしい。女友達と海外旅行を楽しむなど悠々自適の生活を送ったが、二〇〇〇年に肝臓を悪くして七十五歳で亡くなった。

真里とはわたしの引っ越し以降、自然と疎遠になった。だが六十歳のときに中学の同窓会が開催され、四十五年ぶりの再会を果たした。高校卒業後すぐに結婚し四人もの子どもを育て上げたが、夫の定年を機に熟年離婚したばかりだと、快活に笑っていたのが印象深かった。

わたしは主婦として、家族と自分のために弘子さんの料理を作り続けた。その結果、料理研究家・大河弘子のレシピは我が家の味になった。

結婚した頃の夫は、自信に溢れた男らしい人だった。だけど息子の正之輔が十歳になった頃、親友に騙されて大金を失った。それ以来偏屈な性格になり、酒を飲むと怒鳴ることが増えた。わたしは夫が哀れで、そばで尽くそうと心に決めた。だけど息子は横暴な父親を嫌い、溝は夫が亡くなっても埋まることはなかった。

妻として苦しいこと、辛いことはたくさんあった。だけど夫と結婚したことを、わたしは後悔していない。

息子が連れてきたお嫁さんは、嬉しいことに弘子さんの料理に親しんでいた。料理の味の対立は家庭の不和に繋がる。弘子さんのおかげで、息子の家庭は味つけに悩まずに済む。数十年を経て、またも弘子さんに助けてもらったのだ。

息子夫婦は二人の孫を授かってくれた。長女は優しく聡明な子で、母親の料理を美味しそうに頬張りながら成長してくれた。二人目の男の子は天の邪鬼だけど、心根はとても優しかった。

二〇二〇年初夏、孫娘の理央が会いたいと連絡をくれた。

ありがたかったが、すぐには難しかった。新型コロナが蔓延したせいで、施設への外部からの出入りが厳しく規制されてしまったのだ。

わたしは脳梗塞で倒れたあと、息子夫婦の世話になった。その際に孫の正晴と一緒に、理央にひどいことをしてしまった。それなのに、理央は全て許してくれた。

秋になり感染状況も落ち着いてきた。施設側の規則も緩み、中庭での面会が可能になった。それを理央に伝えると、すぐに予定を合わせて会いに来てくれた。

その日の空は快晴だった。陽射しは強いけど風は涼やかで、日陰で過ごすのにちょうどよい季候だった。わたしはベンチに腰かけ、杖を立てかける。驚いたことに同い年の男性を連れてくるらしい。その素性を事前に聞かされて、危うく心臓が止まるかと思った。

風がそよぎ、庭木の葉を揺らす。中庭への出入口から理央がやってくる。マスクをしているけれど、背格好ですぐにわかった。

隣には一人の青年がいた。近づいてくるたびに心臓の鼓動が早くなる。

「おばあちゃん、元気そうでよかった」

「ひさしぶりね、理央ちゃん」

「はじめまして、大河翔吾といいます」

青年が折り目正しくお辞儀をする。四ヶ月前の弘子さんの訃報は報道で知った。もう二度と謝れないことを思い知り、なぜ手紙の一つも出さなかったのかと心から悔やんだ。弘子さんは食べ物に異物を混ぜることを嫌っていた。だけどわたしは孫のためとはいえ混入を実行した。だから顔向けできないと考えてしまったのだ。

孫の正晴は同居していたとき、コーヒーゼリーを作ってくれた。中学生のときに食べてからずっと、ほろ苦いゼリーの味わいはわたしにとって一番のごちそうだった。

「……弘子さん」

翔吾と名乗る青年と目が合い、過去の記憶が一気に蘇る。翔吾くんの真っ直ぐな瞳は、弘子さんと瓜二つだった。

5

介護施設の中庭は緑に包まれていた。穏やかな雰囲気が流れていて、祖母――温子おばあちゃんが快適に暮らせていることに安堵した。

おばあちゃんはベンチに座り、料理研究家・大河弘子との思い出を語ってくれた。おばあちゃんは中学生の頃、大河さんと親子に似た時間を過ごしていた。そして話し終えたあと、おばあちゃんは翔吾の瞳を見つめながら、手を強く握りしめた。

大河さんは亡くなる前日の誕生日、翔吾と画面越しに会話をしていた。そこで私のおばあちゃんについて、元気か気にしていたらしい。向こうが許してくれるなら、温子ちゃんとまたお話ししたいとも話していたという。

そのことを聞いて、おばあちゃんは涙を流した。

おばあちゃんは大河さんの逝去にショックを受けていた。曾孫である翔吾と引き合わせたことで、心の重荷を少しでも軽くしてあげられただろうか。

また訪問する約束をして、私たちは施設をあとにする。夕焼けの陽光を受け、介護施設の白壁が朱色に染まる。駅まで向かう道すがら、翔吾が口を開いた。

「今回の取材も、鈴村さんに読んでもらうのか？」

「そのつもりだよ。おばあちゃんの許可も取ったしね」

元編集者の鈴村さんから半月前に連絡があった。私の取材に触発され、大河さんを特集した本を編纂《へんさん》するのだそうだ。まだ企画は通っていないらしいけど、絶対に形にすると意気込んでいた。健吾さんも偉大な料理研究家の功績を残したいと乗り気だという。

私は鈴村さんから、本にする際に記事を執筆しないかと声をかけられている。荒削りだけど筋が良いと褒められ、迷いつつも引き受けることに決めた。ただし基本的には卒業論文のための取材なので、そちらを優先して進めることになっている。

大河さんに縁ある人物への聞き取りは、地道に続けている。翔吾の伝手もあって息子さんや娘さん、つまりは翔吾の祖父や大伯母にも話を聞けた。他にも健吾さんの紹介で、かつての仕事仲間にも話ができた。

大河さんは色々な場所で、たくさんの人たちを救ってきたようだ。遭遇した謎を解決したことは数知れず、まとめ切れていない逸話はたくさんある。公にするのは難しそうだけど、日本史上でも有名な食にまつわる大事件にも関わっているようだ。

ただ、どれだけ調べてもわからないことがあった。

大河さんの公に残る最も古い資料は、一九五八年に雑誌『主婦倶楽部』に寄稿したレシピだ。その後は様々な雑誌にレシピを載せ、家庭料理研究所という組織に短い間だけ在籍した記録が残っている。

だけどそれより以前、戦前から戦後にかけての情報が全くなかった。どういった伝手で料理の仕事をはじめたのかもわからない。インタビューやエッセイでも触れられることはほとんどなく、あっても戦中戦後は食糧難で苦労したという内容くらいだった。

それに大河さんが異物混入について、ひときわ厳しい態度を取る理由も不明なままだ。二〇〇四年の牛肉偽装問題や一九八五年の葡萄ジュースの一件、そしておばあちゃんが出会った一九六五年時点でも、すでに特別に意識をしている様子だった。

大河さんのレシピには信念があった。本格的ながら手軽なレシピは、多くの人に受け容れられた。美味しさと栄養バランスを重視し、手間を省くことや楽をすることを推奨した。時にはインスタント食品を使うことも厭《いと》わない。その姿勢は評論家や料理人から手抜きだと批判を受けたが、多くの家事従事者の心を救ってきたことは間違いないはずだ。

大河弘子の功績は偉大だ。

だけど根っこの部分が全くわからないでいる。

人通りの少ない住宅街を歩く。太陽は沈みはじめ、辺りが暗くなってきた。電柱の蛍光灯が点灯し、自動車のヘッドライトが道路を照らす。

隣を歩く翔吾が口を開いた。

「来週、鎌倉のひいばあちゃん家で遺品を整理するんだ。だけど資料や調理器具が多すぎて全然進まなくてさ。バイト代は親父が出すから、良かったら手伝ってくれないか」

「うん、喜んで」

遺族のなかでも暇な翔吾は、大河さん宅の管理を任されているらしい。そのため空いた時間を使って遺品の整理をしているのだ。

「そういえば鍵がなくて開かない金庫があるんだ。中身は見当もつかないけど」

「何が入っているんだろうね」

金庫の中身を想像しているのか、翔吾が少年みたいに目を輝かせている。

小学校低学年くらいの女の子と男の子が、私たちの横を駆け抜けた。今夜の夕飯は何かと会話しながら近くの家に入っていく。

どこかの家庭で肉を焼く匂いが、マスク越しからも感じられた。

開かずの金庫も気になるが、個人的には仕事場に興味があった。どんな理想を掲げてレシピを生み出してきたのか、知る手がかりがあるかもしれない。曾祖母と食べたポテトサラダを生だと勘違いした理由も、ひょっとしたらわかるだろうか。

「なあ、理央。せっかくだし、どこかで夕飯でも食っていくか？」

「実はお手製のビーフシチューが、昨日から我が家で寝かせてあるんだ。もし良かったら途中の駅ナカでバゲットと赤ワインを買って、うちで食べていかない？」

「おお、それはぜひ味わわないといけないな。だったらスーパーにも寄るか。サラダや付け合わせは俺が作るよ」

「本当に？　やった！」

日本の色々な家庭で、今日も家庭料理が作られている。日々の営みは過去から現在、未来に向けて綿々と続けられていく。その流れのなかに、大河弘子のレシピは間違いなく息づいている。

私はこれからも自分のために、そして誰かのためにごはんを作っていく。そのときに大河さんの味を楽しめることを、本当に幸せだと思った。

ありがとうございます。天に向かって、心のなかでつぶやく。夜空に浮かぶ満月が、じゃがいもの断面みたいな色で輝いていた。

# 1947年のじゃがいもサラダ

1

百歳の誕生会はオンラインで開催された。世間では新型コロナが猛威を振るい、毎年行われていた誕生会が残念なことに取り止めになったのだ。誕生日ケーキや料理の数々は、近所に住む通いの弟子が朝に用意してくれた。

私の生まれた大正九年――一九二〇年は、スペイン風邪の流行の収束間際だった。

物心ついた頃、家族や親戚から当時の恐ろしさを聞かされた。誰もがマスクをするなんて窮屈だと思ったけれど、この年になって同じ光景を目の当たりにするとは想像もしていなかった。

「弘子ひいおばあちゃん、お誕生日おめでとう！」

画面には立ち替わり、親戚たちが笑顔を見せてくれる。まだ三歳の玄孫《やしゃご》は舌足らずで、きらきらした瞳と丸いほっぺたが愛らしい。

「ひいばあちゃん、今年も元気そうだな」

曾孫の一人である翔吾が微笑む。目元が若い頃の私にそっくりで、料理のセンスや舌の鋭敏さは曾祖母の贔屓目《ひいきめ》なく見ても抜群だ。

周囲から料理の道に進むよう期待されていたが、本人としては重荷だったのかもしれない。将来に迷いを抱いているようで、今は孫の健吾に任せた料理学校で雑務をこなしているようだ。料理の道に限らず、いつか本人の納得できる進路を選べれば良いと願っている。

みんなが祝ってくれるのは嬉しい。だけど最近は短い会話だけでも疲れてしまう。誕生会は一時間ほどで切り上げ、パソコンを操作して通話を切った。

ロッキングチェアに身体を預ける。深く息を吐くと、緩やかな眠気が訪れた。日に日に身体が弱っていくのが判る。視界はかすみ、耳も遠くなった。それでも味覚と嗅覚だけは鋭敏なままで、食べることが毎日の楽しみだった。

料理研究家の先駆けの一人ともてはやされてきたが、結局はただの食いしん坊なのだ。自分が食べるのが好きだから、たまたま続けることができたのだろう。

だけど、他に一つだけ。

料理研究家を続けてこられた理由があった。

まぶたが重くなっていくにつれ、遠くから音が聞こえてくる。私は夢を見はじめている。近づいてくるのは戦闘機と爆撃、そして焼夷弾の火災に逃げ惑う人々の悲鳴だ。この年になると最近よりも過去の記憶のほうが鮮明だった。

遥か昔の出来事が、脳裏に駆け巡った。

開戦の半年ほど前、私は二十歳で商社勤務の三歳上の男性と結婚した。出会いは父の紹介だ。私の氏名は大河弘子になり、夫と二人で東京の西部で暮らしはじめた。

戦時体制下の生活は苦しかったけれど、新居での新婚生活は幸せだった。だけど翌年に召集令状が届き、夫は遠い戦地に旅立った。

戦況は瞬く間に悪化し、夫の縁を頼って東北の農村に一人で疎開した。海外の夫からの手紙は程なくして途絶え、東京の実家に残った私の両親は爆撃を受けて亡くなった。続いて夫の両親が焼夷弾による火災で死亡した。

昭和二十年八月、疎開先で玉音放送を聞いた。農村に残って夫の帰りを待ち続けたが、消息不明のまま年が明けた。この年は酷い不作だった。さらに大量の復員兵が帰国したことで、日本では食糧が一気に不足した。

私は農作業に慣れず、洗濯や掃除は以前から不得手だった。料理だけは苦手ではなかったが、味つけが違うと疎開先では受け入れられなかった。

終戦から一年と少し、二十六歳の私は東京へ戻ることに決めた。行李《こうり》を背負って東北線の列車に乗り、上野駅へ到着する。

東京は壊滅していた。壊れたビルは窓に板が打ちつけられ、焼け野原に掘っ立て小屋が並んでいた。ボロボロの軍服を着た青年が暗い顔で壁にもたれ、子供らが地べたに座って煙草の吸い殻を吸っている。どこかのラジオから『リンゴの唄』が流れていた。

高架下に行列ができていた。道行く人に何かと訊ねると残飯シチューだと教えられた。進駐軍が出した残飯を鍋で煮込み、味つけをした食糧らしい。米兵たちの食べ物は質が良いので、残飯でも上等なのだそうだ。

「肉や魚の切れ端があれば幸運だね。質が悪いと嚙んだあとのガムや煙草の吸い殻が入っているから気をつけな」

屋台に近づくと饐《す》えたような臭いが漂ってきた。お腹は空いていたけれど、今はまだ耐えられそうだ。

電車を乗り継ぎ、夫と暮らした家にたどり着く。焼け落ちていることを覚悟していたが、幸いにして原形を留めている。お隣さんに声をかけると、見知った顔が出迎えてくれた。再会を喜び合ったあと、我が家の雨戸を開けた。

長年放置されていたため埃が堆積し、雨漏りも酷かった。掃除するため、着物をたすきがけする。東京にもう肉親はなく、近しい親戚もいない。疎開前に再会を約束した親友にも連絡が取れない。だけど住む場所は確保した。あとは胃袋さえ満たせれば、きっと何とかなるはずだ。

私の祖父は貿易で財を成した。母は若い頃から贅沢を覚え、高価な衣類を集めるのが好きだった。婿である父は、着道楽の母のわがままを大抵聞いていた。

そんな財産は実家ごと空襲で吹き飛んだ。だけど母の衣服の一部は結婚の際に受け継いだ。そして行李に詰め込んで疎開先に運んだため無事だった。

東京で一人暮らしをはじめた私は、生活のために貴重な着物を少しずつ売っていった。衣服を生活費に替えることを、誰かがタケノコ生活と呼んだ。着物を一枚ずつ剝いでいく様をタケノコの皮に見立てたのだ。

意外なことに仕立ての良い着物だけではなく、パーティー用ドレスにも高値がついた。米兵を相手にするダンサーに需要があると知ったのは、金に替えてしばらく経った頃のことだ。

繁華街や駅近くには行き場を失った子供たちが溢れていた。誰もが汚れた格好で、物乞いや盗みで生きているようだ。最初は気の毒に思えたが徐々に感覚は麻痺し、次第に風景の一部として認識するようになった。

誰もが生きるために必死だった。巷では食べられる野草の手引き書が人気を博している。深刻な食糧難のなかで、食べ物にまつわる悲惨な事件も多く起きた。

昭和二十一年三月には、歌舞伎役者が食い物の恨みで殺された。同年五月には皇居前で食糧メーデーが開かれ、不敬罪による逮捕者が出た。八月には食糧を渡すと言葉巧みに誘い、数人の女性を殺害したとして男が逮捕された。翌昭和二十二年二月には買い出し客を多数乗せた列車が転覆事故を起こし、日本の列車事故史上最悪の犠牲者を出した。

東京に来て半年、形見の衣服も底が見えてきた。私には手に職がない。夫がいたときも家事に専念し、働きに出るなんて考えもしなかった。

勤め先も見つからず、生活の見通しは立たないままだ。生活の足しにと庭を耕し、さつまいもや小松菜、のらぼう菜などを育てて糊口《ここう》をしのいだ。最近は日本橋や渋谷でも田畑が作られ、国会議事堂の前で芋を育てているほどだという。

三月の暖かな陽気の日、転機は訪れた。私は結婚後すぐに仕立てた黒留袖《くろとめそで》を当面の生活費に換え、我が家に戻った。すると復員兵らしい二十代後半の男性が戸口に立っていた。男性は私に気づくと折り目正しくお辞儀をした。

「こちらは大河さんのお宅かね」

「どちらさまですか」

訊ねると男性は、戦地で夫と同じ部隊にいた戦友と自己紹介した。年齢が近かったため、親しくしていたらしい。生まれ故郷である茨城の農家に戻ったのはいいが、収穫した小麦を売る手段に困っているという。政府が定めた公定価格で売れれば生活が成り立たないが、他に取引先を持っていない。そこで商社勤めだった私の夫を思い出し、良い販路がないか相談にきたというのだ。

私は男性に深々と頭を下げる。

「申し訳ありません。夫はまだ戦地より戻っておりません」

夫の現況を口に出すと、胸に痛みが走った。

「それは大変失礼した」

男性は何度も背嚢《はいのう》を背負い直し、その度に顔を歪めた。聞くと一斗半の小麦が詰まっているという。メートル法で換算すれば二十キログラム以上の重さになる。男性はお辞儀をして、玄関先から立ち去ろうとした。

——弘子ちゃんはお料理の才能があるわ。もっとたくさんの人に食べてもらうべきよ。

そのときふいに耳元で、かつての親友の声が聞こえた気がした。

直後、私は男性を引き留めていた。

「その小麦、全て現金で買います」

男性は戸惑っていたが、代金を払うと引き渡してくれた。そしてさらに金を用意するので、後日にも小麦を運んでもらうよう約束を交わした。

玄関に置かれた大量の小麦を前に、途方に暮れる。

小麦を料理して売る。それが突然頭に浮かんだことだった。今まで料理を誰かに振る舞い、お金をいただいたことなんて一度もないのに。その場にうずくまりたくなるけれど、後戻りはできない。天啓《てんけい》だと覚悟を決め、隣の家に走った。

「大八車をお借りします」

一斗の小麦を積み込み、近所の製粉所に運ぶ。戦前に営業していた製粉所は幸いにして今も続いていた。代金を支払い、小麦を挽いてもらう。作業の間に近所のパン屋に向かう。店主に頼むと、小麦粉さえあればいくらでもパンを焼くと約束してくれた。

製粉所もパン屋も物資不足で暇をしており、どちらも仕事の依頼は歓迎だという。私は製粉所で挽いた小麦粉を大八車でパン屋に運び入れた。

この時点で手持ちの現金は半分以下になっていた。だけど捨て鉢になっていた私はヤミ市に行き、缶詰や調味料を買い込んだ。結果、黒留袖を売って得た当面の生活費は全て消えた。

パン屋は注文通りに食パンを焼き上げてくれた。我が家に運び、薄切りにして西洋芥子《からし》を塗る。それから庭先で育っていたのらぼう菜を収穫して茹でた。のらぼう菜は関東で栽培されている葉野菜で、火を通しても他の菜っ葉より嵩《かさ》が減らないのが嬉しかった。

茹でたのらぼうを水に晒《さら》し、水気をしっかり切って塩で軽く味つけをする。そして米軍放出品のコンビーフと一緒に挟み、簡単なサンドイッチを完成させた。

深呼吸をして、心臓を高鳴らせながら味見をした。

パンは柔らかく、小麦の味がしっかり感じられる。懐かしさに思わず涙ぐむ。最近のパンはとうもろこし粉ばかりで独特の臭いがあった。歯触りも悪く、黄色がかった生地を見るだけで気が滅入ってくるのだ。

アメリカ製のコンビーフは塩気が強烈だ。牛の脂身が口いっぱいに広がるけれど、西洋芥子が油っぽさを打ち消してくれる。そこにのらぼう菜のほろ苦さと歯応えが加わり、食べ応えのある味わいに仕上がった。

買ってきておいた古い新聞紙でサンドイッチを包む。大八車に積み込み、人通りの多い道に持っていく。

「小麦のパンのサンドイッチですよ！」

サンドイッチを掲げると、即座に人々の注目を浴びた。真っ白いパンに向ける視線は熱を帯びている。人が集まるにつれ、動悸が激しくなる。商売なんて経験はなかったし、襲われればひとたまりもない。だけど心を奮い立たせ、大声でサンドイッチを宣伝した。

「売り切れ御免。ここにあるだけでお終いだよ！」

「おい、一つくれ」

「ありがとうございます」

最初の一人が買った途端、別の人が注文をした。そしてお客さまが「こいつは旨い」と声に出した直後、その場にいる人たちが一斉にサンドイッチを求めはじめた。

「順番に並んでください！」

必死に叫び、支払いを済ませた客にサンドイッチを手渡す。サンドイッチは飛ぶように売れ、あっという間に在庫は尽きた。

ふらふらになりながら自宅前に戻る。隣人に大八車を返し、謝礼金を渡して帰宅する。自分の部屋の畳に座り込み、忘れないうちに現金を数える。すると最初の手持ちの倍近くになっていた。

急に震えに襲われる。素人風情の料理が売れたのは幸運に過ぎない。貴重な生活費を危うく無駄にするところだったのだ。

目から涙がこぼれ、ボロボロの畳に吸い込まれる。

人の縁に感謝した。小麦が手に入ったのは夫のおかげだ。裕福だった両親の遺した衣服のおかげで元手を用意できた。大八車も製粉所も、パン屋も戦前からの知り合いだった。

そしてもう一人、礼を伝えるべき相手がいた。小麦を見た瞬間、かつての親友の声が聞こえた気がした。会えなくなって久しいけれど、私は「ありがとう」とつぶやいた。

四日後、夫の戦友は前回の倍の量の小麦を持ってやってきた。全て買い取り、その後もサンドイッチを作ることで生計を立てた。

戦後の物資不足で誰もが飢えている。だから素人の料理などでも、ありがたがるのだと考えていた。だけどある日、お客さまからお褒めの言葉をいただいた。

「大河さんのサンドイッチはひと味違うね。芥子の効かせ具合や塩加減、コンビーフと野菜の量なんかも絶妙だ」

昔から食べることは好きだった。それと同じくらい不味《まず》いものが嫌いだ。だから売るのであれば自分が食べたい味にしたいと思っただけだった。

だけどもしかしたら私は、人より料理が上手なのかもしれない。

サンドイッチは評判を呼び、完売が続いた。やがて客から声をかけられ、三十人分の弁当を作ってほしいと頭を下げられた。基本的な和食なら女学校で習った。仕事を引き受け、何とか成功させた。すると次々と新たな仕事が舞い込むようになった。

さらに味を気に入ったという客から、宴席で料理を出してほしいと頼まれた。私は相手の自宅に赴《おもむ》いて、外国で覚えた洋食を振る舞った。私は子供の頃に一時期、アメリカ合衆国で暮らしていたのだ。ときには依頼人を自宅に招き、料理をお出しすることもあった。

本音をいうと、どの依頼も恐ろしかった。失敗するのではないか。不味いと言われるのではないか。毎回泣きそうだったけど、そのたびに親友のことを思い出した。

親友はいつもほがらかに笑っていた。胸の奥に残っていたあの子との記憶があったから、私はこの荒《すさ》んだ世の中を生き延びられている。

昭和二十二年十一月、私は八王子方面に向から中央線の車輛に揺られていた。

先日、常連客の紹介で仕事の依頼があった。郊外に住む地主さんの土地に、巨大な工場を誘致する計画が持ち上がったらしい。そこで工場を建てる予定の企業の担当者を接待することになった。そしてその担当者が無類の洋食好きだというのだ。

その地主の良くない噂を、以前耳にしたことがあった。だが私は仕事を引き受け、件《くだん》の地主に会うことになった。

一時間ほど電車に乗り、小さな駅で降りる。戦火を免れたのか、駅前には茅葺《かやぶ》き屋根の住宅が多く残っている。歩くとすぐに稲刈りを終えた田園景色が広がっていた。法被姿《はっぴすがた》の男性が手綱を持ち、大きな牛が荷車を引いている。

地図を頼りに地主の自宅を目指す。藪《やぶ》や林ばかりで迷いそうになるが、ぽつんとある乾物屋を頼りに道を進む。乾物屋の店先では皺の深い老婆が正座していた。

林を抜けると、立派な日本家屋が見えた。こちらも空襲の被害を受けなかったようだ。庭には畑の畝《うね》が作られていたが、野菜は何も育てられていなかった。

「ごめんください」

声をかけると、奥から六十歳前後の女性が姿を現した。小豆色《あずきいろ》の着物姿で、困っているような八の字の眉が印象的だ。

私が自己紹介をすると、女性は家主の妻の阿久津美代子《あくつみよこ》だと名乗った。

「どうぞお上がりください」

案内された応接間は洋風で、椅子やテーブルは舶来品のようだ。椅子に座って待っていると、厳《いか》めしい顔つきの男性がやってきた。額に生々しい傷がある。具合からして比較的新しい傷のように思えた。

男性は家主の阿久津元治《げんじ》と名乗る。今回の依頼人だ。元治さんは向かいの椅子に腰かけた。

「以前世話になった友人が遠方からはるばるやってくる。友人は西洋料理が好きなので、洋風のお茶会でもてなしたい」

他人に命令することに慣れた口調に感じられた。

「工場誘致のための接待だと伺っていたのですが」

「その予定もある。だが一度君の料理を味わいたくてな」

本命の仕事の前に、腕前を確認する心づもりらしい。どこの馬の骨ともわからない女に大仕事を任せるのが不安なのだろう。憤りは感じたが、大事な依頼を断る気はなかった。

「承知しました。どうぞお任せください」

「失礼します」

美代子さんがお盆を手に現れ、茶菓子とお茶をテーブルに載せた。その右の腕が細かく震えていることに気づく。

「失礼ですが、どこかお加減でも？」

訪問して料理をする際、奥様か女中さんに手伝いを頼むことがある。

美代子さんは右手に左手を覆うように添えた。

「空襲から逃げる際、飛んできた金属片で怪我をしたのです。そのため握力が弱くなり、細かな作業も難しくなりました」

それならお茶汲みだけでも難儀するはずだ。応接間をあらためて見回す。家具も掛け軸も上質で、生活水準の高さが窺い知れた。

「大変でしたね。女中さんはいらっしゃらないのでしょうか」

暮らしぶりから考えると、女中一人いないのは不自然だ。しかし屋敷に入って以降、他の人間の気配は一切しない。

阿久津夫妻の顔が同時に曇り、元治さんが不満そうな口振りで言った。

「怪我しているとはいえ、家事なら妻だけで充分だ」

美代子さんは目を伏せて黙り込んだ。

私は阿久津家にまつわる噂を思い出した。

八ヶ月程前まで、阿久津夫妻は女中を雇っていた。しかしある日突然姿を消したというのだ。同じ時期、元治さんは額に深い傷を負った。その後、阿久津家で厄介事が起きたという噂が流れたが、詳細は誰も知らないままだった。

二人の態度から隠しごとがあるのは間違いない。だけど下手に触れると依頼がご破算になりそうだ。黙ることに決め、美代子さんに台所を案内してもらうことにした。

廊下の途中で、美代子が微笑みながら話しかけてきた。

「最近あなたの評判を良く聞くのよ。日本のお料理も達者だけど、特に外国の料理が素晴らしいと誰もが口を揃えているの。今からお茶会が楽しみだわ」

「恐縮です」

台所は昔ながらの土間だったが、幸いにしてガスは使えるようだ。竈《かまど》と薪《まき》だけで煮炊きする台所はまだ多い。

美代子さんの許可を得てから台所を見て回る。醬油や味噌、塩などはあるが、葡萄酒やバターなど洋食に必要な調味料は置いていない。私が揃える必要がありそうだ。皿なども日本の食器で代用できるが、紅茶やコーヒーを出す茶器は用意したほうがよいだろう。

台所を探っていた私は、透明な液体の入った一升瓶を発見した。

「こちらは何でしょうか？」

「カストリ焼酎よ。主人は晩酌《ばんしゃく》が欠かせないのだけど、最近だと清酒はもちろん、まともな焼酎さえ買うのが難しいでしょう。ただ作り手の腕が良くて、意外に美味しいみたいね」

酒粕を原料とした本来の粕取り焼酎とは別物の、さつまいもや麦を原料にした安価な密造酒をカストリと呼ぶ。粗悪な酒ばかりと聞くが、作り手次第で味も良くなるらしい。

「質が良いのは幸いですね。ただ、バクダンには注意をしてください。噂によると意外にも味は悪くないらしいですから」

「心得ているわ」

バクダンとは工業用メチルアルコールの入ったヤミ酒だ。メチルは飲むと目が散る――失明の危険があり、命に関わることもあった。

そして戸棚を開き、奥へと手を伸ばす。

「美味しそうなじゃがいもですね」

取り出したじゃがいもは丸々としていた。戦後は芋というとさつまいもが主流で、じゃがいもは貴重だった。美代子さんが訝しげに首を傾げた。

「我が家には今、じゃがいもは置いていないはずよ」

美代子さんは私の手を見る。私はじゃがいもと矢絣柄のハンケチを手にしていた。

「このハンケチは、じゃがいもの下に敷いてあったのですが」

「花央《はなお》なの？」

美代子さんは青ざめた顔でつぶやき、台所の奥にある戸を開けた。その先には六畳程度の畳敷きの部屋があり、箪笥《たんす》や文机《ふづくえ》などが置かれていた。女中用の部屋だと思われたが、室内には誰もいなかった。

美代子さんが勝手口から飛び出す。私が追いかけると、「花央？」と周囲に向かって何度も繰り返した。だけど屋敷の周りは林ばかりで誰もおらず、風を受けた枯葉が空に舞った。

「どうかされましたか」

私はハンケチを差し出した。

「いえ、お騒がせしました。お気になさらないでください」

美代子さんは悲しそうな顔で受け取り、胸元に強く押し当てる。

応接間に戻ると元治が待っていた。依頼を引き受けるにあたって、頼みがあると告げる。

「現在はご縁を頼りに食材を仕入れ、足りなければヤミ市で入手しています。ですが前触れもなく手に入らなくなる恐れもあります。そこで阿久津様の伝手もご紹介いただけますでしょうか。仕入れ先には私が出向きますので」

阿久津家ほどの地主なら、独自の仕入れ先を持っているはずだ。元治さんはすぐに了承してくれた。

献立と予算、報酬額を決め、阿久津家を後にする。美代子さんは玄関先まで見送ってくれた。しばらく進んでから振り向くと、何かを探すように四方に顔を向けていた。

訪れたときより風が強くなり、葉がざわめいている。空気の冷たさを感じながら駅を目指す。私は深く息を吐いた。疲労が押し寄せ、足が重い。秘密を抱えながらの対話は、想像以上に精神を消耗するらしい。

美代子さんはじゃがいもとハンケチを見て、花央と呟いて勝手口から飛び出した。花央とは阿久津家で働いていた女中の名前だ。あの反応を見て確信をした。阿久津夫妻は間違いなく女中失踪に関して秘密を抱えている。

花央は私の親友で、幼馴染だ。

戦時下でも女中として懸命に働いていると思っていた。戦争が終わったら再会できると信じていた。だけど花央は勤め先である阿久津家から姿を消し、今は連絡を取ることさえできなくなっていた。

2

花央と私は家が近所で、小さな頃からずっと一緒だった。

私は両親の仕事の関係で、十二歳から二年間をアメリカ合衆国で過ごした。その時期は離ればなれだったけど、帰国後は同じ高等女学校に通った。

花央は小柄で丸顔だった。笑うと目が糸のように細くなり、右目尻の泣きぼくろが柔和な印象にしていた。一方で性格は好奇心旺盛で、帰国したときは質問攻めにあった。特に料理に興味があるようで、作ってあげるとすごく喜んでくれた。

あの思い出の日、両親は女中と一緒に出かけていた。家に誰もいなかったため、花央と一緒に私が作ったお昼ごはんを食べたのだ。献立はハムのサンドイッチとあさりのクラムチャウダー、そしてじゃがいものサラダだったはずだ。

料理を食卓に並べると、花央は目を輝かせた。

「弘子ちゃんの料理は垢抜けているわ。さすが海外で暮らしただけある」

この日に出したのは現地で覚えた料理だ。私はアメリカに渡った際、学校に慣れることができずホームシックに陥った。父は仕事、母は現地の奥様方との付き合いで忙しく、私は家族で住んでいたアパートメントの一室に籠もる日が続いた。

そんな私を世話してくれたのが、お隣に住む五十代の白人女性だった。フランス人の母とアメリカ人の父を持ち、夫を亡くして一人暮らしをしていた。暗い顔の私を気の毒に思ったのか部屋に招いてくれて、英語やフランス語、現地の文化などを教えてくれたのだ。

特に私が興味を抱いたのが料理で、アメリカで親しまれている料理に加え、フランスの郷土料理も学ばせてくれた。亡くなった旦那さんがイギリス系アメリカ人だったため、イギリス料理や本場のインド料理も得意だった。

コリアンダーやクミンなどは、当時の日本では全部カレー粉にされていた。サフランなど貴重なスパイスなんて百貨店くらいでしか扱っていなかったはずだ。その女性は珍しい食材を惜しみなく使って料理を教えてくれた。

おかげで私は言葉にも慣れ、アメリカ生活の終盤には何とか学校にも通うことができた。今はもう連絡先さえわからないけど、心から感謝をしている。

花央は私の作った料理を笑顔で頬張った。

「本当に美味しい。弘子ちゃんはお料理の才能があるわ。未来の旦那さんが羨ましいけど、それだけではもったいないわ。もっとたくさんの人に食べてもらうべきよ。きっとみんなを幸せにするわ」

褒め言葉が大げさすぎて、当時の私にはお世辞としか思えなかった。

それから、親友はアメリカ風のじゃがいもサラダを見て目を丸くした。

「びっくりした。うちの食卓にもこれに似た、いもなますっていう料理が出るのよ」

花央の両親は長野の山村出身で、一代で財を成した富豪だった。若い頃から体に染みついたせいなのか、故郷の濃い味つけを好んだ。しかし花央は両親が普段食べている味が苦手だったのだ。

だけど花央はアメリカ風のじゃがいもサラダを口に入れ、満面の笑みを浮かべた。

「すごく美味しい！　そうだ、考え方を変えればいいのよ。アメリカの料理と同じだと思ったら、家で出る料理も何だか好きになれそうな気がするわ」

戦時中は鬼畜米英と恐れていたけど、開戦前のアメリカ合衆国は若者にとって憧れだった。

花央は前向きな性格で、自分にとって苦手なものでも好きになろうと努めた。故郷の味も苦手だったはずなのに、年を経るにつれて、いつの間にか数少ない得意料理にしていた。

見方一つで世界を変える。そんな花央が私は本当に大好きだった。

昭和十二年、私たちが十七歳のときに日中戦争が勃発した。翌年には国家総動員法が施行され、白米食はやめましょうという立て看板が並ぶなど贅沢は敵になった。

花央の父親は、玩具の輸出をする会社を経営していた。戦前の日本は玩具の輸出が国の基幹産業に位置づけられ、昭和十二年には戦前の最高額も記録した人気商売だった。

だけど国内向けのブリキ製の玩具は、戦争を見据えて製造が禁止された。さらに日本は国際社会で孤立し、昭和十五年には欧米各国が日本製玩具の輸入を禁止した。その結果、花央の父親の会社は瞬く間に倒産へと追い込まれた。

一家は莫大な借金を抱えて離散し、花央は二十歳にして女中として働くことになった。

花央は女学校時代から不器用だった。

裁縫や料理の授業はいつも落第寸前で、一緒に特訓をして何とか及第点に達していた。庖丁を使うときも、芋を切るだけで危うく自分の指を落としそうになるところだった。そんな花央に女中が務まるのか心配だったけど、全力を尽くすと張り切っていた。

同じ頃に私は縁談が決まり、新しい生活のため会うことは少なくなった。ただ、昭和十六年に真珠湾攻撃があった後も、近況は手紙で報告し合っていた。

『失敗ばかりだけど、何とかがんばっています。最近は褒められることも増えました』

花央は立派に女中を務めている。心配は杞憂だったようだ。私は親友の成長を心強く思った。

私が東京を離れた時点で、花央は小石川《こいしかわ》にある阿久津家とは異なる家で奉公していた。しかし疎開先から出した手紙に返事はなく、やり取りは途絶えてしまった。

東京で激しい空襲があったと知るたび無事を祈った。戦争が終わったら花央に会いたい。ずっと願いながら慣れない生活を続けた。

終戦後に帰京した後は、生きることで必死だった。花央のことは気がかりだったが、自分の生活だけで手一杯だったのだ。

料理の仕事を始めてからは多忙を極めた。しかし昭和二十二年の五月頃に軌道に乗りはじめ、時間に少し余裕ができた。そこで花央を探すことにした。

まず花央が働いていた家を訪ねた。しかしお屋敷が並んでいたはずの小石川は、あばら屋が密集していた。周辺で聞き込みをすると、不幸なことに家屋は空襲で焼け落ちていた。家主も亡くなったという。だけど花央は何とか生き延び、伝手を頼って郊外に住む阿久津という地主の夫婦に雇われたと判明する。

すぐにでも駆けつけたかったが、私は料理の仕事に追われていた。調理と販売だけでなく仕入れ先の開拓、質の落ちる食材の改善方法の研究など課題は無数にあった。

そんな折、阿久津家の近隣に住むお百姓さんと知り合った。そこで阿久津家について聞いてみると、思わぬ悪評が耳に入った。

阿久津家は古くからの地主で、戦後もＧＨＱによる没収は免れたようだ。夫婦は目下の人間に横暴な態度を取り、些細なことで怒鳴りつけるというのだ。

花央の扱いに不安を抱き、阿久津家の女中について質問した。すると驚くべき答えが返ってきた。花央という女中は確かに働いていた。だが少し前に姿を消していた。阿久津家の女中が主人に大怪我を負わせ、そのまま失踪したというのだ。

花央が誰かを傷つけるなんてあり得ない。

事実は異なるはずだと確信し、調査しようと考えた。しかし阿久津夫妻は女中に関する話題になると態度を硬化させ、口を閉ざしてしまうらしい。

正面から調べても、きっと門前払いされるだけだ。懐《ふところ》に入り込んで詳しく調べる必要がある。

顧客のなかから阿久津家と繋がりがある人物を探すと、幸運なことに数人見つけることができた。そして商売を広げたいと相談し、財力のある家に私の料理を宣伝してほしいと頼んだ。時間がかかると覚悟していたが、すぐに阿久津家から依頼が舞い込んできた。

私は何も知らない振りをして阿久津夫婦と対面した。話の流れで女中について触れると、夫婦は明らかに顔色を変えた。

だが率直に質問しても真実は教えてもらえそうにない。そこで事前に準備した方法で揺さぶりをかけた。じゃがいもとハンケチを洋服に隠し、さも最初から戸棚にあったようにこっそり取り出したのだ。その結果、美代子さんは激しく動揺しながら花央の名前を繰り返し口にした。

じゃがいもは花央の好物で、ハンケチの矢絣は私と花央が好きな柄だ。そのため女学校時代にお揃いで買っていたのだ。思い出の品を手放すのはもったいないが、調査のためと割り切った。

やはり阿久津夫婦は、花央について何かを隠している。

元治さんから食材の入手先を聞いたのも、花央に関する聞き込みをするためだ。女中として働いていたのであれば、花央を知る人は大勢いるだろう。

その情報を元に、近隣を訊ね歩くことにした。阿久津家の料理を担当するという触れ込みなら、前の女中のことを聞いても不自然ではないはずだ。


阿久津家の名前を出すと、紹介された農家は新鮮な野菜や穀物を譲ると約束してくれた。古くからの地主に対して近隣住民は頭が上がらないらしい。ただし敬われているというより、恐れられているといった印象だった。聞き込みをしていることを、阿久津家に伝える可能性は低いと思われた。

食材集めと並行し、女中についても情報を集める。だが阿久津家の顔色を窺っているのか誰もが口を濁《にご》した。だけど私はあきらめず、一駅隣にある青果店を訪ねた。

住宅街から外れた場所にあり、店頭には林檎《りんご》や柿が並んでいた。

青果の統制から果物が除外されたのは先月のことだ。法律違反であるヤミでの売買は気が引けるため、大手を振って購入できることは清々しい。先月には東京地裁の判事がヤミで食糧を買うことを拒否し、配給だけで生活したために餓死したばかりだった。

店番は恰幅の良いおかみさんだった。阿久津家で料理を振る舞う予定だと伝えると、若いのに大変だねと労《ねぎら》ってくれた。お茶会の期日を伝え、果物の配達を頼んだ。

「阿久津さん相手だと何かと大変だろうね。旦那さんは一時期こそ丸くなったけど、最近はまた昔の癇癪《かんしゃく》持ちに戻ってしまったからね」

「ご機嫌を損ねないようがんばります。以前は女中さんがいたようですが、私一人なので少々心細いのです。何でも、突然お辞めになったとか」

女中の話題を振ると、おかみさんが深く息を吐いた。

「確かに、ハナちゃんがいれば良かったのだけどね」

「女中さんはどういった方だったのですか？」

青果店のおかみさんは噂好きだったようで、花央について教えてくれた。

戦時中、美代子さんは利き腕に怪我を負った。そこで家事を任せるため、勤め先を失ったばかりの花央が雇われた。だが不器用さゆえに失敗ばかりで、元治さんに怒鳴られる様子を何度も目撃されていたという。

「でもとても心根の優しい子でね。旦那さんも次第にほだされてさ。実の娘のように可愛がっていたんだよ。美代子さんも以前は旦那の陰に隠れてばかりで、いるかどうかわからなかったんだよ。ハナちゃんが来てから随分と明るくなったんだから」

二人には子供がいなかった。結婚してすぐに娘ができたが、五歳の年にスペイン風邪で亡くなったという。それ以来子供はできず、夫婦は二人きりで暮らしていた。

「ハナちゃんは料理が下手だったけど、じゃがいもを扱うのは得意でね。戦争中は物資に困っていたけど、芋類はわりに手に入ったでしょう。故郷の料理を披露して阿久津さんたちを喜ばせていたよ」

花央は近所の人たちともすぐに打ち解けた。花央は家事全般が苦手だが、不思議な特技があったという。戦時中の統制下でも、質の良い食材が自然と集まるというのだ。

「ハナちゃん相手だと、つい良い品から渡しちゃうんだよね。ハナちゃんも気前が良くて、お返しに新鮮な魚を譲ってくれたりするんだよ。どれだけ統制が厳しくても、最後は結局、人同士の繋がりだよねえ」

そこで青果店のおかみさんが言葉を切り、目を伏せた。

「この冬が終わる頃に、ハナちゃんが風邪を引いたんだ。アタシは果物の配達で阿久津家を訪れたんだけど、顔は真っ赤でひどく苦しそうだった。すぐに治りますと気丈に答えてくれたけど、そのしばらく後に突然姿を消したんだよ」

私が正確な日付を訊ねると、おかみさんが奥から台帳を持ってきた。花央が風邪を引いたのは、今年である昭和二十二年二月二十三日の日曜日の出来事だったという。

その五日後にも、おかみさんは阿久津家に配達をしていた。おかみさんは品物を受け取った美代子さんに、花央の容態を訊ねたという。すると悪化して寝込んでいると伝えられ、花央の姿を見ることはなかった。

その後、花央は一切姿を現さなくなった。不審に思っていた矢先、花央が幽閉されているという奇妙な噂が流れる。

「幽閉ですか？」

「実際に閉じ込められているのを見た人はいないよ。だけど阿久津家から若い女の叫び声が何度も聞こえたらしいんだ。あの家の若い女なんてハナちゃんくらいだからさ」

そして数日後、元治さんが額に大怪我を負う。周囲は心配したが、元治さんは転んだだけだと頑《かたく》なに主張し、傷について触れられるのを拒絶するような態度だったという。

その後も花央を見た者は誰もいなかった。程なくして美代子さんが、花央は郷里に帰ったと周囲に説明するようになった。近隣住民は不審に思った。しかし花央について話題を振ると、元治さんは途端に機嫌を損ねた。そのため次第に誰も聞かなくなった。

やがて、新たな噂が流れはじめた。元治さんの額の怪我は花央の仕業で、花央は罪を逃れるため失踪したというのだ。

その話を口にした直後、おかみさんが首を横に振った。

「でもアタシには、ハナちゃんが人を傷つけるなんて信じられないんだよ」

私も同じ意見だ。それからおかみさんは阿久津家のある方角へ視線を向けた。

「阿久津さんの家で何が起きたのかわからない。でもハナちゃんがどこかで元気でいてくれたら、アタシはそれでいいんだけどねえ」

おかみさんはひと息つく。私も花央の無事を祈っている。もしも花央に非道なことをしていたとしたら、私はきっと阿久津夫妻を許せないだろう。

早生《わせ》のみかんを買ってから、気になっていたことを質問した。

「女中さんは、どこで新鮮なお魚を仕入れていたのでしょう」

元治さんから教わった仕入れ先に鮮魚店はあった。聞き込みをしながら店頭を覗いたが、とても新鮮とは言い難かった。

「それなら駅にいる子供に頼んでいたらしいね」

「駅ですか？」

「上野駅や東京駅で生活している子たちだよ。世間では悪さをするって嫌われているけど、ハナちゃんは分け隔てなく接するから好かれるんだろうね」

上京時や着物を売る際、その子供らは目に入る。身寄りをなくした戦災孤児で、地方から流れ着いた子も多いという。住む場所がなく、駅舎や地下通路で風雨をしのいでいるのだ。

駅近くにはヤミ市が生まれ、自然と人も集まる。食い物を漁るにはもってこいだし、掏摸《すり》や盗み、恐喝《きょうかつ》で金を稼ぐ子供もいるという。

「ハナちゃんは上野のヤミ市で買い物したとき、一恵《かずえ》っていう十二、三歳の子と仲良くなったそうだよ。その子が仕入れる魚が驚くほど新鮮だったみたいだね。そういやハナちゃんは、子どもたちが旅館で暮らしているなんて冗談を言っていたよ」

住まいを持たない子どもたちが、旅館に泊まることなどありえないはずだ。私はおかみさんに礼を告げ、青果店を後にする。駅で電車に乗り、座席でみかんの皮を剝く。口に運ぶと鮮烈な酸味と優しい甘みが感じられた。ゼリーにしたら食後に最適だが、ゼラチンの入手は困難だ。

私は一度自宅に戻り、翌日に上野駅へ向かうことにした。

上野駅から御徒町《おかちまち》駅へと続く高架下にバラック小屋が軒を連ねていた。東京でも最大級の規模だという通称ノガミのヤミ市は客でごった返している。入り口にある金物屋では日本軍のヘルメットを改造した鍋が売られ、代用うどんと書かれた店で軍服姿の男が貪《むさぼ》るように食事をしていた。小麦ではなく雑穀を使った麺で、三本しか入っていないこともあることから三味線とも呼ばれているらしい。

私はヤミ市を離れ、上野公園に向かった。数十メートル離れただけで喧噪《けんそう》は消える。石造りの階段を上ると、背広姿のサラリーマンや和服姿のご婦人が行き交っていた。健康的な日々を送れていそうな人は日増しに多くなっているが、茂みの陰には幾人も寝そべっていた。

何人かの子供に声をかけ、一恵について質問した。何人かが知っていたが、最近姿を見ないらしい。根気強く聞き込みを続ける。するとタカオという少年が、同じ魚を仕入れる商売をしているという情報を得ることができた。

タカオは野球帽をかぶり、日中は地下道で寝ていることが多いという。上野駅と上野公園駅を繋ぐ地下通路に足を踏み入れる。電球が照らす地下道は薄暗く、悪臭が漂っている。行き場を失った人々がたむろし、私は向けられる視線に恐怖を覚えた。

しばらく探し歩くと野球帽の少年を発見した。年代は一恵と同じく十代前半くらいだろう。擦《す》り切れた国民服を身にまとい、毛布にくるまって横になっている。毛布から飛び出た靴底には穴が空いていた。

近寄ると、気配を察知したのか少年が起き上がった。

「タカオくん？」

「あんた誰だよ」

目を擦《こす》るタカオは、少年のあどけなさが色濃く残っている。

「活きの良い魚を売ってくれるみたいね」

「お客さんか。金さえ払えば、最高の魚を運んでやるよ」

タカオが立ち上がり、私を見上げながら歯を見せて笑う。頬が黒く汚れ、髪は皮脂でからまり固まりになっていた。

「ところで見ない顔だな。儂《わし》の商売のことは誰から聞いたんだ」

言葉遣いに北の訛りがある。東京の生まれではないのだろう。大都市の主要駅には、全国から流れ着いた孤児たちが集まっていると聞いたことがあった。

「阿久津家で働く花央という女中だよ。花央は一惠という子から買っていたみたいね」

「何だと？」

タカオが敵意を顕《あら》わにしてにらんできた。

「今すぐここから失せろ」

少年とは思えない迫力にたじろぐ。私は身の危険を感じ、何も言えずに逃げ出した。

地下道の階段を駆け上がる。地上に出て振り向くけれど、追いかけてきてはいなかった。心臓の高鳴りが収まらない。何度も深呼吸をして、ようやく気持ちを落ち着かせる。

少年だと思って甘く見ていた。警察から逃げ回り、ヤミ市を仕切る自警団とも渡り合っているはずだ。幸運に恵まれた私とは、くぐってきた修羅場が違うのだ。激昂の理由は気になるが、今は話を聞き出す方法が思いつかなかった。きっと生半可な方法では無理に違いない。

聞き込みについては方策を練ることにした。気を取り直し、上野のヤミ市を歩く。市場の状況を把握するのも仕事の一環だ。

食品事情は徐々に回復しているらしく、残飯シチューの屋台は姿を消していた。〈ホントウニ甘イ饅頭《まんじゅう》〉と書かれた看板が立ち、二つ拾円で売られている。疎開先から戻ったときに較べてアメ菓子を売る店が増えている。本物の砂糖は高価なので、最近出回っているサッカリンやヅルチンという甘味料を使っているはずだ。

高架下の奥のバラックに一升瓶が並んでいた。虚《うつ》ろな目をした軍服の男性が近づき、ポケットからくしゃくしゃの札を取り出す。そして四十度と書かれた一升瓶を店員から受け取り、私のほうへと歩いてきた。

男性は道行く人に何度もぶつかり、眼前まで迫ってきた。慌ててよけると私を一瞥《いちべつ》もせず、男性は覚束《おぼつか》ない足取りで遠ざかる。

私は一升瓶の並ぶ店に足を踏み入れた。

「ごめんください」

「はい、いらっしゃい」

店員は七十歳を過ぎたと思しき老婆で、歯が何本も欠けていた。四十度と書かれた一升瓶を手に取ると、老婆は「一級品ですよ」と破顔した。

3

翌週、お茶会当日がやってきた。材料の一部は阿久津家に直接届けさせたが、自宅で調理したものや、ヤミ市で用意した食材は全て自分で担《かつ》いで運んだ。大荷物だったが節約のためには仕方がない。

朝から阿久津家で働き詰めになる。米軍払い下げの紅茶やコーヒー、バターや砂糖はどれも値が張る。だけど阿久津家に近づくためだと割り切り、採算を無視して買い揃えた。

お茶会の最中、台所と応接間を何度も往復した。軽食や菓子の減り方や客の表情から、料理に満足していることが伝わった。

お出しした料理は全てなくなり、余ったバターケーキもお土産として包んだ。客人は満足げな顔で私をねぎらい、門前からタクシーで帰っていった。

遠ざかるタクシーを見送る元治さんはご満悦の表情だった。

「ありがとう。先方も大満足だったよ」

隣の美代子さんも笑みを浮かべている。

「本当にどのお料理も素晴らしかったわ。特にケーキは口当たりが軽やかなのに味が濃くて、本当に絶品でした。ぜひ作り方をご教授いただきたいわ」

特製のバターケーキは、我が家の庭に作った簡易オーブンで焼き上げた。四角い型は近所の大工に頼み、ブリキで作ってもらったものだ。

何よりバターを贅沢に入れたのだから美味しいのは当然だ。小麦粉十キロが公定価格で百四円だというのに、ヤミ市だとバターはわずか二二五グラムで百円を超える。砂糖はサッカリンも併用したが、費用は最後の洋服を売り払って工面した。

バターをたっぷり使えばいいと説明するのは簡単だ。だけど現実的ではなく、それ以外に凝らした工夫について説明することにした。

「ふくらし粉が手に入らなかったので、重曹で代用しました。お酢をひと匙加えると、化学の作用でよく膨らむのですよ」

ＧＨＱはパン食の普及のため、ベーキングパウダーの配給を秋頃に開始するらしい。だけど今回は間に合わず、重曹を使うことにしたのだ。

女学校時代の記憶が蘇る。退屈という同級生が多かったけど、私も花央も化学の授業が得意だった。ビーカーをアルコールランプで熱するさまなど、化学の実験は料理とそっくりだ。そのため料理をするとき、化学の授業を自然と連想するようになった。

「なるほど。それじゃ花央も重曹を使っていたのね」

美代子さんのつぶやきを私は聞き逃さなかった。

「花央さんとは、こちらで働いていらした女中さんのことですか？」

美代子さんが困惑の表情を浮かべ、私は話を続けた。

「材料集めの際にお名前を耳にしたのです。みなさんが口を揃えて良い女中さんだとお褒めになっていたので、どういった方なのか気になったもので」

元治さんはしかめ面だが、会話を遮る様子はない。美代子さんが愛想笑いを浮かべた。

「実は女中が前に焼いてくれたパンに、今日のバターケーキと似たような風味を感じたの。それは重曹にお酢を加えていたからだったのね」

「こちらでは長く働いていらしたのですか？」

「戦争の最中《さなか》から勤めてもらっていたわ。とても残念だけど、今年の三月半ばに郷里に戻ったの。理由は詳しく聞かなかったけど、ご家庭の事情だったようね」

花央の両親は戦争で亡くなった。そして花央の両親は田舎から上京する際、親戚たちと縁が切れたと聞いている。そのため親戚付き合いは皆無のはずだ。行く当てのなかった花央が、家庭の事情で辞めるとは考えにくい。

そこで元治さんが咳払いをする。美代子さんは身を強張らせた。元治さんが一歩前に出て、私と美代子さんの間に立った。

「大河さんの腕前は見事だった。試すような真似をして申し訳なかった。宴席で出す料理をあらためて大河さんにお任せしたい」

「喜んで承ります」

大金を払って良質な材料を仕入れた甲斐があった。続けて元治さんから指定された宴席の料理は、最大限に贅沢な洋食だった。それならば生肉や乳製品は欠かせない。

仕入れ先について元治さんに相談すると、馴染みだという畜産業者を教えてくれた。八高線《はちこうせん》沿いにある農場で、戦前から付き合いがあるという。元治さんの頼みなら牛肉や豚肉、バター、生クリームなども融通してくれるらしい。

「阿久津様は以前から、そちらの農場と取引がおありなのでしょうか」

「戦前からの付き合いだ」

つまりは、花央も訪れた可能性があるのだ。元治さんと日程を確認し、私は阿久津家を後にした。都心に向かう電車に乗り込み、窓から景色を眺める。

花央の身に何が起きたのか、まだ何もわかっていない。だけど焦りは禁物だ。阿久津夫婦に接近すれば、知る機会は必ず得られるはずだ。

カーブを曲がるたびに吊革が規則的に揺れる。窓の外に空襲を受けた一帯が見えた。コンクリート造の建物は未だに崩れたままで、壊れた給水塔が地面に転がっていた。

早朝に中央線で八王子《はちおうじ》へ行き、八高線に乗り換える。高崎《たかさき》に向かう列車は買い出し客で混雑していた。生産者から直接買い入れれば、ヤミ市で高値を払うよりずっと安い。警察官に没収される可能性はあるが、生きるためには誰もが危険は承知している。

都県境を越え、鄙《ひな》びた駅に降り立つ。

紹介された農場は、駅前からバスで十五分ほどの場所にあった。肥料の臭いが漂い、牛の低い鳴き声が聞こえる。鶏舎もあり、ニワトリも飼っているようだ。

農場主は中村《なかむら》という四十歳絡みの男性で、元治からの紹介状を渡すと眉根に皺を寄せた。

「あんな偏屈親父と仕事なんて大変だな」

私自身は元治さんに対し、噂で聞くほどの尊大さは感じない。だがあれは仕事相手に対する態度なだけで、普段は権力を笠に着るような人物なのかもしれない。中村の物言いが阿久津家の近隣住民より直截なのは、物理的な距離も関係しているのだろう。

「できる限り上質な食材を用意するよ。だけど今からだと肉質の固い牛しか出せないと思うが、それでも構わないか？」

「こちらで何とかします」

中村の畜産農場では、新鮮な肉類や乳製品の用意があるという。問題は値段だ。昨今はインフレが激しくあらゆるものの値段が高騰している。米の公定価格は四ヶ月前で十キロあたり九九円七十銭だったが、今月には十キロで一四九円六〇銭まで値上げされた。

ただしそれはあくまで国が定めた価格だ。同じ十キロの米をヤミ市で買うのに今年のはじめには四二〇〇円前後だった。それが今では一一四〇〇円以上することさえあるのだ。

「お代はこちらの木綿《もめん》のシーツで何とかならないでしょうか」

背嚢から折り畳んだ真っ白な布を取り出す。同じお金を持っていても、ほんのひと月で半分も買えなくなる。現金では生産物を譲ってくれず、物々交換を望む農家は珍しくない。そのため秘蔵のシーツを用意していた。中村が目を丸くする。

「こんなに大きな木綿生地、ひさしぶりに見たよ。絹の着物なんて持ってこられても困るから、こういうほうがありがたいな」

田舎では上等な着物より、木綿のほうが喜ばれることがある。アメリカで入手して以来大事に使っていたシーツだが、今が使い時だと判断した。

中村は期日までに上質なバターと牛肉を用意すると約束してくれた。私は中村の面前で大げさにため息をつく。

「材料が揃いそうで安心しました。もし失敗したら、阿久津様から何と言われるかわかりませんから。あっ、私がこんな風に言っていたことは内緒にしてもらえますか」

「承知しているよ。丸くなったとは言われるが、元治さんの不興を買ったら面倒だからな」

中村が苦笑を浮かべ、私たちの間に即席の連帯感が生まれる。

「みなさんご苦労されているのですね。私は面識がないのですが、女中の方も大変だったとか」

「花央ちゃんなら何度も来てくれたよ。あの子だけは元治さんと上手くやれていると思ったんだけど、噂に聞くと三月の半ばに辞めさせられたみたいだな」

中村が表情を曇らせる。中村も花央が追い出されたと聞いているようだ。

花央は買い出しのため何度もこの農場に訪れていたらしい。混雑する電車に早朝から乗り込み、重い食材を背負っても嫌な顔ひとつしなかったという。

「元治さんも非情な人だよ。せっかく例の事故だって運良く回避できたのにな」

「例の事故ですか？」

「二月にあった列車事故だよ。あの日は花央ちゃんに食材を渡す予定だったんだ。俺は他に用事があって阿久津家に行けなかったから、わざわざ来てもらうことになっていてね。だけどひどい風邪を引いたらしく、結局花央ちゃんは列車には乗らなかったとあとから聞いた。食材も渡せずじまいだったよ」

今年二月二十五日、八高線で日本の歴史上で最悪の列車転覆事故が起きた。多くの犠牲者を出した悲劇に、花央は危うく巻き込まれるところだったらしい。

そこで中村がため息をついた。

「あんな状態の花央ちゃんをわざわざ放り出すなんて、元治さんも本当にひどいよ」

「どういうことでしょう」

風邪を引いてから姿を消すまで二週間以上はある。まだ治っていなかったのだろうか。私の質問に中村は声を潜めた。

「俺が話したことは内緒にしてくれよな」

三月の上旬、元治さんから連絡があったという。食材を届けてほしいという頼みに、中村は牛肉や鶏肉を背負って阿久津宅に向かった。すると庭先で、花央と阿久津夫妻が言い争っていたというのだ。

「花央ちゃんはぞっとするほど顔色が悪くて、ひどく痩せていた。餓死する人は今どき珍しくないが、阿久津家なら食うに困ることはないはずなのにな」

その数日後、中村は花央が阿久津家から姿を消したと知ることになる。

私は中村に礼を告げ、農場をあとにした。


八高線の上り電車の車内は野菜の臭いが充満していた。東京へ向から乗客がカバンに農作物を詰め込んでいるのだ。車内は満員で、私はドアの窓ガラスに身体を押しつけられた。

中村から、重要な証言を得ることができた。三月上旬は花央が幽閉されていたと噂になっていた時期だ。その頃、花央は異様に痩せ細った状態で阿久津夫妻と口論をしていたのだ。

電車は高麗川《こまがわ》駅を発車し、徐々に速度を上げていく。すぐに緩やかになったかと思うと、電車は急カーブに差しかかる。

窓ガラスに頬を押しつけられながら外の景色に目が入る。

線路脇の道路に献花が並んでいた。一心に拝む人の姿があり、線香も焚《た》かれているようだ。行きの電車では気づかなかったが、あれが八高線列車事故の起きた現場なのだろう。列車はカーブを曲がると、急な坂道を上っていった。往路のときは同じ道を下った。急な下りをブレーキをかけながら進む状況に、かすかな恐怖を感じた覚えがある。

次の瞬間、脳裏にある想像が巡った。

それはひどく恐ろしく、否定したい気持ちに駆られる。坂を上りきると電車は速度を増し、窓から見える景色は深い森になった。

明朝、私は上野駅に向かった。ヤミ市を歩くと、すぐに米軍払い下げの食品を扱う店を見つけた。英字で書かれたパッケージの商品は、どれも目が飛び出るほど高い。しかし私は躊躇《ちゅうちょ》なくHERSHY'Sのチョコレートを購入した。

地下道を探すと、幸いにしてすぐにタカオを発見することができた。前回同様、地下道で横たわっている。深呼吸してから近づくと、今回もタカオは気配を察知したのか、声をかける前に起き上がった。

「またお前か」

タカオからにらみつけられる。怖じ気づきそうになるが、買ったばかりのチョコレートを差し出した。

「話を聞かせてほしいの。お願いを聞いてくれたらこれをあげる」

あの後、タカオの警戒を解く方法を考えた。詰め寄られたときは恐ろしかったが、結局は十代前半の少年なのだ。きっと甘いお菓子に目がないはずだ。

タカオがチョコを凝視する。路上生活をしていれば、まず購入は不可能だ。それでいて米兵がたまにジープで配るため、口に入れた経験はあるはずだ。

チョコを割り、半分をタカオに渡す。するとひったくるように奪い、警戒しながら口に放り入れた。

次の瞬間、タカオの表情が柔らかくなった。お菓子は人の心を穏やかにしてくれる。それはどれだけ時が経っても変わらないはずだ。

うまくいったようで、そこにいるのはごく普通の十代前半の少年だった。タカオは飲み込んだあと、私の手にある残りのチョコを見つめてきた。

「一恵さんのことを、教えてほしいの」

「……わかったよ」

忌々《いまいま》しそうに吐き捨てるが、視線はチョコに釘付けだった。

息苦しい地下道を出て、上野公園に移動する。西郷隆盛像の下には、タカオと同じように行き場のない子供たちがたむろしていた。背広姿の男性や和服姿のご婦人は、子供たちが存在しないかのように通り過ぎている。

「花央のことは儂も知っている。一恵と花央が最初に会ったとき一緒にいたからな」

タカオと一恵は上野駅周辺をねぐらにしていて、互いに顔見知りだった。一恵のほうが二歳ほど年上で、上野での生活も先輩だった。タカオは一恵から生きる手立てを教わったという。

「去年の秋に、一恵が公園で突然倒れたんだ。出回りはじめた新しい砂糖を盗んで食べたすぐ後のことだった」

「ヅルチンのことかしら」

「多分それだ。儂も一恵から分けてもらったんだが、何ともなかった。でもあれ以来、怖くて食べるのを避けているよ」

ヅルチンは新種の甘味料だ。私も何度か口に入れたことがある。砂糖よりも強烈な甘さがあったが、食べたあとに気分が悪くなる感覚があった。平気な人が大半だったが、味見して以来、使わないようにしていた。

一恵は発熱して倒れたが、道行く人々は全員が素通りした。そこに矢絣の着物の女性が駆け寄り、抱えて木陰に運んだ。そして水を飲ませるなどして介抱し、一惠は次第に体調を取り戻していった。その女性が花央だったのだ。

「一惠は義理堅い性格で、受けた恩は必ず返す。一惠がお礼として魚を渡してやると、花央はとても喜んだ。だからヌマカンをするたびに新鮮な魚を運んでやったんだ」

「ヌマカン？」

「沼津《ぬまづ》旅館だよ」

タカオがにやりと笑う。上野駅近くの地下道は風雨をしのげるが、夜になると人がぎゅうぎゅうになる。そのため場所取りのための喧嘩も絶えず、冬場は凍死する危険性さえあるらしい。

その対策として、上野発沼津行の最終列車に無賃乗車するのだという。車内は地下道より快適で、さらに冬には暖房も利いている。加えて沼津駅の構内からは追い出されず、見逃してもらえるのだそうだ。

「沼津駅前では、夜中でもヤミ市が開かれる。こっちでは買えないような新鮮な魚を安く買えるから、腹ごしらえと仕入れを済ませて始発で戻ってくるんだ」

始発も当然だが無賃乗車だ。終電と始発の車内、そして沼津駅の構内で眠ることから沼津旅館と呼ぶらしい。ただし仕入れなどに時間を取られ、睡眠時間が足りなくなるときもある。そのためタカオは、地下通路が比較的空いている午前の時間に寝ていることが多いのだそうだ。

「魚は沼津港で水揚げされていたのね」

「あんたもほしければ、特別に運んでやるよ」

話をしている間に、多少なりとも気を許してくれたみたいだ。それからタカオは一惠が姿を消した経緯を教えてくれた。

「二月の終わりだったかな。一惠は花央から依頼を受けて、鯵《あじ》を仕入れた。普段は花央が取りに来るんだが、その日は約束の朝に来なかったんだ」

普段ならヤミ市で売り払い、現金に換えるところだった。しかし義理堅い一惠は花央の家まで届けると言い出した。阿久津家には魚を届けるため何度か訪れたことがあったのだ。一惠は昼過ぎに魚を持って阿久津家に向かったという。

「一惠はその日、上野に戻ってこなかった。気になったけど、どこかをぶらついているのだと思って気にしなかった。それから儂は普段通りヌマカンをしたら、警察の狩り込みに遭っちまったんだ」

狩り込みとは警察が孤児を強制的に施設へ連行することだ。寝起きする場所と飯を与えられ、学校にも通わせてもらえる。その代わりに自由を失うため、タカオは施設を嫌っていた。加えて施設には良し悪しがあり、二月に入れられた施設の環境は劣悪だった。職員が児童を番号で呼び、労働を強いてきたそうなのだ。

タカオは二ヶ月後に施設から逃亡し、上野に戻ってきた。すると一惠は姿を消していた。顔見知りに聞くと、阿久津家に向かって以降一度も姿を見せないというのだ。ただ、狩り込みにあったり、自発的にねぐらを変えたりするなど孤児がいなくなるのは珍しくない。

「儂はてっきり花央が一惠を施設に入るよう説得したのだと思ってた。まあ、一惠が好きで施設にいるなら、それでいいんだけどな」

タカオが不服そうにそっぽを向く。初対面のとき、タカオは私に敵意を向けた。あれは大切な仲間を連れ去った相手への敵愾心《てきがいしん》だったのかもしれない。

「儂は一惠の故郷も生い立ちもほとんど知らん。だが年の離れた姉がいて、あの女中に雰囲気が似ていたらしい。一惠は広島に嫁いだという姉を花央に重ね合わせ、慕っていたみたいだ」

広島という言葉に、私の心は重くなった。

公園を抜けると不忍池《しのばずのいけ》が見えた。戦後の食糧難を受け、池は田んぼに作り替えられた。稲刈りはもう終わっており。稲株が整然と並んでいる。

「一つ気になることがある」

それは上野にいる顔見知りの孤児から聞いた話だという。タカオが狩り込みに遭った数日後、奇妙な出来事が起きたというのだ。

「矢絣を着た女が鬼気迫る様子で、一惠を探しにきたみたいなんだ。その女は一惠が見つからないとわかると、『やっぱり私の代わりに』とつぶやいて去っていったそうだ」

タカオは顔見知りの孤児に、矢絣の女性の特徴を聞いていた。右目尻に泣きぼくろがあったらしいので、おそらく花央のことだと思われた。

「一惠さんが花央の家に向かった正確な日付はわかる?」

私の質問に、タカオが首を傾げた。

「そんなの覚えていないよ。あ、でもその日はヤミ市の一斉摘発があったはずだな」

「ありがとう」

タカオにお礼を告げ、残りのチョコレートを渡した。それから沼津港の新鮮な魚の調達もお願いする。タカオはチョコをかじりながら、依頼を引き受けてくれた。

それからタカオは、一恵が元気そうなら教えてほしいとぶっきらぼうに言った。私は何とか笑顔を作り、「わかった」と答えた。

タカオと別れ、上野警察署に向かう。受付に向かい、二月末に行われたヤミ市の摘発について尋ねる。担当の警察官は面倒そうにしながら、待つように指示を出した。

長丁場になると覚悟し、椅子に腰かけて待つ。するタカオよりも幼い子供たちが三人、警察官に連れられてきた。

「弁当の追い剝ぎなんて二度とするなよ」

子供たちは返事をしない。登校する児童を狙って弁当を奪う少年少女が増えていると聞いたことがある。連行されている少年たちはその犯人なのだろうか。袖の破れた上着から伸びる腕は、気の毒になるくらいやせ細っていた。

幸いなことに三十分程度の待ち時間で警察官に声をかけられた。そして、前回の摘発は二月二十四日だったと教えてくれた。

「ありがとうございました」

警察官にお礼を告げながら、私は背筋が冷たくなっていた。日付は想像通りだった。だけどこの時点でも私は、考えが外れていてほしいと祈っていた。

宴席の支度は花瓶に山茶花《さざんか》を活けることからはじめた。

テーブルクロスを敷き、ナイフとフォークを規則正しく並べる。料理を出すだけではなく、客人に心地良くなってもらうことが私に与えられた仕事だ。

葡萄酒と麦酒《ビール》も用意し、料理に取りかかる。台所で料理を作るのに加えて、今回も配膳まで担う必要がある。完成した料理を運ぶたびに先方に失礼にならないよう、手早くお座敷着に着替えて料理を出す。さらに身体に魚などの臭いが移らないよう注意を払う必要もあった。

まずはポタージュ・ボン・ファムというスープを出した。良き女性という名を持つフランスの伝統的な料理で、じゃがいもやにんじん、ネギなどを滑らかに仕立てたポタージュだ。葉が活き活きした赤色の鮮やかなにんじんが手に入ったので、分量を多くしてゆっくり加熱することで甘みを引き出した。

次にじゃがいものサラダを提供する。千切りにしたじゃがいもを茹で、マヨネーズで和えたシンプルな品だ。今日のために奮発した卵をたっぷり使ってマヨネーズを作った。料理途中に皿を片付けるときに顔色をうかがうと、お客様も満足された様子だった。

魚料理は鰺のムニエルを用意した。タカオが沼津港から運んでくれた鰺はお造りで出しても良いほどに新鮮で、たっぷりと脂が乗っていた。小麦粉を振ってバターでこんがり焼き上げた鰺は肉厚で臭みがなく、口に入れると身の甘さが堪らない。

メインの肉料理は、中村の農場から仕入れた牛もも肉をローストビーフに仕立てた。

中村の忠告通り、質は良かったが脂分が少なかった。そのまま焼けば固くなるはずだ。そこで私は分けてもらった牛肉の脂身を細切りにしてからたこ糸に結びつけ、畳針を使って塊肉に刺し入れた。その上で焼くことで適度な脂分を含ませ、しっとりと仕上げることができた。名前は忘れたけれど、アメリカ時代に教わったフランス料理の技法になる。

デザートは卵と牛乳、そして進駐軍から払い下げられたバニラエキスをたっぷり入れたプディングだ。本物の砂糖を使ったカラメルソースも使っている。全ての料理で、現状で考え得る最高の素材を使った。

幸いなことに宴席は成功のようだった。お客様が満足そうな顔で帰るのを見るのは何物にも代えがたい。台所の片付けを進めながら、食材の残り物の整理をする。

余った食材を持ち帰るために確認する。明日以降の仕事のために使える分は取っておくのも必要な仕事だ。それによって利益も決まってくる。

使えそうな食材をまとめ終えると、美代子さんから呼び出された。応接間に赴くと酒で頬を赤らめた元治さんが待っていた。

「本当に素晴らしかった。先方も予想以上の豪華さに圧倒されていた。感動のあまり涙ぐんでいる方もいらっしゃったくらいだ」

「お役に立てたようで何よりです」

本音をいえば提示された予算を遥かに超えている。足りない分は秘蔵の漆《うるし》の着物を売って補《ほ》塡《てん》した。母が残してくれた着物は全て売り尽くしたが、阿久津家に対する感謝と、そして謝罪の気持ちも込めていた。私は危うく夫婦に対し、取り返しのつかない罪を犯すところだったのだ。

「本日の料理について、お二人にお聞きしたいことがあります」

「何だね？」

「じゃがいものサラダはいかがでしたか？」

先ほどまで上機嫌だった元治さんの表情が固まった。美代子さんの顔も強張っている。

作ったのはアメリカ風のじゃがいもサラダだ。本来のレシピはじゃがいもをさいの目切りにして、セロリなどの野菜やゆで卵も混ぜる。しかし今回はじゃがいもを千切りにして、マヨネーズだけを和えて仕上げた。元治さんが訝しげな表情で口を開く。

「とても美味しかったが、他に比べて地味に思えた。だが、それがどうかしたのかね」

「女中の花央さんが得意とした『いもなます』に似ていたかと存じます」

元治さんの表情が硬くなる。花央は戦時中にじゃがいもをよく扱い、阿久津夫妻に故郷の料理を出していたという。だからきっと、いもなますも作っていたはずだ。

「どうしてご存じなの？」

美代子さんは困惑した様子だ。

花央の両親の出身地である長野県の飯山《いいやま》には、いもなますという郷土料理がある。千切りのじゃがいもを茹で、なますのように酢で和えて作るのだ。花央は女学校時代、アメリカ風じゃがいもサラダを見て、いもなますに似ていると話していた。

二人の顔を順に見てから口を開いた。

「花央は、私の親友です」

それから私は事実を打ち明けた。

花央が姿を消したことを知り、阿久津夫妻に疑念を抱いたこと。宴席の料理を引き受けることで近づき、調査を進めていたこと。

元治さんが拳を握りしめ、大声で怒鳴りつけてきた。

「花央は勝手に辞めて出て行っただけだ！」

顔が紅潮したせいで、額の傷が浮かび上がっている。私は大きく息を吸い込んでから、調査の末に下した結論を口にした。

「花央は一恵さんの事故死を、自分のせいだと思い詰めていたのですね」

「……知っていたのか」

元治さんがうめき、美代子さんは両手で顔を覆う。阿久津夫婦は真実を隠していた。だがその目的は、花央の名誉を守るためだったのだ。

二月二十五日、日本史上最悪の列車脱線事故が発生した。花央はその列車を利用するはずだった。しかし代わりに当日乗り込んだのは、一恵だったのだ。

4

私の推測を聞きながら、夫妻は否定せずに何度も頷いていた。

今年二月二十三日、青果店のおかみさんが阿久津宅を訪れた。その際に花央は風邪を引き、とても辛そうにしていたという。

「二十三日の夜から、花央の具合はさらに重くなりました」

美代子さんが当時の様子を教えてくれる。花央は意識が朦朧として、家事をするのも不可能な容態だったという。続いて元治さんも詳細を説明してくれた。

「二十五日の夜に客人を招いて宴席を設ける予定だった。儂は大事な相手だからと旨い魚と牛肉を用意するよう指示を出した。花央は朝に中村の農場で受け取るつもりだったようだ」

しかし二十四日の朝の段階で花央は回復していなかった。そのため一恵に頼んでいた魚を上野まで受け取りに行けなかった。寝込んでいたため、誰かに頼むことも難しかったのだろう。

美代子さんは花央の容態を心配し、準備を自分がやると申し出たという。だが花央は自分が全てやると頑なに言い張った。おそらく、雇われの身としての使命感がそうさせたのだろう。

花央が姿を現さなかったため、心配した一恵は阿久津家までやってきた。夕方頃に台所脇の女中部屋を直接訪問し、そこで花央の風邪を知ることになる。

阿久津夫妻は二十四日の一恵の来訪を把握していなかった。花央は戦災孤児に魚を頼んでいることを、阿久津夫妻に秘密にしていた。ヌマカンという犯罪行為で入手しているため、一恵が隠すことを望んだのだと思われた。

二十四日の夕方の時点で、花央は起き上がれる程度には回復していた。だが外出は不可能だった。一恵は花央を慕い、恩返しをしようと思っている。花央も主人のために牛肉を受け取らなければと焦っていた。そこで一恵が花央の代わりに農場に赴くことになったのだ。

花央は電車賃や牛肉の代金、そして事情を記した中村農場主への手紙を一恵に託した。この時点で遅い時間になっており、一恵はこっそり女中部屋の片隅で一夜を明かした。そして明け方に電車に乗り込んでいったというのだ。

そしてあの悲劇が起きた。

八王子駅発高崎駅行の列車は連日満員で、屋根の上に客が乗ることさえあったという。車輌は異常な客数によって重くなった状態で、急な坂を下っていった。結果、その先にあるカーブを曲がりきることができなかった。そして朝八時少し前、東飯能《ひがしはんのう》駅から高麗川駅間の下り勾配で脱線転覆し、列車は大破することになった。

死者一八四名、負傷者五七〇名という被害は、日本で最悪の列車事故になる。犠牲者の大半は食糧を得ようと乗り込んだ買い出し客だったとされている。客車が木造だったことも被害の拡大に繋がったようだ。

二十五日の昼過ぎ、花央の容態は回復に向かいつつあった。花央は阿久津夫妻に、人に頼んで牛肉を取りに行かせたと伝えた。しかし夕方近くになっても一惠が戻らなかったことで、花央はひどく心配そうな様子だったという。

「儂は最初、使いの者が金を持ち逃げしたと考えた。だが花央は一惠という少女を信じ、盗みではないと言い張った。そんなときラジオから八高線の大事故の報道が流れたんだ」

花央は事故の報に驚き、現場に向かおうとした。しかしすでに夜に差しかかり、花央の体調も万全ではなかった。花央は焦燥に駆られながらも、女中部屋で体力の回復に努めたという。元治さんは宴席を急遽取り止めにした。

翌日、花央は病み上がりながら事故現場に向かった。警察署も訪れて一惠の行方を捜したが、孤児であるため本名さえわからない。身元不明の子供の遺体もあったらしいが、一惠と特定することはできなかった。

花央は生存を願い、上野駅へ足を運んだ。

しかし一惠の姿はどこにもなかった。

タカオは事故の直前に狩り込みに遭遇し、劣悪な施設で二ヶ月過ごした。逃げ出した後も路上生活だったため、八王子の列車事故のことを知らないままだったのだろう。

美代子さんが沈痛の面持ちで言った。

「花央は少女の死が自分のせいだと、己を苛《さいな》んだのです」

買い出しを頼まなければ。風邪を引いていなければ。自分が農場へ向かっていれば――。

花央は罪悪感に囚《とら》われ、塞《ふさ》ぎ込むようになった。

私は農場から八高線で帰る途中、線路脇に供えられた花を車窓から目撃した。高麗川駅を出て一キロほどの場所だったので、あれが事故現場だったのだろう。

現場を見た瞬間、大事故と花央の風邪の時期が重なることに気づいた。そして上野で一恵を探していた女性の『やっぱり私の代わりに』という言葉から、一恵が事故に巻き込まれた可能性に思い当たった。

「花央は食事も喉を通らなくなり、瞬《また》く間にやつれました。私も夫も花央が原因ではないと慰めました。しかし花央は自分が許せなかったようです」

当初は気丈にも家事をこなしていたらしい。だがふとした瞬間に、一恵への謝罪の言葉を繰り返すようになった。一恵は花央を姉のように慕っていた。そんな少女の命を奪ったという自責の念に耐えられなかったのだ。

元治さんが強く目を閉じる。

「戦争で多くの人が亡くなり、今も飢え死にする人は後を絶たない。生と死を分かつのは運次第で、花央に少女の死の責任などあるはずもない。だが儂の言葉は届かなかった。あの子は優しすぎたんだ」

花央は徐々に心を病み、外出もままならなくなった。農場主の中村が目撃したのは、阿久津夫妻が花央をなぐさめている場面だったのだろう。

そして三月半ばのある日、花央は感情を抑え切れなくなり暴れ出した。元治さんが取り押さえようとするが、花央の力は予想外に強かった。元治さんは突き飛ばされた拍子に額を傷つけた。そこで花央は正気に戻り、応急処置を施したという。夫妻には、一旦落ち着いたように見えた。しかし翌朝、花央は姿を消してしまったというのだ。

「花央は本当に不器用だったよ。何を任せても倍の時間をかけるし、料理だってうまくない。だがいくら怒鳴っても決して挫《くじ》けず、笑顔を絶やさなかった。あんな女中は初めてだ。あの子の明るさは我が家を照らしてくれたんだ」

元治さんが目元を押さえると、美代子さんが夫の腕に手を添えた。

「勝手ながら私たちは、花央を実の娘のように思っていました。あの子と過ごす日々は本当に幸せでした」

元治さんは近隣住民から恐れられていた。しかし私の目には頑固だが話の通じる相手に思えた。美代子さんからも夫の陰に隠れるだけの女性という印象を受けなかった。一度刻まれた評判は簡単には消えないのだろうが、きっと花央が夫妻の心根を変えたのだろう。それはとても花央らしいことだと思った。

阿久津夫妻は行方を捜したが、手がかりも乏しく見つけられなかった。私の出した手紙も空襲の際に全て燃えてしまったようだ。

阿久津夫妻は今も花央の帰りを待っていた。そのためいつでも迎え入れられるよう経緯を隠していたのだ。だがそのせいで断片的な情報だけが広まり、悪評へと繋がってしまう。夫妻は噂を承知しているが、花央を守るために受け入れるつもりのようだ。

私は心から悔やんだ。事故の時点で私は上京していた。しかし自分の生活を優先し、花央と会うのを後回しにしていた。もっと早く再会していれば、悲劇的な結末を変えられたかもしれない。それを思うと胸が引き裂かれそうになる。

突然、夫妻が頭を下げた。

「申し訳ない。我々はあなたの親友を守ってあげられなかった」

二人の肩が震えている。私は努めて平静に告げた。

「誰も悪くありません」

原因を挙げるとすれば、それは時代なのだろう。列車転覆は不幸な事故だ。主な要因は異常な乗客数にあるとされているが、買い出し客も生きるために必死だったのだ。

多くの人々が日々の食事にさえ困っている。だけどいつか誰も飢えることなく、お腹いっぱい食べられる時代が来るのだろうか。

「きっと花央はどこかで元気に暮らしています」

断言すると、二人がハッとした表情で顔を上げた。

大切な親友は今どこで何をしているのだろう。もう二度と会えないかもしれない。だけどせめてどこかで生き延びていてほしい。そして出来うるなら、温かな食事にありつけてほしい。私は心からそう祈った。

5

長い夢を見ていた。ロッキングチェアから身を起こし、壁の時計に目を遣る。最近は目を凝らさないと針が見にくいが、一時間ほど眠っていたらしい。

額装した矢絣柄のハンカチが壁に飾ってある。花央とお揃いで購入した思い出の品で、美代子さんから返してもらって以降ずっと大事にしていた。

背もたれに身体を預け、夢の続きを思い返す。

阿久津家での会食を成功させた一ヶ月後、夫がシベリアから帰ってきた。道中のことは詳しくは聞けなかったが、連絡をするのも困難なほど酷い体験をしたようだ。だが無事に戻ってきてくれたことが何より嬉しかった。

夫は戦前から勤めていた会社に復帰した。程なくして私は最初の子を身籠もり、子育てに追われることになった。続けて二人目も産まれ、私は料理の仕事から遠ざかった。

日本は復興を目指し、日々変わっていった。昭和二十三年——一九四八年には児童福祉法が施行され、孤児の環境も次第に改善されていったようだ。タカオはあの件のあと上野駅付近から姿を消した。だけど、どこかで力強く生き続けたと信じている。

下の子が小学四年生に上がった年に、料理の仕事を再開することになった。あれは一九五九年だったはずだ。

きっかけは阿久津美代子さんだった。美代子さんは資産家たちの社交の場で私の料理をしきりに褒めていたらしい。料理の仕事の依頼は何度も来ていたが、家を守る役目があると断り続けていた。しかし子供が成長したことで引き受けざるを得なくなった。

最初は美代子さんの知り合いに料理を指導した。すると思いのほか好評で、美代子さんの紹介で雑誌『主婦倶楽部』にレシピを寄稿することになった。

実のところ、レシピを全国に届けることは気が重かった。所詮は素人の料理なのだ。だがそんなある日、脳裏に花央の言葉がよぎった。

——弘子ちゃんはお料理の才能があるわ。もっとたくさんの人に食べてもらうべきよ。

レシピを書くことを、花央は喜んでくれるだろうか。そしていつか私の料理は、どこかにいる親友に届くだろうか。そう考えながら、必死に依頼をこなした。

すると同世代の料理研究家数人から、家庭料理研究所という集まりに誘われることになった。メンバーは日本の家庭料理を改善しようと意気込んでいた。所属したのは一九六三年からで、当時フランスに赴任していた夫と暮らすため二年ほどで辞めてしまった。だけど同業者との意見交換は勉強になったし、帰国後も交流が続くことになった。

花央の消息は不明なままだった。

レシピを執筆するとき、私はいつも花央のことを考える。花央はひどく不器用で、女学校で一番家事が下手だった。料理も失敗ばかりで、他の人の倍の時間をかけていた。

花央は今、どんな風に暮らしているのだろう。苦労をしていないだろうか。きっと前みたいに手間取っているに違いない。家事が苦手な花央にとって、料理が少しでも楽なものであってほしい。そう思うと自然に、より単純で簡単なレシピを考案するようになった。

花央は絶対に生きている。生きていれば、必ず家事をしなければならない。私は花央が必要とするレシピを想像する。

多少失敗しても挽回できて、美味しさのツボはなるべく外さない。花央の元にレシピが届いたとき、少しでも生活が楽になってほしい。そう思いながら新たな料理を生み出し続けた。

その結果、想定していないことが起きた。

主婦たちの味方。家事が苦手な女性の救世主。手抜きのプロ。そんな風に評価され、同じくらい批判もされた。

世の中のために、なんて大それたことは考えていない。私は大切な親友のために、レシピを考えてきただけなのだ。

花央に再会できないまま、時間だけが過ぎていった。

子供たちは順調に育ち、喧嘩もしたけど立派に独り立ちしてくれた。長年連れ添った夫には心から感謝をしている。味への興味が生来薄いのか、私の料理には特に何も言及しなかった。だけど仕事をしても文句は言わなかったし、本場フランスの料理学校に通う機会も与えてくれた。

さらに料理研究家として多忙を極めると、早期退職して学校経営も引き受けてくれた。バブル期の空気に呑まれて自社ビルを建て、さらに全国に分校を作ったのは痛い思い出だ。その後にバブルが崩壊し、多額の負債を背負ったのだ。

今思い返せば完全に自業自得だけど、得意ではないテレビ出演や製品のプロデュースをした甲斐もあって、全て清算することができた。それも夫の助けがあってこそだ。七十六歳のときに心筋梗塞で急逝するまで、夫は一番近くで支えてくれた。夫がいなければ今の私はなかった。

夫と死別してから二十六年になる。私もとうとう満百歳だ。人より長生きさせてもらったが、花央との再会がもう叶《かな》わないことは理解していた。

だけど先月、思いがけないことが起きた。

曾孫の一人である翔吾から連絡があり、ネットを通じて会話をすることになった。翔吾の友人が私のファンらしく、通話に参加するらしい。通信技術が急速に発展し、昔では考えられないような交流ができるようになった。

私はパソコン越しに理央ちゃんという大学生と対面した。短い会話にもかかわらず聡明さと優しさが伝わってきた。そして理央ちゃんの身に起きた問題について相談を受け、幸いなことに解決の糸口を発見してあげることができた。

そして会話が進むなかで、信じられない事実が発覚した。

あれは一九六五年、家庭料理研究所を辞める直前のことだ。近所に住む松村温子ちゃんという女の子と、短い間だけ一緒に朝ごはんを食べたことがあった。親御さんに頼まれて引き受けた仕事で、私にとって大切な思い出だった。

しかし別れ際、温子ちゃんを悲しませてしまった。加えて渡仏したことで縁も途切れてしまう。ずっと気がかりだったが、私から連絡を取るのも気が引けて、時間だけが過ぎていった。

だけど理央ちゃんから祖母の名前を聞き、写真を見せてもらうことでわかった。理央ちゃんは、温子ちゃんの孫娘だった。

あれから五十五年も経っている。温子ちゃんは立派に成長し、可愛らしい孫にも恵まれた。私の料理を愛好してもらっているらしいけれど、どう思われているのか自信がなかった。だから関係は伝えなかった。今でも元気で暮らしていることがわかればそれで充分だ。ただ本音を言うと、温子ちゃんに恨まれていることが怖かったのだ。

私は過去にいくつか不思議な事件を解決したことがある。そのため親類や知人から謎を持ち込まれることが多く、私自身も嫌いではないので話を聞くようになった。

幸いなことに理央ちゃんの謎も、すぐに見抜くことができた。驚くことに弟さんと温子ちゃんが、理央ちゃんを想うあまりコーヒーにギムネマ茶を混入していたのだ。

その真相は、過去の記憶を刺激した。

十五年ほど前には、加賀田シェフが利益を追求するあまり、輸入肉に和牛の脂肪を注入した。アルコール依存症を隠すため、ジュースにワインを混ぜた主婦もいた。温子ちゃんのお友達が、理想の家族を求めるあまりコロッケのタネに粉末ジュースを仕込んだこともあった。

人は思い詰めたとき、常識を簡単に踏み外す。

それは私だって、例外ではない。

花央が失踪したと知り、調査の途中で阿久津夫妻が原因だと信じた。花央を追い詰めた挙げ句に追い出したと思い込んでしまったのだ。

花央を傷つけた相手が許せず、心に激しい憎しみが生まれた。

復讐しようと決意し、私はメチルアルコール入りの酒を入手した。ヤミ市で視力の悪い男に狙いを定め、毒性の強い違法なバクダン酒を売る店を突き止めたのだ。

私は阿久津家で調理を任された。だから元治さんの酒にメチルアルコールを混ぜるのは簡単だ。通常の酒と味が変わらないため気づかれる恐れも少ないだろう。私が実行すれば、元治さんは毎晩、毒性の強い酒を飲むことになるはずだったのだ。

結果的に誤解だと判明し、計画は中止した。正気に戻り、私は自分の行動に愕然とした。失明だけでは済まされない。危うく勘違いから、一人の人間を死に追いやるところだったのだ。

これまで多くの記者から、料理研究家として仕事をはじめたきっかけを質問された。

戦後すぐに料理を生業にした経験が原点なのは間違いない。だけど当時のことを話すと、他人の命を奪おうと企んだ事実を思い出すことになる。だから自らの恥を隠すため、あの頃の出来事を誰にも打ち明けてこなかった。

私は大きな罪を犯しそうになった。追いつめられたとき、人がいかに愚《おろ》かになるかは理解しているつもりだ。だからこそ誰かが道を踏み外しそうになると、救わなければと思ってしまう。それは過去の罪と向き合うことであり、私自身が二度と過ちを犯さないための戒《いまし》めでもあった。

そんな風にして、何とか今日まで生きながらえてきた。

私の命はもうすぐ尽きるだろう。幸せな人生だったと思う。もうこれで充分だ。心残りがあるなんて贅沢だ。

そう自分に言い聞かせ、一番の願いをあきらめたはずだった。

「それは磐鹿の家――、福岡にある母方の実家だよ」

理央ちゃんの口にした言葉に、私は耳を疑った。

オンラインでの通話がはじまる前に、翔吾から名前だけは教えられていた。りおという名前を聞き、思わず本人に由来を訊ねていた。それは花央と名前が似ていたからで、つい気になってしまったのだ。

磐鹿花央。それが親友の氏名だ。

いわかという姓を聞いた私は、とっさに画面から顔を遠ざけた。パソコンの画面には、理央ちゃんの氏名が表示されている。老眼になったせいで、ピントを合わせる筋肉が衰えた。そのためちょうどよく見える距離を探っていたのだ。

表示されていたのは磐鹿理央という文字だった。磐鹿という苗字は全国的にも珍しい。磐鹿は理央ちゃんの母方の苗字で、母方の祖父は女手一つで育てられたらしい。

幼かった理央ちゃんは、じゃがいもの千切りサラダを食べるとき、生だと勘違いした。それはきっと、いもなますという料理名を聞いたからなのだろう。しかも理央ちゃんの曾祖母には、右目の下に泣きぼくろまであるというのだ。

間違いないと思った。

苗字が変わらないまま子供を生み、シングルマザーとして立派に育て上げたのだ。きっとたくさんの苦労をしてきたに違いない。だけど花央は生き続けてくれていた。

「両親だけじゃありません。父方の祖母や母方の祖父も、子どもの頃から大河先生の料理を食べてきたそうです。私の両親なんて、先生のお料理が縁で親しくなったんですよ」

理央ちゃんは照れくさそうに、そう教えてくれた。

花央は私の料理を作ってくれていた。そしてその味は子、そして孫である理央ちゃんの母親に受け継がれた。

温子ちゃんの家庭でも私のレシピは参考にされ、理央ちゃんの父親に親しんでもらった。そしてレシピは二人の男女を引き合わせ、その結果、理央ちゃんがこの世に生まれた。そして理央ちゃんは私の料理をたどり、画面越しにやってきてくれた。

私は温子ちゃんに心から感謝した。温子ちゃんが私の料理を息子さんに作り続けたからこそ、花央の曾孫と出会うことができたのだ。

いつか花央に届いてほしい。広大な川面に紙片を一枚ずつ流すように、祈りながらレシピを発表し続けてきた。

私は曾孫と知った上で理央ちゃんを見つめた。笑うときに細くなる目に、ほっぺたのえくぼ。温子ちゃんと花央、二人の面影が感じられた。

その瞬間、心がふっと軽くなった。

ロッキングチェアから立ち上がる。書斎に向かい、机に座ってペンを手に取った。

理央ちゃんと会った翌日から、花央とのことを書き記していた。女学校での出会いや別れ、そして阿久津夫妻との出来事など、隠してきた全てを残そうと思い立ったのだ。

数ヵ月かけ、完成は目前だった。

一時間ほど執筆し、最後に〝了〟と記す。大々的に発表するつもりはないが、死後には誰かに読まれてしまうのだろう。それならせめて最初に読んでもらう相手は、適切な人であってほしいと思った。

その方法を考え、私は胸の前でぽんと手を合わせた。

鎌倉の家には、料理に関するたくさんの蔵書がある。好き放題買っているうちに、恐ろしい量になっていた。そのなかに全国の郷土料理を県ごとに紹介する全四十七巻の全集があり、長野県に関する一冊には、いもなますが掲載されていた。

私は金庫の鍵を、いもなますのページに挟むことに決めた。根拠はないけれど、こうすれば相応しい相手に届く気がしたのだ。

鍵を挟むと、またも眠気に襲われた。最近は一日の大半を眠って過ごすようになった。ロッキングチェアに身体を預け、薄手の毛布を身体にかける。揺れを感じながら夕食について考えた。

花央のことを思い出していたら、じゃがいもサラダを食べたくなった。

先日、知人の農家からじゃがいもが送られてきた。皮が薄く肌がなめらかで、大きすぎず身が締まっている。初夏に採れる新じゃがは瑞々しく、シャキシャキとした歯触りが楽しめる。ひさしぶりに千切りにしてマヨネーズと和えた、いもなますとアメリカ風ポテトサラダを合わせたレシピで作ってみよう。

ああ、今から食べるのが楽しみだ。

私は目を閉じて、心地良い眠気に身を任せた。

## 主要参考文献


『昭和・平成家庭史年表』下川耿史、家庭総合研究会／河出書房新社
『小林カツ代伝 私が死んでもレシピは残る』中原 歩／文藝春秋
『ファッションフード、あります。』畑中三応子／筑摩書房
『テレビ料理人列伝』河村明子／NHK出版
『小林カツ代と栗原はるみ　料理研究家とその時代』阿古真理／新潮社
『昭和の洋食平成のカフェ飯：家庭料理の80年』阿古真理／筑摩書房
『私の「風と共に去りぬ」』辰巳浜子／南窓社
『飯田深雪の食卓の昭和史』飯田深雪／講談社
『江上トミの料理一路 台所文化のさきがけ』津谷明石／朝日新聞社
『家庭料理に愛をこめて―私の料理自伝』河野貞子／講談社
『きょうも料理―お料理番組と主婦 葛藤の歴史』山尾美香／原書房
『終戦直後の日本～教科書には載っていない占領下の日本～』歴史ミステリー研究会／彩図社
『世界のじゃがいも料理：南米ペルーからヨーロッパ、アジアへ。郷土色あふれる100のレシピ』／誠文堂新光社
『料理研究家のつくりかた』平野由希子／白夜書房
『「料理研究家」たち』宮葉子／日本放送出版協会
『妻たちの思秋期』斎藤茂男／講談社
『戦後値段史年表』週刊朝日／朝日新聞社

作品内の人物名・団体名はすべて架空のものです。

**初出**

「２０２０年のポテトサラダ」　「小説推理」二〇二二年一〇月号
「２００４年の料理教室」　「小説推理」二〇二二年一一月号
「１９８５年のフランス家庭料理」　「小説推理」二〇二二年一二月号
「１９６５年の朝の食卓」　「小説推理」二〇二三年一月号
「１９４７年のじゃがいもサラダ」　「小説推理」二〇二三年二月号

書籍化にあたり、加筆・修正をしました。

友井羊　ともい・ひつじ

一九八一年、群馬県生まれ。國學院大學文学部卒業。二〇一一年、『僕はお父さんを訴えます』で第十回「このミステリーがすごい！」大賞優秀賞を受賞し、二〇一二年に同書でデビュー。著書に「スープ屋しずくの謎解き朝ごはん」シリーズ、「さえこ照ラス」シリーズのほか、『無実の君が裁かれる理由』『放課後レシピで謎解きを』などがある。

# 100年《ねん》のレシピ

二〇二三年一〇月二一日　第一刷発行

著者　友井羊
発行者　箕浦克史
発行所　株式会社双葉社
〒162－8540
東京都新宿区東五軒町3－28
電話　03－5261－4818（営業部）
03－5261－4831（編集部）
http://www.futabasha.co.jp/
（双葉社の書籍・コミック・ムックが買えます）

印刷所　大日本印刷株式会社
製本所　株式会社若林製本工場
カバー印刷　株式会社大熊整美堂
DTP　株式会社ビーワークス



ISBN978-4-575-24684-1 C0093